JN306739

めよ

ōe kenzaburō

大江健三郎

講談社文芸文庫

目次

新しい人よ眼ざめよ

無垢《むく》の歌、経験の歌

外国へ向けて、職を得た滞在をふくむ、ある長さの旅に出るたび、見知らぬ風土で根なし草となる自分が、ありうべき危機になんとか対処しうるように――すくなくとも心の平衡をたもちうるようにと、ひとつの準備をすることにしている。それはただ、出発までの時期読みつづけた一連の書物を、旅に携行することにすぎぬが。事実僕は、いま異邦の土地に孤《ひと》りでいるのはそのとおりだが、しかしこの間まで東京で読んでいた本のつづきを読んでいると、ビクついたり苛《いら》だったり沈みこんだりする自分を励ましえたのである。

この春は、ヨーロッパを旅行した――といってもテレヴィ・チームとともに駈け廻るようであったウィーンからベルリンへの旅程の、どこでも樹木は新芽を吹いていず、花といえば葉よりさきに開いて無闇に黄色い連翹《れんぎょう》と、やはり葉の青みなしに地面から蕾《つぼみ》をもたげるクロッカスのみだったが。この出発の際には、二、三年読みつづけてきたマルカム・ラウリーの「ペンギン・モダーン・クラシックス」版を四冊持って行った。二、三年ラウリーを読みつづけたといったが、それにあわせて僕はラウリーに触発されるメタファーを脇に置くようにして、一連の短篇を書いてきたのでもあった。そこで僕が、むしろ積極的にもくろんでいたのは、旅の間ラウリーをもう一度読み、旅の終りに、――よし、自分としてラウリーはこれでしめくくることにしよう、と決意することであった。そして旅に同行する人びとに一冊ずつ、当のラウリーを贈ることにする手順であったのだ。若い頃、心があせるまま、ひとりの作家に永くとどまりつづけることができなかった。中年すぎになれば、やはり老年から死にいたるまでに集中して読むという作家の数が見えてくる。そこで時どき意図的に、このようなしめくくりをおこなわなければならぬのでもある。

　さて、旅の間、僕はかつて経験したことがない濃密なスケジュールで動きながら――しかしかれらとしての仕事への論理にしたがうテレヴィ・チームと、気持の良い関係をたもちつつ――移動の飛行機や汽車、またホテルの部屋で自分が様ざまな時に引いた赤線のあるラウリーの小説を次つぎに読んでいった。夕暮のフランクフルトに汽車が到着する直前であったが、ラウリーのもっとも美しい中篇に思える『泉への森の道《ザ・フォレスト・パス・トゥ・ザ・スプリング》』の、作家であり音楽家でもある語り手が、創作への励ましをもとめる祈りを書きつけた箇所に、僕は新しく自分を引きつける契機を見出したのである。
新しくというのは、以前にもそこを読んで感銘を受け、祈りの言葉の前半を小説に引用したほどであったのに、今度はさきに重要に思えた部分につづく、祈りの後半に、眼をひかれたのだからだ。自分の再生のための新環境を主題に音楽をつくりだそうとして果たせぬ語り手が、親愛なる神よ、と呼びかけつつ、援助してくれることを祈りながらいう。《私は、罪にみちておりますゆえに、誤った様ざまな考えから逃れることができません。しかしこの仕事を偉大な美しいものとする営為において、真にあなたの召使いとさせてください。そしてもし私の動機《モティーフ》があいまいであり、楽音《ノート》がばらばらで意味をなさぬことしばしばでありますなら、どうかそれを私が秩序づけうるようお助けください、or I am lost……》。

　もちろんそれは文章全体の流れに立ってであるが、僕はとくに最後に原語のまま引いた、その半行ほどに特別な牽引《けんいん》力を見出したのだ。僕は信号を受けとめたように感じた、——さあ、いまはラウリーの作品から別れて、もうひとつ別の世界へ入ってゆき、また数年間はそこに逗留すべき時だと、はっきりある詩人の作品群を示し、優しい手つきで指し示してくれる師匠《パトロン》の声のような……　それは日曜の夜で、金曜から帰郷していた若い応召兵士らが、また兵営へ戻《もど》る旅立ちの時だった。学生のような兵士らが寝台車の窓際通路に立ち、圧縮バルブのついた小さなラッパを長ながと高鳴らせて、かれらの都市に別れをつげる、なおプラットホームに残っている兵士たちには、少女めいた愛人たちがなんとかなだめて汽車に乗せようとする。あるいは別れを惜《お》しんでもう一度抱きあおうとする。そのような雑踏のプラットホームに降り立ったことが、僕に自分としての別れの思いをくっきりきざませた、というのでもあるのだが……

駅から出てホテルに向いながら、僕はテレヴィ・チームが大量の器材を運びだす時間を利用して、駅構内の書店から見つけてきた「オクスフォード・ユニヴァーシティー・プレス」版のウィリアム・ブレイク一冊本全集をたずさえていた。その夜から、僕は数年ぶりに、いや十数年ぶりに、集中してブレイクを読みはじめたのであった。最初に僕が開いたページは、《お父さん！　お父さん！　あなたはどこへ行くのですか？　ああ、そんなに早く歩かないでください、話しかけてください、お父さん、さもないと僕は迷い子になってしまうでしょう》という一節だった。この終りの一行は、原語で“Or else I shall be lost.”である。

ここに書きうつした翻訳は、十四年前に――つまりはっきり辿《たど》ってみると、さきに書いた、数年ぶりに、いや十数年ぶりにというところが、実際、数年どころではなかったのだと気づくのだが、過去のことをいうについておなじような経験はこのところしばしばしてきた――障害《しょうがい》のある長男と父親の自分との、危機的な転換期を乗りこえようとして書いた小説で、僕が訳してみたものである。そのような特殊な仕方でかつて影響づけられた詩人の世界に、あらためて強く牽引《けんいん》され、そこへ帰って行こうとしていること、それはやはり他ならぬ息子と自分の間に新しくおとずれはじめている、危機的な転換期を感じとっているからではないか?　そうでなければ、ラウリーの Or I am lost が、ブレイクの Or else I shall be lost へと、どうしてこれほど直接にむすんで感じられるだろう?　フランクフルトのホテルで、僕は幾度もベッドサイドの灯を消しながら、眠ることができぬまま、あらためてブレイクに――この本には赤い紙表紙に、斃《たお》れつつある裸の男が墨色で刷られていたが――戻ってしまいつつ落着かぬ思いで考えたものだ。

僕はこの息子が畸型《きけい》の頭蓋《ずがい》を持って誕生した際、その直後に書いた小説にも、ブレイクの一行を引いていた。いまはどのようにしてそのブレイクが、まだ若く読みためた本もすくない自分の記憶にあったのか不思議なほどだが、「出エジプト記」の、ペストを主題にしたブレイク自身の版画についても記述しつつ。《Sooner murder an infant in it's cradle than nurse unacted desires……》、赤んぼうは揺籠《ゆりかご》のなかで殺したほうがいい。まだ動きはじめない欲望を育ててあげてしまうことになるよりも、と二十年前の、この小説を書いていた僕は訳したのだが……

さてはじめに引用した『無垢《むく》の歌』の「失なわれた少年」からの後半は次のようだ。

《夜は暗く　父親はそこに居なかった　子供は露に濡れて　ぬかるみは深く　子供は激しく泣いた　そして霧は流れた》。

三月の末だったが、フランクフルトではまだ日暮から霧が立った。一、二週後にせまっている復活祭《イースター》の、自分としてはヨーロッパ民俗の、死と再生のないあわさったグロテスク・リアリズムの源の祭りにかさねて、つまり観念的にのみ知っているその復活祭《イースター》が、人びとに待ち望まれ、盛大に祝われることの切実な意味を、はじめて僕は納得《なっとく》するようであった。街路をかざる橡《とち》の巨木にわずかな新芽が吹き出すということもなく、ただ黒い樹幹に街灯の光をやどした霧がからむようであるのを、不眠のままに立って行った窓から見おろしながら……

成田空港に戻りつくと、日本の春は終りに近く、その陽気の気配自体、こちらの感受性から躰《からだ》の具合まで、それとなく弛緩《しかん》させるふうだったが、迎えに出てくれていた妻と次男とが、僕のそのような気分とはなにやらチグハグな様子なのである。いつもなら空港バスで箱崎へ向うところを、テレヴィ会社が準備してくれた車に乗りこんでも、妻も次男も口を開こうとしない。かれらなりに難かしい戦闘を、頽勢《たいせい》のなかで戦いつづけてきたというふうな、ぐったりした様子でシートにへたりこんでいる。私立の女子中学校の上級に進んで、宿題やテスト準備に追われている娘は別として、長男が迎えに来ていないことについても黙っている。

はじめ僕は、花の名残りをさがすというより、新芽の勢いのあきらかな雑木《ぞうき》林を薄暮の光に見つめていたのだが、そのうち気がかりな思いでよみがえってきたのは、旅の後半ブレイクを読みながら、あるいはその行間で放心するようにしながら、息子と自分の間に、つまりは僕の家族全体に、危機的な転換期がやってきつつあると、幾度も感じるようであったことだ。そしていかにも疲弊《ひへい》した様子の妻から、現実に始っている徴候の二、三について聞かされる際の、ドカンとやってくるだろう衝撃に、なんとか防禦《ぼうぎょ》態勢をつくろうとして、そのように自分も黙ったまま樹木の新芽を眺めつづけ、こちらからは――ある小説で障害のある息子のことをそう呼んだように、ここでもイーヨーという渾名《あだな》をもちいることにしたいが――イーヨーはどうだった？　と聴き出さねばならぬのを先に延ばしている自分に、気づいていた。

しかし成田から世田谷にいたる車での道のりはまことに長いのだ。ついには妻も口を開かざるをえない。そしていったん口を開けば、なにより彼女の心に覆《おお》いかぶさり真暗にしている事態について話すほかにはない。そこで妻は、低く鬱屈《うっくつ》しているが、たよりないことでは幼児的な声音《こわね》で、――イーヨーが悪かった、本当に悪かった！　と報告したのであった。つづいて彼女が運転手の耳への気がねもあり、押え押えしているのがわかる語り口で、つたえたところは次のようだ。

僕がヨーロッパへ発って五日目に、息子はある確信に到ったかのように――その確信がどういう性格のものであるかについては、妻はこの点とくに他人には異様に響くであろうことを惧《おそ》れて車の中では話さず、また帰宅しても息子にお襁褓《むつ》をさせてベッドに入れるまで話さなかったのだが――乱暴を始めた。養護学校の高校一年から二年にあがるところで、春休みの一日それまでの級友と別れる集りがあった。養護学校に近い、砧《きぬた》ファミリー・パークという所へ集ったのだが、そのうち鬼ごっこをすることになった。子供らが鬼になって、各自の母親を追いかけるやり方である。他の母親たちと一緒に妻が駈け出した時、息子は遠目にもあきらかな逆上ぶりを示したというのだ。怯《おび》えて立ちどまった妻に、追いすがってきた息子は、体育で習った柔道の足払いをかけた。うしろむき真っすぐに倒れた妻は、頭の皮膚から出血したのみならず、脳震盪《のうしんとう》をおこしてしばらく起ちあがれぬほどであった。担任の先生方や、ほかの母親たちが、あやまるよう口ぐちにいわれたが、息子は頑強に黙りこみ、仁王立ちして地面を睨《にら》みつけるのみであった。

その日帰ってから、気がかりなまま観察することをはじめた妻の眼に、息子は弟の部屋に入りこんでは、羽がいじめしたり小突いたりして、弟を迫害している様子なのである。誇り高い弟は声をあげて泣くことはせず、母親に告げ口をすることもなかったのだが。そして本人は車のなかで、その話をする母親に対し、恥を耐えているようにうつむき躰を硬くしてはいるものの、話の内容を僕に否定しはしなかったのであった。息子のお襁褓《むつ》の世話をすることをはじめ、万事につけ障害のある兄に気を使う妹が、その心づかいのためにかえって反撥《はんぱつ》されて、顔のまんなかを拳で殴られるところまで妻は目撃した。そうしたことが重なり、怯えた、あるいは腹をたてた家族にかまってもらえなくなった息子は、養護学校が休みであったこともあり、朝から晩まで大ヴォリュームで再生装置をならしつづけた。そしてこれも帰宅しての深夜にようやく妻が話したことなのであるが――三日ほど前、皿にあるものをわざわざ一度に頬ばってむさぼるようにする息子の、おそろしく早い食事に遅れて、妻たちが食堂の隅《すみ》にかたまって夕食をつづけていると、台所から庖丁《ほうちょう》を持ってきた息子が、両手で握りしめたそいつを胸の前にささげるようにして、家族とは反対の隅のカーテンの脇に立ち、暗い裏庭を見つめて考えるようであったという……

――病院に収容してもらうよりほかないかと思ったわ。身長も体重もあなたと同じなのだから、私たちには歯がたたない……

妻はそういってあらためて黙りこんだ。そこでずっと口を開かなかった次男ともども、われわれ三人は暗澹《あんたん》たる巨大なものの影のうちにある具合に、全的に萎縮《いしゅく》して、なお長い道のりをすごしたのである。庖丁うんぬんについてはもとより、先にいった、息子を見舞った奇態な固定観念についても、まだ耳にしていなかったにもかかわらず、それでもすでに僕は、ヨーロッパの旅で蓄積した疲労の総体に抗しがたいようであった。

そしてこのような経験に際して、まずおちいる退嬰《たいえい》的な心の処し方があらわなのであるが、僕は直接妻の言葉に面とむかいなおすより前に、いったん迂回路《うかいろ》をとって考えることを選んで、ブレイクのもうひとつの詩を思い描いていた。次男をはさみ脇に坐っている妻のてまえ、膝の上のショルダーバッグから「オクスフォード・ユニヴァーシティー・プレス」版のブレイクを取り出すことまではしなかったけれども……

『経験の歌』に、不定冠詞のついた、「失なわれた少年」という詩が――もとより広く知られた一篇がある。『無垢の歌』の定冠詞つきの少年とちがって、こちらのある自立した性格の子供は、父親に挑戦的な抗弁をする。《誰ひとり自分より他を自分のように愛しはしない　自分より他を自分のように尊敬しはしない　また「思想」によって　それより偉大なものを知ることは不可能なのだ／だからお父さん、どうして僕が自分以上に　あなたや兄弟たちを愛せよう？　戸口でパン屑をひろっている　あの小鳥ほどになら　あなたを愛しもしようけれど》。

脇でそれを聞いた司祭が腹を立て、少年を引ったてるのみならず、悪魔として告発することさえしてしまう。《そしてかれは焼き殺された　かつて多くが焼かれた聖なる場所で、泣いている親たちの涙はむなしく　このようなことがいまもなおアルビオンの岸で行なわれているのか？》

憂鬱な家族を乗せた車がついに家まで辿《たど》りつき、暗い玄関先にトランクを運び込んでいるところへ娘が顔を出した。彼女もまた母親や弟同様、あからさまに鬱屈をたたえた表情だったが、僕としては車のなかで妻にいいだしかねていた、――それほどみんなとイーヨーとの関係が悪いのならば、あの二人だけで留守番させておいていいのかい？　という気がかりな思いは解消したのであった。そこで気勢はあがらぬながら、なんとか旅帰りの陽気さをあらわすように声をかけあって、われわれは居間へ入って行ったのだが、ソファの息子は相撲《すもう》雑誌に見入ったままなのだ。通学用の黒いダブダブのズボンに、こちらは窮屈そうな僕の古ワイシャツを着こみ、尻をあげて両膝をついた不自然な恰好《かっこう》で、終ったばかりの春場所を特集した雑誌に、それも下位取組のこまかな星取表に見入っている。その息子の背から下肢にかけて、僕はあるアンビヴァレントなものを見るようだった。旅の間、もうひとりの自分はずっとそこにいた、かつ自分を拒《こば》もうとして覚悟をかためた息子もそこにいたのだと。身長も体重もまったく僕と同じで、肥りぎみの背をまるめがちな姿勢まで似ている息子に、日ごろそのソファに横たわって――僕の場合はあおむきに寝そべって――本を読んで過す自分をかさねるのは、僕としてむしろ自然な感じとり方なのだが、同じくその時の僕は、息子が、（もうひとりの息子である僕の分身とももどもに）いまやはっきり父親を拒否していると、それも単純な行きがかりでの反撥というのではなく、底に捩《ね》じくれ曲って続く過程をおいて、はっきり覚悟した拒否を示していると、感じたのであった。そこで僕は、

――イーヨー、パパは帰ってきたよ、相撲はどうだった、朝汐は押したか？　と声をかけながらも、あらためて妻たちの鬱屈の、本当の重みを思い知る具合であったのだ。

しかしその時、僕はまだ息子の眼を見ていなかったのである。この帰国した夜、いかにも端的にいま起ろうとしている――すでに起っているのでもある――問題の核心に面とむ

かわせたのが、息子の眼であったのに。僕はかれのためにベルリンでハーモニカを買ってきていた。自分はスイスのアーミー・ナイフをもらった次男が、呼んでもソファから降りてこぬ兄にハーモニカを持って行ったが、息子は見むきもしない。食事をしながら僕が幾度か声をかけてはじめて、かれはハーモニカを紙ケースからとり出したが、日頃はどのような楽器にも関心をあらわして、なんとか和音を組み合せてみせるのに——しかもこれまで幾度かハーモニカにふれてきたのであるにもかかわらず——なにやらめずらしく、怯《おび》えさせもする相手にめぐりあった具合に、気の乗らぬ様子で、両側から演奏できる長いハーモニカを、異物のようにいじりまわすのみだ。そのうち音を出しはじめたが、ハーモニカを斜めにして一段のひとつの吹穴にだけ息を吹きこみ、風の音のような単音を響かせるのである。もしふたつ以上の吹穴に息を吹きこむと、和音のかわりに恐しい不協和音が鼻面に嚙みついてくるかと惧《おそ》れているように……

免税売場で買ってきたウイスキーを飲んでいた僕は、とうとう食卓から立ちあがって、妻たちがビクリと緊張するなかを、息子がいまはナイフを斜めに刺しこんだふうに躰《からだ》を延ばしてよりかかっている、ソファの前へ出かけて行った。息子はその恰好のまま、ハーモニカの片端に両手をかさねて握りしめ、笏《しゃく》のように顔の前に立てて、その両側から僕を見あげた。その眼が、僕を震撼《しんかん》したのである。発熱しているのかと疑われるほど充血しているが、黄色っぽいヤニのような光沢をあらわして生なましい。発情した獣が、衝動のまま荒淫のかぎりをつくして、なおその余波のうちにいる。すぐにもその荒あらしい過度の活動期に、沈滞期がとってかわるはずのものだが、まだ躰の奥には猛りたっているものがある。息子はいわばその情動の獣に内側から食いつくされて、自分としてはどうしようもないのだという眼つきで、しかも黒ぐろとした眉と立派に張った鼻、真赤な脣《くちびる》は、弛緩《しかん》して無表情なままなのだ。

僕はその眼を見おろしたまま、胸をつかれて黙っていた。妻が立ってきて、息子に眠る時間だというと、かれは柔順にしたがって、この日のお襁褓《むつ》一式を持ち、二階へ上って行った。その前に、ハーモニカは、自分にとってはいかなる意味もないものを、偶然に握っていたにすぎぬというふうに、バタッと脇に落して。僕の脇をすりぬける時、息子がチラッと僕を見た眼に、あらためて僕は、犬が人間のいない場所で笑いに笑い、そのあげく充血したような眼だとも感じたのだが……

——いまハーモニカを握っていたようにして、イーヨーは庖丁を持って、そのカーテンのところに頭を突きつけて、じっと裏庭を覗《のぞ》いていたのよ。私たちが食事をする間、声をかけるのも恐いほど、身じろぎもしないで、と息子を寝かせてきた妻が、さきに書いた庖丁についての挿話《そうわ》を話したわけだ。

あわせて妻はなんとも奇妙な息子の言葉のことを話した。現にいま僕が旅から戻って来れば、息子は妻に反抗しないし、これから父親を空港へ迎えに行くといっただけで、妹へ無干渉の関係をたもち、留守番をすることができた。そうである以上、息子が乱暴をはじめた際、自然ななりゆきとして、妻は父親が帰ってきたならそれをいいつけると、そういって制御《せいぎょ》しようとした模様なのだ。ところが息子は、その時もＦＭ放送で大ヴォリュームを響かせていた、ブルックナーの交響曲をものともせぬ大声で、

——いいえ、いいえ、**パパは死んでしまいました！**　と叫んだというのである。

妻は茫然《ぼうぜん》としたものの、なんとか気をとりなおして息子の誤りをただそうとした。いや父親は死んでいない、これまでにも永い不在の時期があったが、それは外国に行って生きていたのであり、死んだのではなかった。これまでいつも旅を終えて帰ってきたように、今度も帰ってくる、とブルックナーに対抗して——僕はそれが交響曲第何番であったかを、気が滅入《めい》るままテーブルにあったＦＭ番組の雑誌を開いて調べ、そしてそれが第八番のハ短調の交響曲だったことを確かめたが——実際必要だったろう大声をあげて説き伏せようとした。しかし息子は頑強な確信をあらわして抗弁しつづけたというのだ。

——**いいえ、パパは死んでしまいました！　死んでしまいましたよ！**

しかも妻との問答の過程で、息子の言葉は、奇態なものにちがいはないが、それなりの脈絡をそなえていた。

——死んだのとはちがうでしょう？　旅行しているのでしょう？　だから来週の日曜日には帰って来るでしょうが？

パは死んでしまいました、パパは死んでしまいましたよ！

——そうですか、来週の日曜日に帰ってきますか？　そのときは帰ってきても、いまパ

ブルックナーの第八番はいつまでも続き、妻は大声で息子と叫びかわすうちに、砧ファミリー・パークで倒されて傷ついた後頭部に新しい血が滲《にじ》んでくるような気もして、疲労困憊《こんぱい》した。それも彼女をさらに根深い気力阻喪《そそう》におとすようであったのは、実際自分の夫は死んでいるのだが、障害のある息子を自分の統制のもとに置くために、まだ父親は死んでいないといいくるめようとしているのだったら、と将来の時に起りうべき事態にかさねて思ったからだった……

それでも帰国の翌朝、僕は息子とのコミュニケイションの糸口を見出し、それを介して家族みなが、かれと仲直りすることになったのだ。夜明け近くまで眠れなかった僕は、子供らが起きだして朝食をとる間、おなじテーブルに坐ってはいたのだが（長男は家族の誰からも距離を開けて、テーブルに斜めに向かうように坐り、腕に錘《おも》りがついているような箸《はし》使いでノロノロ食べた。「ヒダントール」錠という抗てんかん剤をのむようになってから、朝のうち動作が緩慢《かんまん》なのではあるが、その間かれは僕と妻が話しかけても、なにひとつ聞きとる様子はなかったのだ）、食後まだ春休みの子供らが自分らの部屋に引きこもったので、僕は昨日まで長男が占領していた居間のソファであらためて眠ったのである。

そのうち僕は、幼年時の思い出を喚起されるというより自分が幼かったある時、ある場所での出来事がそのまま復元されている、ものそのもののように濃密な懐かしさから、身ぶるいしつつ眼ざめた。涙があふれんばかりになっていた。息子がソファの裾のあたりの床に坐りこみ、毛布から出していた僕の片足を、壊れやすく柔らかなつくりものでもなでるように、ゆるやかに曲げた右手の指五本でなでさすっているのだった。穏やかな声で低く、確かめるようにつぶやきもしながら。そしてその言葉は、僕が懐かしさの感情のかたまった、生きたゼリーのようにして震えている、夢のさめぎわにも聞きとっていたものだ。

――足、大丈夫か？　善い足、善い足！　足、大丈夫か？　痛風、大丈夫か？　善い足、善い足！

――……イーヨー、足、大丈夫だよ、痛風じゃないからね、大丈夫だよ、と僕は息子がつぶやいているほどの声音でいった。

すると息子は、まぶしそうではあるがすでに僕の出発前のかれの眼にもどってこちらを見あげ、

――ああ、大丈夫ですか、善い足ですねえ！　本当に、立派な足です！　といったのである。

しばらくすると息子は僕の足から離れ、昨夜ほうりだしたままだったハーモニカをとりあげて、和音を試しはじめた。そのうち和音はメロディーをともなうものになりもした。

僕としてはバッハのシチリアーナのひとつとしかいうことのできぬ、平易な、美しい一節を、いくつもの音程で吹き、調性のことなる両側の吹き口の意味も読みとったふうなのであった。昼食には僕がわれながらいそいそとスパゲッティー・カルボナーラをつくった。まず次男と娘が食卓についたところで、息子に声をかけると、妻がつい吹きだしてしまうほどの、穏和《おんわ》きわまる、澄んだきれいな声でかれは返事をしたのであった。

——足について僕がイーヨーに定義しておいた。それが僕らに、お互いへの通路を開く、今日の手がかりになった、と僕は妻に話した。僕はこの世界のなにもかもを定義してやると、イーヨーにいってきたんだがな。ところがいまのところ、いちばん確かだったのは足の定義で、それも僕の発明というよりは、痛風のおかげで定義できたわけだ……

定義。この世界のなにもかもについての定義集。さきに書いた、自分がブレイクに向けて帰りつつある、または新しく向いつつあるという予感が、すでに実現されていることをあわせ示すために、僕はまずいっておきたいのだが、憲法をわかりやすく語りなおすことからはじめるはずの、この定義集を構想しはじめた段階で、つまりはもう十年ほども前に、『無垢の歌、経験の歌』と、ブレイクを引いてそれは名づけられていたのだった。

そしてこの定義集を、実際に絵本としてや童話のかたちで進めてゆこうとしながら、なかなか実現することができなかったのである。七、八年前、子供と想像力をめぐって公開の席でした話のなかで、現に僕は次のようにいってもいる。この段階ですでに、しばしば実際にはじめようと試みながら、当の計画が達成困難であることを思い知らされていたのだ。しかし人まえで話すことでそれへの強制装置を自分にかけておくことを望む、そのような内情があらわれているとも思えるのだが。

《この障害児学級の息子の同級生たちのために、そのような子供たちが将来この世界で生きてゆくためのハンド・ブックというものを書きたいと、私は考えるようになりました。そのような障害児学級の子供に理解できる言葉で、この世界、社会、人間とはどういうものかをつたえ、それでは元気をだしてこれらの点に気をつけて生きていってくれ、といいたいと考えたのです。たとえば生命とはどういうものかを、短かくやさしく書く。私が全体を書く必要はない。様ざまな友人たちが、たとえば音楽についてならTさんが私の息子にむけて書いてくれるだろう。そのように思ってはじめた仕事でしたが、実際には気の遠くなるような困難だらけなのでした。単純明快なことについて、生きいきした想像力を喚起するような言葉で書こうとしても、書くべき現実がそれを許さないということが、あらゆることどもについてあることに、すぐさま気がつかないわけにゆかなかったからです。》

僕はいま右のとおり書きうつして、この記録のまま人まえでしゃべった自分に、正直でなかったところがあるのに気づく。ここでの言葉づかいにしたがえば、僕が自分の息子や障害児学級の仲間らのための、この世界、社会、人間について定義集を書く。憲法について語ることを、主題の中心に置きもする。それについて、当の憲法下の現実そのものが、簡潔、正確かつ喚起的な言葉で書くことを不可能たらしめている。そのようにいうことがまったく事実にそくしていないとは、いまもいわない。しかし、正直なところは、外部より僕自身の内面にこそ、問題の核心があったのだ。もっと整理して、つまりはもっと勇敢にいうならば、まず僕の怠惰ということに理由がある。その怠惰のよってきたるところには自分の能力の不足への、惧れのまじった無力感がひそんでいるが。僕はまだ息子が就学する前に、すでにこの構想をおこした。そして家から出たことのない幼児のためにとして始め、小学校、中学校の障害児学級にいる息子とその仲間たちへ、ということにして文体をしだいに変化させつつ、それぞれの時に草稿を書いた。そしていま養護学校の高等科二年に進もうとしている息子に対して、これまで確実に定義してやりえたのは、足、善い足についてであって、それもただ僕が、かつて痛風の発作を起したことに由来しているのだ……

僕が痛風をおこした時、息子はまだ中学校の障害児学級に進学したばかりだったが、躰の大きさも体力もかれを圧倒していた父親が、きれいな赤色に腫《は》れている左の拇指《おやゆび》のつけねに全的に支配され、シーツの重みにすらも痛みをかきたてられるため剝《む》きだしにして夜は眠り——アルコール飲料なしにいくらかは眠れるとして——昼間はおなじ恰好でソファに横たわり、トイレットへは片足を宙に浮かせて這《は》って行くという、まったく無力な人間であった日々が、かれの印象にきざまれたのである。息子はなんとか力をつくして、無力な父親の役に立とうとした。廊下を這って行く際、いかに臑《すね》の骨が痛むものか、思い知らざるをえぬ父親の脇で、はぐれた羊を追いこむ牧羊犬のように小走りする息子が、肥満して不器用な躰を、痛風の足の上に倒れこませることも起った。僕はそれこそワーッと絶叫したが、しかし苦しむ僕を眼にしての息子の縮みあがりようには、僕が日頃かれを打擲《ちょうちゃく》する粗暴な父親であったかと錯覚させるほどのものがあった。そしてその思いは、こちらの胸に傷のようにきざまれたのである。痛風の発作が日々静まってゆくにつれて、なおふっくらして薔薇色《ばらいろ》の拇指のつけねを軽く曲げた五本の指でふれながら、――前のめりに力をかけぬよう、もう片方の手で躰を支えているわけだ――息子はほかならぬ足自体に向けて、語りかけることをした、――**善い足、大丈夫か？　本当に善い足ですねえ！**

――イーヨーにとって、はじめて父親が死ぬということが、自分にもわかる問題になった、ということだったのじゃないか？　確かにイーヨーはきわめて悪かった、悪いふるまいをした、ということではあるんだけれども、と僕はしばらく考えた上で妻に話した。それでもわかりにくい部分はね、つまりイーヨーが、死んだ人間もまた帰ってくる、と考えているらしい点はね、これから注意して観察すれば、そういう考えがよってきたるところを納得できるだろうと思うよ。イーヨーは、単なる思いつきはいわないから。それに僕自身、子供の時分おなじように考えたことがあるように思うのさ。……ともかく僕が旅に出ていて、なかなか帰ってこないから、そこで僕が死んだ後へと、イーヨーの思いが行ったとして、自然なことなのじゃないか？　父親がどこか遠い所へ行ってしまい、かれの感情の経験としては死んだと同然で、その上ゲームとはいえ、母親までが自分を残して逃げだそうとすれば、イーヨーとして逆上もするよ。子供にとってはとくに、ゲームは現実のモデルなんだから。かれの庖丁のかまえ方は、考えてみると防禦《ぼうぎょ》的なものだと思うけれども、そうやってカーテンの向うを覗いていたのも、じつは父親の死後、かわりに家族を守ろうとして、外敵を見張っているつもりじゃなかったのか？　僕はどうもそう思うよ。

つづけて僕は妻に向けてでなく、したがって声には出さず、自分自身にこういった。僕の死後に起ることに対し、そのように息子がかれとしての切実さで考えをめぐらすのである以上、父親の僕が、遅かれ早かれ避けられぬ自分の死後の、息子と世界、社会、人間との関係について、怯えることなく、また怠惰におちいることなく、準備をすることはしなければならぬはずではないか？

僕の死後、決して息子が生の道に踏み迷うことのない、完備した、世界、社会、人間への手引きを、それもかれがよく理解しうる言葉で、実際に書きうるものかどうか――むしろそれは不可能だと、すでに思い知らされているようなものであるが、それでもなんとか自分として、息子への定義集を書くべくつとめることはしよう。むしろ息子のためにというより、ほかならぬ僕自身を洗いなおし、かつ励ますための、世界、社会、人間についての定義集を書くつもりで。痛風の経験は、足について明確な定義を息子にあたえたが、僕もまたかれの受容を介して、「善い足」とはなにかを認識しえているのだ。僕はいま旅の間に始った勢いにしたがって、ここしばらくブレイクを集中的に読みつづけようとしている。具体的にそれにかさねて、世界、社会、人間についての定義集を書いてゆくことはできないだろうか？　それも今度は、息子やその仲間らに理解されうる文章でということは考えにいれず、まずいまの自分に切実な要素となっている定義が、どのような経験を介して自分のものとなったか——そしてそれをいかに強く、無垢《むく》な魂を持つ者らにつたえたいとねがっているかを、小説に書いてゆくことをつうじて……

僕はかつてひとつの夢想をいだいた。それを文章に書きもした。僕が死ぬ日、経験として僕のうちに蓄積されたところのすべてが、息子の無垢の心に向けて流れこむ。もしその夢想が実現することがあれば、息子はすでにひとつかみの骨と灰になった父親を地中に埋めた後、これから僕の書く定義集を読んでゆくだろう。むしろそのような、もとより子供じみた夢想にすがりつくようにして、自分の死後の現世における息子の受難についての、様ざまな思いから救助されることをもとめて、僕はこの定義集を書きはじめるのかもしれないが……

「川」を定義する、その仕方で、僕と息子に共有される「善い足」の定義ほどにも確実に記憶にきざまれているものがある。それがいかに簡潔明瞭なものであったか――定義したHさんは、ほとんど言葉すら用いなかったのである。もう十年も前のことになるが、僕が年長の作家Hさんと飛行機に乗り、ニューデリーから東に向っていた。そしてベンガル地方のいちめん粘土色の沃野《よくや》に、そこいったいを縫《ぬ》いかえした痕のように深く彎曲《わんきょく》しつつ流れる川を、それまで眠っていたようであったHさんが――そうではなかったしるしにきっぱりした身ぶりで僕の注意をうながして、気密窓の下方を指でさした。一瞬があり、つづいて倒してある椅子の背に躰をゆだねなおし、あらためて眼をつぶったHさんの、膝の前に乗り出すようにして、（飛行機に乗る前に、Hさんとの対立と僕に思われた事態があり、ついで和解が生じていたのだが、このHさんの言葉、あるいは態度は、さらに僕を励ましたのだ）僕は窓の下方を見渡した。おりから高度を下げるべく旋回をはじめた飛行機の動きもあって、まことにインドの川というほかにない、それも川のなかの真の川が――僕にとっては四国の森のなかの谷間を流れる澄んだ川が、原型としての川をなしていたのだが、この経験から、もうひとつの真の川のイメージが加わったのだ――視野いっぱいにあらわれていた。やはり粘土色の海へ向っているにはちがいないが、川自体からはどちらへ流れているともしれぬ、地面よりわずかに淡い粘土色の川。さきのHさんの、手くびと指のわずかな動きと、沈黙のつづきにおいてのようではあるが、脣《くちびる》は動いて、――川、と示していたようである、その動作の全体について、僕は「川」についての最良の定義として、それ以来、当の飛行機路線に乗る前の出来事ともども、記憶にとどめているのである。

インド大陸をジェット機で横切ったこの日、僕とHさんは、じつに十時間ほどもインドの人びとのうちにあって、日本人としてはただふたり、出発待ちをしたのだった。そしてその間に、Hさんが僕に対して発した言葉は、脣が動いたのみだったかもしれぬ、あの川という言葉と、「インターナショナル・ヘラルド・トリビューン」紙のひとつの記事について、空港についてすぐの、――これを読みませんか？　という言葉、そしてそれにさきだちタクシーのなかで、眼鏡の汚れについての挿話をのべた言葉との、まったくわずかな量であった。カルカッタ行きのこの飛行機が出る直前まで、僕にはそれがHさんの僕への腹立ち、それも直接僕のインドの慣習になじまぬ性急さにまきこまれていることへの、腹立ちがもたらしている沈黙だと感じられていたのであった。その秋の日の、ガランとしてとらえどころのない倉庫のような空港での、十時間ほど、ホテルで休養もしえたその時間を、僕のせっかちさのせいでHさんは無益に過したわけだったから。そのように憤りを発していると僕に思えたHさんは、実際とりつくしまがなかったのであった。日本海側の大きい廻船問屋である旧家に生まれ（その旧家の人間的蓄積の精髄とでもいうものを、かえって実業界に進まなかったこの人が受けついでおり）、敗戦時にはわざわざ苦難をもとめるように、混乱している中国におもむき、辛酸をなめもした。そしていかにも戦後的な独自の作家・思想家として仕事をして来たHさん。かれにはまたそうした経歴とは別に、これはこの人がどのような家系に生まれ、どのような生涯をへてきたのであるにしても、やはりこのようであったろうと思える、いわば天与の人柄もあり、Hさんが腹立ち、憤りをいだくならば、それを容易に外側から、他人によって解消にみちびくことはできかねるふうであったのだ。かれに腹立ちをひきおこした当人においてはなおさらに。まだ憤りの気配があからさまになる前、Hさんが紙ばさみからとり出して見せてくれた「インターナショナル・ヘラルド・トリビューン」紙の記事の内容は、明瞭に示すことができる。ソヴィエトにおける言論弾圧を批判する、チェリスト、ロストロポーヴィッチについてつたえる記事でそれはあった。当時なお国内にあって、盟友ソルジェニーツィンへの弁護活動に精力をそそいでいたこの音楽家の談話を、その日読んでいた本の扉に写しておいたものがあるから。

ロストロポーヴィッチは、このように語っていた。《あらゆる人間が、自立して考えること、また自分が知っていること、個人的に考えたこと、経験したことについて、恐怖せず意見をあらわしうる権利を持たねばなりません。自分に教えこまれた意見について、わずかにことなるのみの変化をつけてそれを表現する、というのではなく……》。

そしてしだいにあらわになったHさんの腹立ちの、直接僕の不手際《ふてぎわ》と航空会社自体に向けられているもののほかには、ソヴィエトにおけるこの言論弾圧、人権抑圧が関係していると僕は受けとっていたのでもあった。眼鏡の汚れについての挿話といったのは、次のようなものであったから。僕とHさんとが、その時ニューデリーにいた理由は、アジアおよびアフリカの作家たちの会議が開かれていたからだが、そこにはまたソヴィエトの作家たち詩人らの参加も多く、Hさんの旧知の女流詩人もふくまれていた。そして前夜、遅くまでHさんは――仮にネフェドブナさんと呼ぶとすると、やはりHさん同様五十代なかばの、しかし小柄で知的な自由さを持った身ごなしと、ユダヤ系らしく都会性のある容貌《ようぼう》とが十歳は若く見せている、女流詩人と口論をした。Hさんは政治的なふくみのある話を不用意にするには、国際的に百戦練磨の人であるから、僕も質問はさしひかえたのだが、口論はさきのロストロポーヴィッチ発言とつながりを持つ、今日のソヴィエトの人権問題に関してのものらしいと、僕は受けとっていたのだ。Hさんはソヴィエトの文化官僚たちとも関係は深いが、しかしロストロポーヴィッチが弁護する側の芸術家、科学者らに、はっきり親近の情をよせてきた人である。Hさんがアジア、アフリカの作家たちの会議で、ソヴィエトからの代表たちに、この人らしい穏やかな話しぶりの英語によって、忍耐強くかつ戦略、戦術はしたたかに、呈出しつづけた批判はその側に立っていた。しかしHさんはネフェドブナさんが、モスクワで実際に人権問題の運動に参加してやりすぎるということがあれば、それはよく考えた方がいい、いったんそれを見つけられてしまえば、このような外国への旅などはもとより、これまでのとおりの国内での活動も、ユダヤ人であるネフェドブナさんにありえぬのだからと、説得した模様なのだ。しかしおそらく十五、六年ごしの、こうした国際会議のたびに再会する友人として、遠慮のない間柄のネフェドブナさんは——Hさんのいう、あの頑固きわまりないロシアのインテリ女は——Hさんの勧告するところに同意しなかった。Hさんは少年時から眼鏡をかけているが、ネフェドブナさんの方は近ごろ用いはじめた読書用の眼鏡を、バッグに入れて携行している。そしてその眼鏡を、こまかな活字の大部の専門書を勤勉に読むネフェドブナさんが——彼女は詩人として名高いが、またインド古代語の研究家として業績のある人でもある——ふだん眼鏡をかけない人のつねとして、よく掃除しない。そこで神経質なところのあるHさんが、彼女の眼鏡を掃除してやる慣《なら》いなのだが、昨夜はその逆に、ポケットのゴミをつまみ出してはネフェドブナさんの眼鏡にまぶしてやった……

そのようにHさんは空港へのタクシーのなかで話したのである。空港につくとHさんは店開きしたばかりのバーのカウンターに坐りこみ、ビールだったかもっと強い酒だったかを飲みはじめ、いったんそうなると僕をまったく無視する進みゆきであった。飛行機は午前七時に発つはずで、前日に日本の作家代表団の主力と別れ、Hさんとふたりだけの旅になることを気にかけていた僕は、確かに時間表の正確さをHさんに要求しすぎていた。小さな森のような中庭に面した、露天にさらされている廊下を行き来しては、幾度もHさんを起こしに行ったし――あまりに巨大で黒い樹幹も金色がかった茶色の落葉も、植物に属するというより鉱物質のような、なんとも荒廃した感じの樹木が茂っていたのを思い出すが、そしてあのじつにインドらしい樹木はなんという木であったかと気がかりに思うのだが――のちにはボーイに新しくチップをやって、なかなか起きてこぬHさんを無理やり連れ出すようなこともしたのだ。それでいながら、定刻どおり飛行機が出発するかどうか、空港に電話で問いあわせもしなかったのである。タクシーを急がせてなんとか出発予定時前に空港につくと、理由はあきらかにされぬまま出発は延期に延期をかさね、午後になってもなお出発見込みのアナウンスはない始末であった。

インド滞在の経験に立っての著書もある、この国柄に通じたHさんには、定刻どおりの出発などありえぬと、前もってよくわかっていたのかもしれぬのだから、僕としてはHさんを腹立ちにさそうだけのことをしていたわけだ。僕はそれを考えて、Hさんが空港バーでひとり飲みつづける間、出発予定を示す電光板の前で、アナウンスを聞きもらさぬよう気を働かせつつ、ホテルの売店で買った、インドの野生動物についての本を読んでいた。E・P・ギーという農園主の、いかにも律義《りちぎ》な性格と生涯が文体に反映している、生真面目な回想録だが、それでいて奇妙なおかしさの細部もある、まさに旅先で読むのに好適な本だった。その本の扉に僕はさきの、ロストロポーヴィッチの談話を書きつけたのだ。すなわちこの本自体いま手許にある。一九四七年のパキスタン分割にあたって、次のように奇態な現象がみられたと、カシミール地方の友人たちの証言をもとにギーは書いている。新しい国境を越えて、牛を神聖視するヒンズー教徒たちがパキスタンからインドへ移り、豚を食わぬ回教徒たちが逆にパキスタンへと移った際、野生の獣らもまた、本能的に生き残りの道をもとめた。パキスタン領内の大量の野牛《ニルガイ》がインドへ、おなじく数かずの野豚《ワイルド・ピッグ》がパキスタンへ、安全をもとめて移動したのだ！

もう午後も遅かった。それほど永く待っていたわけだが、僕はこの挿話を披露してHさんを笑わせようと思いたったのだ。そこでカウンターにひとり坐りつづけているHさんの、すぐ脇のとまり木に、僕も坐ってビールを注文した。客に対して無愛想というより、暗くすすけたような不機嫌さが人生への基本態度のような顔つきの、これはこれでやはりインド的なバーテンが、やれやれ、もうひとり日本人のアルコール症患者か、という表情をあらわして、よく冷えてもいいぬビールをよこす。まずそれを飲んで僕が話した、動物たちの挿話について、Hさんは正面の貧弱な酒瓶《さかびん》の棚と大きいインド地図を見やったままわずかな興味を示すこともなかった。所在ないまま、僕はもう一本ビールを注文し、やはり酒瓶とインド地図を眺めるということをするほかはなかった。そのようにしてビールの注文を繰《く》りかえすうち、決してなじみがないのではないある衝動が僕をとらえはじめたのだ。

僕は——思えばいまの息子の年齢だが——十七、八の時分にはじめてその衝動を自覚した際の、若者らしい名づけ方のままに、いまもそれを、跳《リープ》ぶと呼んでいるのだが——その跳《リープ》ぶがやってきそうになるたびに、僕としてなんとか遠ざけようとし、そいつに自分を乗っとられることを拒もうとしながら、しかし時には自分から、跳《リープ》ぶの気配をむかえにでるようにして、奇妙な行動をおこなってしまうことがある。酒に酔っての愚行をふくめ、跳《リープ》ぶは、程度の差こそあれ年に一度は僕を占拠して、もしかしたらその累積が、僕の生き方のコースを捩《ね》じ曲げてきたのかも知れぬほどだ。逆に、跳《リープ》ぶが自分をつくったのだともいえぬわけではないかもしれぬが……

ニューデリーの空港でやってきた跳《リープ》ぶの場合、それはむしろ、このようにいうと大仰にひびくかもしれぬほどの行為ではあったのだが——僕は永年敬愛してきたHさんをからかう、それも悲しい恋になやむ中年すぎの男として、Hさんをからかう、そのような詩を書いて、その間も腹立ちをあらわしつつ飲みつづけているHさんに示すという、無礼とも悪ふざけともなんともいいようのない、危険なことを思いついたのだ。

僕はコースターを裏がえして、まず眼の前のインド地図をうつした。そしてそのいくつかの地点に星マークをつけた上で、それらの地名をおりこんだ英語の詩を書いたのである。タイトルは、「インド地名案内《インディアン・ガゼティーア》」。僕がいまその英詩（？）についてはっきり覚えているのは、恋になやむ中年過ぎの男が、やはり相当な年の愛人の去って行った地方都市、マイソールを思ってくよくよ酒を飲むというところだ。この地名に引っかけてのあてこすり、こそが、僕のたくらみのかなめであったから。この日こちらは汽車で、Hさんが昨夜口論したネフェドブナさんは、マイソールでの言語学の学会へと発っていたのであるからだ。マイソール、MYSOREを分解してMY SOREとすると――それはいま机の上にある小さい辞書から引きうつすなら、私の①触れると痛むところ、傷、ただれ、②苦しみ（悲しみ、腹立ち）の種、いやな思い出、というようなことになる……　正直にいうが、僕はHさんとネフェドブナさんとの、国際会議をつうじての永い友人関係を、恋愛に近いものだと思ったことはなかった。Hさんの世代の仕事、つまり戦後文学者の仕事に影響を受けて学生時代をすごした僕らには、Hさんらに対して悪童ぶるところがあり、たとえばおなじ代表団のメムバーであったO君など、しばしばネフェドブナさんをHさんの恋人あつかいしてはやしたてたものだ。しかしO君にしても、僕同様、Hさんに対してあるいはネフェドブナさんに対して、断乎《だんこ》として自立した年長の知識人への敬意をいだいていることがあり、かれらを恋人同士としてひとくくりするつもりはないのであった。ところが僕はそのいいがかりめいた戯詩を書きつけたコースターを、眼鏡をはずし頭をたれて――眼鏡をとってしまうと、中世の、いまや貴顕《きけん》たらんとしている豪族のようである、Hさんの頭のかたちが思い出されてくるが――カウンターを見まもっているHさんの、その視線のとどまっているところへ押し出したのだ。朝早く起されたくらいのことで、かつはまた飛行機の遅れくらいのことで、いつまでそのように腹を立てているのだ、さあ、もっと怒れ、こちらとしても遠慮せぬぞ、と手におえぬ跳ぶ《リープ》にそそのかされながら。

Hさんはその姿勢のまま、眼もとに力をこめるようにしてコースターの詩を読む様子だった。それから眼鏡をかけなおして、ゆっくり二度、三度、短い詩行をコースターに辿るのが、こめかみから眼のまわりへの緊張に読みとれた。僕はすぐさま胸のなかが真黒になるほどにも後悔しはじめていたのだが、……やがてHさんがゆっくり僕に向けた顔の、その眼に浮んでいた表情が、僕を真実打ちのめしたのであった。

僕はヨーロッパ旅行から帰ってきて、はじめて息子の顔を正面から見た際の、留守の間荒れに荒れていたという息子の眼が、発情して荒淫のかぎりをつくした獣が、なおその余波のうちにいる、あるいは情動の獣に内側から食いつくされているというような、見るに耐えぬ眼だったと書いた。いまはそれにかさねて、あの黄色っぽいヤニのような光沢をあらわしている生なましい眼に、なにより大きく重い悲嘆が露出していたのでもあったことをいいたい。息子の荒ぶりかたについての報告、現に見るかれの、土産のハーモニカへの対応、それに加えて僕自身の旅の疲労ということもあり、苛立《いらだ》ちはじめていた僕には、あの瞬間、その悲嘆を見てとる心の余裕が欠落していたのだ。

それにしてもいま僕は、息子のじつに荒涼としていた眼に、なにより悲嘆のかたまりが露出していたことを、父親としてなぜ見おとしえたのかを不思議に思う。しかし結局その悲嘆の所在を、家族ぐるみ息子と和解して理解することができたのについて、ブレイクの詩がなかだちになったのであることを感じる。

《流れる涙を見て　自分もまた悲しみをわけもたずにいられるか？　子供が泣くのを見て父親は　悲しみにみたされずにいることができるか？》という節をふくむ「他者の悲しみについて」という詩。それは『無垢の歌』のなかの、むすびとして次の節がある詩だった。《おお、あの人はわれらの悲嘆《グリーフ》をうち壊さんとして　その喜びをあたえてくださるわれらの悲嘆が逃れ去る時まで　あの人はわれらの脇に坐って　呻き声をおあげになる》。

　しかし僕がもっと端的に、経験に立って息子の眼の悲嘆を読みとりえたのには、ニューデリーの空港バーでの、Hさんの眼が一瞬示した定義、「悲嘆」についての定義があるのだ。

怒りの大気に冷たい嬰児《えいじ》が立ちあがって

《無垢《イノセンス》は、知恵とともに住んでいるが、無知とは決して共生することがない》と、ブレイクは書いている。この格言のような言葉は、僕にとって充分に意味が明確なのではない、しかも魅《ひ》きつけられる次の言葉、《組織をそなえていない無垢《イノセンス》、それは不可能なことだ》という一句と組合せて、ひとつの長詩に書きそえられている。

当の長詩を、これまでの様ざまな時期に繰りかえし、しかし走り読むようにして読んできた。ブレイクの長詩の性格上、詳細に読みこむのでなければ、およそ読んだとはいえぬであろうが、それなりに僕は胸にきざまれる詩句を見出してきた。いわゆる『四つのゾア』、正式には、ゾアをギリシア語の黙示録の、「四つの活物《いきもの》」という語として、『四つのゾア、古人アルビヨンの死と審判における愛と嫉《ねた》みの苦悩』と名づけられている長詩。たとえば最後の審判に際して、死者が生前の様子を疵《きず》あとぐるみあらわし告発に立つ眺めなど、忘れがたいものだ。
《かれらは傷口を示し、弾劾し、圧制者をつかまえる／黄金の宮殿に叫び声があがり、歌と歓びの声は砂漠に響く／冷たい嬰児《えいじ》が憤怒《ふんぬ》の大気のなかに立つ。かれは叫ぶ、「六千年の間、幼なくして死んだ子供らが怒り狂う。夥《おびただ》しい数の者らが怒り狂う、期待にみちた大気のなかで、裸で、蒼《あお》ざめて立ち、救われようとして」》。

さきに僕が走り読むようにしてと書いたのは、自由にブレイクを読みこなす能力があってというのではなかった。まったくその逆に、ブレイクを読みはじめて幾年たっても、僕にその原文は難かしかった。とくにこれら預言詩《プロフェシー》と呼ばれる中期からの長大な詩は、異邦人の理解を渋滞させる結節点にみちている。しかしその結節点がいかに多いにしても、註釈書を参照しながら時間をかけて読みとくようにするなら、僕にもかなりのところまで把握することができただろう。現にいくつもの研究、註釈書のたぐいを、洋書店に入るたび手に入れるようにしていたのでもある。いまにそれはつづいている。しかも一方で、いったんそのように読みとく仕方をはじめれば、自分にいかに多くの時間があるとしても、それで充分とはいえなくなるだろう、そうした進みゆきになるにきまっていると、まだ若かった時分から惧《おそ》れていたのだった。しかも僕は心のせくままに、たとえばこの八五五行にわたる『四つのゾア』の全体を見ておくだけのことはしたいと、そのような思いに立って、自分に理解できるところのみ跳び石づたいにたどるように読みとおすことをしてきたのだ。

つまりは作品全体の複雑な語り口と、ブレイク独自の宇宙観に立つ、神あるいは神に近い人の条件づけから離れて、僕を強くとらえてきた一節をもうひとつ引用するならば、それは次のようだ……

《人間は労役しなければならず、悲しまねばならず、そして習わねばならず、忘れねばならず、そして帰ってゆかなければならぬ／そこからやって来た暗い谷へと、労役をまた新しく始めるために》。

僕がこの一節を、それも全体から離れて読んだのは、大学の教養学部の、最初の学年の時のことだ。自分が頭を突き出すようにして読んでいる恰好と、その自分をとりまく背景まで、はっきり思い出される。それは大学に入って数週間のうちであったはずだ。躑躅《つつじ》を多様に集めていることで植物学的に意義のある場所なのらしい構内の、旧一高以来の図書館で、僕はたまたまその一節を読んだ。図書館に向いながら、僕はなお咲いたままであった躑躅の、すべての茂みに向けていちいち、——おまえらは躑躅ではない、本当の躑躅は、僕自身が生まれ育った谷間の、そこから屹立する山の斜面に咲いており、そいつらの根が崖の赤土を保護してもいるのだ、と反撥するようであったのだが。

僕がこの詩句を見出したのは固表紙の大判の本で、僕の坐った席のとなりに、それは置かれていた。当の本の脇に、さらに幾冊もの洋書をくるんでなかばほどけている風呂敷包みがあり、前の椅子には誰も坐っていないのであった。

いったん坐った椅子から腰を浮かすようにして、僕は開かれたページを覗《のぞ》きこみ、それもページの手前、つまり右の下半分を、各行のはじめにある〝や〟の、おそらくは作中人物の発する声であることを示す符号を厄介《やっかい》に思いながら読み進んだ。そしてさきに訳出した詩句に出会い、いま新しく展開したばかりの自分の生について、決定的な予言をあたえられたように感じたのである……　実際、僕は茫然とするようであった。折しも当の隣席へ、開かれたままであった本の主が――いま考えてみれば現在の僕よりも若かったはずの、しかし教授あるいは助教授とおぼしい人物が――戻って来た。椅子に坐りながら僕をじっと注視する、妙にねばりつくような眼つきに、その一郭《いっかく》が教師たち占有の場所ではないのかという思いが、茫然としている、つまりは浮足立っている頭にひらめいて、入学早々の僕は逃げ出すように席を立ったのである。その間も僕をじっと見ている教授または助教授が、かれの所有にかかる洋書を僕が盗もうとしたのではないかと疑うのを惧れながら。（輸入される書物が、自由に学生の手に入る時代ではなかったのだ。）

いま自分が眼にした一節が、どのような詩人の――僕は劇詩のように感じていた――なんという作品の一節であるかを、本の持主に確かめさせてもらうことさえしなかったのだが、しかしこのように自分を揺さぶった詩句を忘れるはずはなく、それは自力であらためて探り出しうるはずのものだという思いはあった。そこにはあの時分の僕の、記憶力についてみずからたのむところもあり、かつはそのようにも、当の詩行が僕に根深く突き刺さっていたのでもあった。僕は最初に坐った場所から——そこは立ったままで引くことができるよう、高い台に斜めに載せられた大きいウェブスター辞典のあるコーナーに近かった。つまりその点でも学者・研究者のための特権的な一郭であるような気がして、僕は反射的に立ちあがっていたのだったが——ホールのように広大な閲覧室を斜めに横切って、反対側の隅《すみ》に坐ると、なんとか辞書を引いては読みすすめることをしていたジードの小説をとり出すこともせず、頭の両脇を掌で支えて、もの思いにふけるようであったのだ。

そして帰ってゆかなければならぬ／そこからやって来た暗い谷へと .& return／To the dark valley whence he came, 僕は自分が生まれて育った森のなかの谷間を、意識して暗い谷ととらえたことはなかった。そのようにまず感じもしたことを覚えている。森のなかの村の、とくに僕の生家もふくまれる街道ぞいは、ナル屋と呼ばれているのだが、そしてわれわれの地方で平たいことをナルイというのから、平坦な所として地名をとらえてもいたのだが、森林伐採の搬出に強制移住させられてきた朝鮮人労働者の子弟の友達は、——ナルは太陽のことじゃがなあ、といい、それ以来僕には陽のあたる場所という気持も谷間についてあった。

しかしいま谷間から離れてやってきた大都市の、なじみにくい大きい建物のなかで、さらになじみにくい、箱型の仕切りについたランプの前で頭をかかえていると、突然僕にも、自分の谷間は暗い谷でもあったのだ、その暗いということをかならずしも悪い方向づけのみの言葉とするのではないが……という思いが湧《わ》いた。

人間は労役しなければならず、悲しまねばならず、そして習わねばならず、忘れねばならず、That Man should Labour & sorrow, & learn & forget, 労役することと悲しむことを、対立項としてでなく、隣接する生の二側面と受けとめる仕方が、十代の終りの僕の、父が死んだ後の母親の働きへの思いもあり、納得させるものがあった。それにかさねて次の句が、自分の将来へのおそろしく的確な予言と感じられるものであったのだ。

僕は東京の大学に入って、フランス語の勉強をはじめたところであった。それは高校を卒業してから、一年間考えた上選んだ分野であり、現にいまそれを続けてゆくことにためらいはなかった。それにもかかわらず、ある違和感が底流しているようでもあったのである。そしていまこの詩句をなかだちに、自分が谷間から出て来ている状態と結んで考えると、この感情は顕在化《けんざいか》させることができると思ったわけなのであった。あの懐かしい谷間から出て、自分にはその地形すらも把握できぬ大都市のすみで有るか無きかのように生きている。そしてフランス語を学ぶほかは、幾らかのアルバイトをしているのではあるが、労役と呼ぶべきものからはまぬがれている。つまりそれは悲しむことからも一時まぬがれて、すなわちLabour & sorrowとは別のレベルの、仮の生活をしていることにすぎぬだろう。このようにして僕はフランス語を学ぶが、やがては忘れることになる。それはまったく確実なことに思える。& learn & forget むしろ、よく忘れるためにのみ、習っているかのように……　せきたてられるように谷間から出たあげく孤立して大都市の生活をしている僕の、それが生活の全体なのだ。ついには自分は谷間へ帰ってゆくことだろう。そこでいま都会に住んで、仮にまぬがれているところの、労役することと悲しむことが真に始まる。それはいかにも新しく始めることであるだろう。.& return／To the dark valley whence he came, to begin his labours anew.

僕はへたりこむ具合に、じっとそのまま頭をかかえて時をすごした。昼食の時間になると構内の寮入口の売店でパンとコロッケを買い、みながやるようにソースをかけてサンドウィッチにして——売り場には生協による張り紙があって、コロッケを買わぬ者がパンにソースだけかけるのは止めてもらいたいと呼びかけていた。つまりはそのようにも貧しい時代だったのだが——水飲場の前にむらがる者らのなかに立って食べた。牛乳を買う金は持っていなかったので。そして僕は自分がいま生涯を全体にわたって見わたし、その陰鬱な眺めをそのまま許容したところだと——ただその主観的な理由のみで——周りの学生たちを子供っぽい者らに感じたのだ。

労役し悲しみ、という詩句がブレイクの一節であることを——その数行を隣りに開かれていたページに読んだ際、いつかは誰の作品であるか確かめるだろう、と思ったとおりに、僕は自力でつきとめることになった。もっともそれは、あの駒場の教養学部図書館での経験から十年近くたった、長男の出生の一年前ほどのことであったが。フランス文学科の学生であった間、また卒業してから四、五年の間、僕はそれが自分にとって結局のところは & learn & forget の過程にすぎぬはずだと感じつづけながら、しかし外国語を読む際には、フランス語のみを、それも辞書を引き書きこみをするために机に向って読む、という態度をたもっていた。そのうち自分がフランス文学の研究者になることはないと、見きわめがついたところで――早ばやと & learn & forget の先ゆきをひとつ確認したわけだが――フランス語にあわせて再び英語の書物を読むようになり、それもソファに寝そべって、辞書はほどほどに引き、書きこみはせず、多様な種類を読みあさるようになったのである。結婚しての、生活のスタイルの変化ということも、そこにはあった。

そのようにして僕は、ある時、ブレイクをふくむ英詩のアンソロジーを読んでいた。そしてそれまで自分としては知らなかった、ブレイクの長詩の一節を読んで、このスタイルあるいは言葉のかたちと情念こそが、かつて少年時から青年時へのかわりめの一日、あのように激しく自分を撃った詩句と同一だと確信したのであった。確信は強く、その日のうちに僕は丸善に出かけて、ブレイクの全詩集を買うことになった。そしてはじめの数語を見てはすぐ次の詩行に移る仕方で、記憶にある、しかし正確に覚えているというのではない、あれらの詩句の探索をはじめた。翌日には、すでにのべた『四つのゾア』という長詩のうちにそれを確認しえていたのである。

もう深夜であったが、僕は駒場で同級であり英文科の大学院に進んで、当時女子大の講師をしていたY君に電話をかけた。われわれが教養学部の学生であった頃、構内の図書館でブレイクをひろげている中年の教授あるいは助教授として、どんな学者の名が思いあたるかと、訊《たず》ねてみたわけなのだ。当の学者に、刊行されているブレイク研究があれば、『四つのゾア』のあの部分について、なんらかの記述がみられるかもしれぬと……

——二十八、九年にいられた駒場の先生方で、また本郷から出講していられた先生方で、そうですね、ブレイクと関係がある人ならば、SさんかTさんだけれども。きみもあの人たちのことは知っているでしょう？　しかし年齢の点であわないなあ。あの時分、お二人とも、五十歳はこえていられたから……、Y君は、これが若い時分からのかれの性格だが、まず客観的な事実を提示したあと、はじめて次のような、かれとしての推察を示した。もしかしたら、ということなんだけど、その人、「独学者」といわれていた人物じゃないかな？　僕らの年代の英文関係ではね、有名な人物なんだけれども。旧制の一高の時代に、病気で中退した人なのね。あの頃、健康を回復して、学籍に戻ることを希望しているということで、大学側と話合いをしてたんですよ。学制も変っているし、実際は無理な注文なんだけれども、神経症のような前歴の人だし、学生課もね、図書館への出入りは大目に見ていたらしいです。その人のあだながね、「独学者」。たいていはダンの詩集を持っていてね、任意のページを学生に開けさせて、そこに出てるメタファーやシンボルから、学生の運命を診断する、ということでしたよ。僕自身は、直接かれに会ったことがないけれども。

確かに僕も隣りの机上に開かれていた、この場合ダンでなくブレイクから、まさに自分の運命がそこに語られているという、強力な合図を受けとり、それから十年近く当の印象をとどめていて、いま現にその詩句を探しあてることまでしたのだが……

――その人を「独学者」というのはね、きみが専門だったサルトルの、ほら『嘔吐』から来ているんですよ、とY君はいいにくそうにしながら、しかしいくらかは楽しんでもいるように話した。運命診断で知り合った学生にね、なんというか……同性愛行為の種類のことを誘う場合があったらしいから……

――こちらは美少年でなかったから、その災難には会わなかったけれどもね。しかしどうも「独学者」という、その人物が、ブレイクを開いて席をはずしていた男のように思えるなあ……　そうだとすれば図書館の本というより、かれ自身の本だったはずで、つまりはいまから図書館に確かめに行ってもむだだろうねえ？　当の本を持って、かれが今でも出没しているのなら話が別だけれども。

――かれは死んだんです。いまいった行為が露骨になってね、サルトルの作中人物同様に、図書館を追われたあとで――『嘔吐』の場合、逮捕されたのだったかな――ともかく構内に入れてもらえなくなったものだから、気落ちしたふうでね。気にした学生課の古い人がアパートを訪ねて行ったというんですよ。そして死後二、三日たっている「独学者」を発見した、ということでしたよ。新聞にも出てたけれども……

問題の詩句は、ブレイクの長詩に独自のキャラクターである神人の妻のひとりが、墓の洞穴のことを語る言葉としてある。もしあの最初の出会いの時、僕が都会なれした落着いた若者であって、戻ってきた「独学者」にそのページについて質問したとしたら、かれはそ答えつつ僕の運命についても語ってくれたのではないだろうか？　その言葉が、僕自身当の詩句に読みとった、先行きへの予感とかさなるものであったとするなら、それこそ胸にこたえたはずであって——「独学者」から運命を語る言葉を聞いた他の若者たちの反応はいざしらず——僕はかれの予言を信じて、「独学者」と師弟の関係を開いたのであったかも知れない。遅かれ早かれ、かれの同性愛的な働きかけによって、いったん始ったものが遮断される運命だったとしても……

そして帰ってゆかなければならぬ／そこからやって来た暗い谷へと。この詩句の dark valley は、暗いという否定的な形容詞がついているのではあるが、僕には強い懐かしさの力を及ぼした。長男が生まれた後、それは僕が大学を卒業しても自分の谷間へ——そこでフランス語が何の役に立とう？　——帰ってゆくわけにゆかぬなりゆきの、あらためての固定化ということであったが、すでに自分の谷間といいうるのも、想像力の領域にかぎるようなことになって、しかも僕は谷間に戻る自分と息子とを夢想することがあった。もっとも眠っていて夢に見たというのでなく、眼ざめている間に、意識の明るみにおいて奇妙な特性のある夢想をしたことであるのを、まずいっておきたい。夢判断の手法で分析しようとかかる読み手には、それとはまたちがうところがあるはずだと、あらかじめ僕の考えを示すために……

夢想する時、dark valley という言葉どおりに、谷間は薄暗く母親はじめ僕の家族の者らは、みな翳《かげ》った黒っぽい肌色をして座敷にかたまっていた。僕が幼年時に死んだ父親も、紋つき袴《はかま》でそこにつつましく加わっていたことを思い出す。dark valley、暗い谷に、頭にあった瘤《こぶ》を切りとって繃帯《ほうたい》をしたままの息子を連れて（夢想のなかでも妻は決して谷間にあらわれることがなかった）帰ってきたところだ。母親以下、僕の家族は、障害のある息子こそが、僕の大都市での生の、つまりは Labour & sorrow の、総体をとおしてかちとった、唯一の資産のように受けとめている。ことの性格上、家族は誰も華やいだ声はあげぬが、――ともかく、よくやった、御苦労だった！　という表情をあらわしているのである……　その光景を、時をへだてて、僕はしばしば夢見てきたのだ。息子の成長につれて、時どきの僕ら二人組は変化しているが、暗い谷の母親と家族は変っているようでない、われわれみなの光景を。いま考えてみるとあきらかに、日中夢想するかたちで僕のつくりだしたイメージは、死についての思いと結んでいる。それゆえにこそ暗い谷間の母親の脇には、ほぼ現在の僕の年で死んだ父親が、ひとり古風な正装で坐っていたのであろう。

死の定義。それは僕にとって幾重にも層をなして、四国の森のなかの谷間での、幼・少年時の経験と、それを切りはなしては思い描きえない谷間の地形とに結びついている。谷間を出立してすでに三十年を越える年月の間にも、当然に死にまつわる経験はしてきたわけだが、すべて二次的なものであったと、ふりかえれるほどに。祖母と、彼女が強い影響力をおよぼしていた父親との、あい接しておとずれた死に出会ったのは、谷間においてであった。また首吊《くびつ》りをはじめて見たのも、この谷間においてであった。とくに後者においては、この谷間にということがその体験をしるしづける重要な指標である。それは首吊り死体を中心にした、あの日の情景を思い出すとはっきりする。

神社の森の脇につらなってはいるが、一段低く区切られた場所の、地蔵堂のうしろで首吊り人が出た。街道すじで行きあっても、子供心にとるにたらぬ人と思われた、中年の小男が縊死《いし》したのである。僕の弟は、死体にさわりに行って、――ひどく揺れていたよ、といったものだ。僕の方は、村の内外から集った見物人の背後で眺めた。僕が人びとと ともに立っていたのは、村で一軒の、それも廃業している造り酒屋の、子供らには日頃侵入することが許されぬ、樽《たる》干し場であった。そこから地蔵堂、神社、そしてそれらの背後の、周囲より緑の色の濃い、人間の住む場所ではない森を、小さな首吊り死体を焦点において見わたすと、——ああ、人間はこのような位置で首を吊る！　という感嘆の思いが起った。そして首吊り人を焦点に、谷間の地形のなりたちの意味がすっかりわかったように感じたのだ。その感じとり方に立って、どのように自分の村が出来あがっているかを、よそ者の国民学校の先生に話そうとして、僕はおよそ言葉に脈絡をつけることができず、憫笑《びんしょう》されたのであったが……

死の定義。それを僕がこの谷間で経験した、もうひとつの出来事から、見ておくことにしたい。当の経験に由来して自分の肉体に現に残っている傷痕もある。つまりはそれをつうじて、いまも僕のうちに存在しつづけている出来事のように感じられる経験なのだが。すでに戦争末期で、僕は国民学校の四年であった。生家の裏へ向けて、隣家とのさかいの狭いセダワを走り降りて行けば、オダ川となる。家の前をとおっている街道に対して、この川が、もうひとつの道として僕に受けとめられていたのだが（筏《いかだ》が組まれてそこを流れくだる際、日頃かくれていた意味が顕在化する）、ある夏のはじめの朝、僕はなお大気も水も冷えていて遊び仲間らが降りてこぬ川に、ひとり魚を刺すゴム・ヤスを提げて入ったのだ。痩《や》せて青ざめた子供である僕の頭に、はっきりした動機というのではないが、二、三日前、川をさかのぼったオダ深山《ミヤマ》近辺で起った事故の話が、精神を肉体ぐるみ影響づけていたことは、いま思い出してあきらかだ。

事故の詳細は、街道ぞいに人が立ち話をする、それが川上からつたわってくるかたちでわれわれの村に到ったのだが、子供がひとりオダ川上流の淵で水死したという。少年は深く潜《もぐ》って、岩のはざまから向うの空洞に群れる魚をゴム・ヤスで狙おうとした。はざまの入口で頭を横にすることで、まず狭い関門を通過する。そしていくらか横に移動すると、肩を入れることはできぬが、頭をまっすぐにして空洞を見わたすことも、そちらへ腕を伸ばすこともできる。そこで魚をゴム・ヤスにとらえた後、もとの方向に移動して、頭を横にして関門をくぐれば、水面に浮びあがることができる。少年は首尾よくその過程のあらかたをやりとげたが、最後の関門で頭を横にすることを忘れた。上下の岩盤に顎《あご》と頭頂を喰いこませて水死した少年を、引きあげるのは大仕事であったという。呼吸が苦しくなり、早く水面に出ようとする時、子供ならずとも人は頭を横にするというほどの小さなことを忘れてしまうと、いわば教訓をつけて事件は語られた。僕は大人たちの脇で、傍聴したのだが……

そして翌朝、僕はヨモギの葉をまるめて水中眼鏡を拭い、じつはゴムが朽ちて用をなさぬゴム・ヤスを右手に、陽の光が散乱する水面を勇ましく蹴たてていたのである。ミョート岩と呼ばれる大小ふたつの岩の根方に、瀬をなす水流が深い淵をつくっているところへさかのぼって行ったのだ。われわれ子供らは、オダ川のありとある岩、ありとある淵と瀬の名を知っているかのようであった。つまりはそのようにしてわれわれは、谷間の地形の全体を言葉にかえて把握していたのだ。

この朝の僕は、年長の者らに聞くのみであった、ウグイどもの巣という所へ、それまでは必要な深さまで潜る肺の力がおぼつかないまま近づかなかったにもかかわらず、ただひとりで潜ろうとしていたのだ。深みに達すればやはり頭を横にして関門をくぐりぬけるのだという、岩の裂け目を覗《のぞ》こうとして。そして僕は潜ったのである。すでにためしてみたことがあるとでもいうように――オダ川のおなじ水の流れる川上でつい二、三日前、一度ためした、というように――僕は潜った勢いで岩の関門へ横にした頭をいれ、躰《からだ》が浮びかけるのを水平に持ちこたえつつ横に移動したのだ。つづいてまっすぐに起した顔のすぐ前に、夜明けがたの微光のみちた清らかな空間があり、数知れぬウグイの群がいた。静止しているウグイの群。もっともじっとしているのは、ウグイの群の個体間の関係のみで、それらのいちいちは、淵の底にもある水の流れの川上に向って、泳ぎつづけるようであったが。光をはらんだ萌黄色の魚体にこまかな銀の点がびっしりと並び、それらも光っている。そしてウグイの群のすべての個体のそれぞれの、墨色の丸い小さな眼が僕を見かえした。僕は右腕を突き出してヤスを放ったが、空洞の奥行きは思ったより深く、もともと朽ちているゴムに弾《はじ》かれたヤスはウグイの群の脇まで届くこともなかった。しかし僕は不満でなく、むしろウグイの群を乱すことがなかったのを妥当にすら感じた。自分はもうこのまま、谷間の川の中心の、どこから見ても卵のなかのような、まんなかの空洞に入りこんで、エラ呼吸をしながら生きつづけるのだと、そのように感じて……

　事実、僕はいかにも永く水の底にとどまっていたような気がする。現にいまも自分はそこにとどまりつづけているのであり、これまでの僕の生はすべて、ウグイの群がわずかに位置を交換しつつ間断なくつくりだす文様を読みとった内容にすぎなかったのだと、そのような気もするほどだ。……それでも、ある瞬間、僕は岩の間を入ったとは逆の方向に移動し、たちまち頭と顎を岩の隘路《あいろ》にがっきととらえられていた。つづいて記憶にあるのは、激しく恐怖してジタバタし、水を飲んでむせる自分である。またおよそ巨大な力をたくわえた腕に、自力で脱出しようとしていたのとは逆の、ウグイの巣のただなかに突きいれられるようにして、両足を捩《ね》じられるまま引き出される自分である。後頭部を傷つけて、煙のように血がひろがる光景。つづいて岩からも、人力からも自由になった僕は、浮びあがるというのでなく、水の勢いに運ばれるまま、急流の浅瀬へと引きずられて行ったのだが……　岩角で傷つけられた、後頭部の傷あとは、このように書きながら、左手の指の腹ですぐさまさぐりあてることができる。あのままウグイどもの巣に居残っていたならば、僕の頭にこの傷はなく、雲間の鬼のようにきれいな素裸で、労役も悲しみもあじわわず、学ぶこともなく忘れることもなく、谷間にずっと居つづける自分があったのだがと、そのような繰りかえしあじわって古なじみの感慨にとらえられては、指の腹に傷あとのすじをさわっている……

さて僕がいま思いうかぶままに引用した、雲間の鬼のように、という言葉は、やはりブレイクのものだ。あの経験において自分を動かしつづけた、勇ましい、世界のなにもかもに陽気にアカンベーしているような感情を、のちにブレイクを読みながら思いだしたことに、連想は直接根ざしている。詩は広く知られた「幼ない者の悲しみ」と題されている作品で、声高く叫びながら、と僕の訳す、piping loud は、一般には、声をあげて泣きながら、と訳されているのだが……

《僕の母は呻《うめ》いた！　父親は泣いた。／危険にみちた世界へと僕は跳んだ、／ひとりぼっちで、素裸で、声高く叫びながら、／雲間にひそむ鬼のように。》

子供の出生を歌った詩に喚起されて、あの朝の、破滅的なほど陽気な感情を思い出したことになる。僕はあの朝、生まれたばかりの赤んぼうが泣くのと正反対に（考えてみれば、それにマイナスの符号をつけた具合に）大喜びで水面の光を蹴ちらし、ミョート岩の淵に到ろうとしていた。象徴的にいうならば、出生と逆方向の道を辿《たど》り（やはりマイナスの符号をつけた方向への進み方で）母親の胎内へ戻ろうとしていたのだ。出産の痛みによる呻き声は、悲しみとも喜びとも関わらぬ、ニュートラルなものであろう。したがってマイナスの符号をつけて転換する必要はない。すでに死んでいる、つまりは向う側にいる父親は、息子の回帰を喜ぶだろう。危険にみちた世界から、もとの安全なところに戻るのだ。ひとりぼっちで、素裸で、声高く叫びながら、雲間にひそむ鬼のように……

　これがブレイクを介してあきらかにされた、僕の経験の意味であり、そこには死についての、僕には懐かしいもうひとつの定義がある。浅瀬の急流に、傷ついた大きい魚のように血を流して、斜めの躰を水面に突き出す恰好でいた僕は、母親によって発見され、医院に運ばれた。母親は、あの朝の奇妙にたかぶっている息子の態度をあやしんで、セダワを降りるところからつけていたのであったらしい。そうであるとすれば、ミョート岩の淵の深みで、僕をいったんはウグイどもの巣に罰するように押しこんでから、引きずり出してくれたのも母親ではなかったか？　血で煙る水の向うに（羊水のような！）、濃く短いヘノヘノモヘジ式の眉と、こちらは線のような怒った眼を見開いている、三十代終りの母親を見たようにも思うのだ。しかしあれほど巨大であった力が、女性の水に潜っての肉体の力でありうるだろうか？　もともとこの経験の総体には、子供ながらに、人に話しにくい要素があると自覚されていた。そこで僕は母親にも、この日の出来事を話すことはなく、当の母親も浅瀬に躰を斜めにして浮き沈みしている僕を見つけたとしかいわぬまま、今日に到っているのだが。もし水の底で救助してくれた者が母親であるなら、僕の後頭部にのこる傷をつけたのも、また母親であるわけだ。頭の傷についての思い出としてあるのは、熱を出して身動きもできぬ僕の上躰を膝にのせて、繃帯《ほうたい》をとりかえてくれながら、――酷《むご》タラシヤノー、酷タラシヤノー、と母親がいいつづけていたことだ。それはやはり子供の心にも、単に眼の前の傷そのものについてのみの詠嘆とは受けとれぬほどのものであったのであり、思いかえすたびに僕はますますあの日の経験について、母親に問いかけることがしにくかったのだ。

日がたつにつれて、水のなかの怒り顔の母親のイメージは、自分が頭を傷つけた後の発熱の間に見た夢を、再生産しつづけているにすぎぬと確信するようになった。このようにして僕は母親離れの、一過程をへたのでもあっただろう。夢は繰りかえしてあらわれたのだが、むしろそれゆえに、眼ざめるたびにさらにあきらかに、あれは夢だったと、つまり現実のことではなかったと思いさだめることをしたのだ。

ところが成人し結婚して、最初の子供が障害児として生まれた時、この夢のイメージに現実の新しい光が投げかけられたのだ。なかばは現実の母親の態度、それも意識して断片的なものいいをする彼女の語り口によって、またなかばは、それに喚起されて僕のうちに起る連鎖的なもの思いをつうじて……

息子が生まれ、もうひとつの頭のような真赤な瘤《こぶ》が後頭部についており、ということがあって、はじめのうちN大学病院の特児室に子供をあずけたまま、僕としては妻にも母親にも実情を打ちあけることができず、むなしく右往左往していた。それでも本来の頭はもとより、瘤もまた栄養のまわりがよく育ってゆく、とくに瘤から放たれる精気が特児室のガラス仕切りごしに覗《のぞ》く眼にもあきらかに見てとられることになった。そこで生後二箇月半、息子と、かれの誕生にショックを受けてまともな立ち向かいかたもできなかった僕自身、世話をしていただいた、M先生に手術をおねがいすることになった。瘤を切除する手術の日の前夜、手伝うつもりで上京したが、自分の役廻りはないままに、かえって妻に世話をかけると判断した母親が、翌朝、僕らを手術のおこなわれる板橋の病院に送り出して、そのまま四国の森の谷間へ帰る準備をしている。まだ二十代であった妻が、出産の衰弱から回復していないままに、風に吹かれる雛鳥《ひなどり》のようなふうであったのを思い出すが、彼女とおなじ怯《おび》えを分け持つ母親を励ますように話していた。僕は居間兼食堂で籐《とう》を編んだ揺り椅子の背をゴツゴツ食器棚にぶつけながら、自分の居場所がない思いのまま、その妻たちを眺めていた。彼女らは、合成樹脂の敷物をしいた板の間に坐り込んで、小型トランクをはさみ頭をつきあわせる恰好で話し合っていた。奇妙によく似た二人の様子は、年齢をへだて、かつ血のつながらぬ間柄として、不思議なものであったのだが……

妻がなかば放心しているようなかぼそい声で話している。イーヨーは、正常な赤んぼうとちがって、親側の呼びかけになにひとつ反応しない。手術の過程で生死のわかれめというところがあるとして、生の側へとはっきり引き戻す、その呼びかけができぬのが、心配でならない……　一、二週間前からおなじことを妻はいい、僕はそれならば正常な子供と大差があるというのではないだろう、M先生におまかせするほかにない、という対応をしてきたのだが。

母親は、不安な妻の、その不安に共振して増幅させるような動揺ぶりを示していた。深ぶかとうなずくというよりも、痩せた小さな頸《くび》を乱暴に振りたてて、――そうですが、そのとおりですが！　わが身内の声を聞いて、死んだはずの命が、生きて戻ったことは、私らの地方にもたびたびありましたが！　といって、ハッ！　と息をのみ脣《くちびる》を嚙みしめるふうである。

息子の出生にまつわる異常を、思えば身勝手な衝動のまま、訴えかける相手をもとめて、W先生が新しくフランス文学科をつくって移られた私大に話しに行った時、先生の顔から首筋までみるみる真赤に染ったことは別に書いたが、そのような先生が悲傷をたたえた冗談とでもいう口調でいわれたことを、僕は思い出していた。この時代には、生まれてこなかったより生まれてきたことが、必ずしも良かったとばかりはいえぬのだから、と先生は新設らしい生きいきした気風の研究室の、誰からも眼をそらしてつぶやかれたのだ。

――肉体そのものに、生命への方向づけと、死への方向づけに動くものがあるとして、そのさかいめに赤んぼうがいるとしたら、本人の、というか肉体そのもののというか、そいつの自由にまかせようや。生まれてこなかったより生まれてきたことが、必ずしも良かったとばかりはいえない時代なんだから……

妻も、母親も、僕が狭い場所で籐椅子をゴツゴツやりながら、および腰でいった台詞をそろって無視した。僕としては吸音壁に囲まれた部屋でひとりしゃべった気分なのだ。しかも母親の、自分の膝と、妻の膝を注視しているような、うつむいた横顔が白っぽくこわばるのを僕は見た。そして、ああ、このへノへノモへジのような顔は、緊張してというよりも、端的に腹を立てての表情なのかと、若い年齢ながら自分の軽薄なものいいを後悔しつつ思ったのだが。

——ああした人間ですから、私どもは頼りにすることはできません、あなたのチカラ(で)、イーヨーさんに助かってもらわねばなりません。

母親は低声でささやくようにいい、妻は、髪をピン・カールして、さらに小さく見える頭を、頼りなげにうなずいていた……

この夜、ひとり自分の書斎のベッドに横たわってからだが、母親の言葉について、しだいに僕はあれは自分の聞きちがいだっただろう、と考えるようになった。僕のチカラも、妻のチカラも、明日の手術に無力であることははじめからわかっているのだ。M先生にすがるほかはない。それを認めた上で妻と母が、赤んぼうの肉体それ自体の生命への意志ということを、たしかめがたい不安な対象として話題にしていたのである。赤んぼうの肉体をつくりだした、二種の血。僕の側の血と、妻の側の血。死と生への肉体の方向づけについて、母親は自分の息子に由来するものがあてにならぬと考えており、そこで低声ながら悲惨なほど希求のあからさまな声音で、妻に向けて、——あなたの血から、……生命への励ましをえて、それでというつもりではなかっただろうか？

いったんこう考えてみると、僕には母親がやはりミョート岩の淵の深みまで潜《もぐ》りこんでヘノヘノモヘジの顔を示したのであったのであり、あの出来事の際に、自分の息子は生の方向づけからわざわざ逸脱するところのある者だと、怒りをこめて断念する思いをいだいてしまったのだと思われた。そう気づいてみれば、当の出来事から、息子の最初の手術まで、母親のその判断は、いくたびも示されることがあったようにも思われたのだ。

M先生と弟子の方がたによる、長時間にわたった手術は成功して、息子はもうひとつの頭のようであったテラテラ光る瘤《こぶ》から自由になり、妻と彼女の母と僕の母親とが、もっとも喜びをあらわした。手術前夜の会話への思いもあり、若い父親である僕は、喜びつつも、それを表現するのに悪びれたりもしたのだが……

死の定義。僕がいま自分の障害のある息子に、死について、正確で簡潔で、かつかれを励ますものである定義をあたえているということはできない。しかも僕と妻は、息子に向けて不用意に死という言葉を使ってきたのだ。それをわれわれに自覚させた、ひとつの契機を手がかりにふりかえれば、二年以上も前から、繰りかえして。二年とはっきり年月をきざむのは、息子を核心に置くわれわれの日常生活に、明瞭な区切りをつけた出来事として、二年前の春の終りに起った——僕は季節のめぐりの、つまり宇宙的な循環の、人間の肉体の奥底での動きとのひそやかな結びつきを、経験的に信じるものだが――息子の癲癇《てんかん》発作《ほっさ》ということがあるからである。

もっともこの癲癇について、発作が起っているさなかに専門医の診断をあおいだ、というのではなかった。発作の後で、M先生にこういう事態だったと報告した際、M先生が、僕としての思いこみに立つ、癲癇の発作という言葉に反対されなかったのみなのである。

息子の癲癇について、僕と妻とははじめから考え方がことなっていた。かならずしも対立するというのではないが、というのは、僕と妻とはおなじひとつの方向にむいて異った見解をいだくというところが、息子についてあるからだ。息子が短い時間ではあるが、眼が見えなくなって、街路上で立往生してしまうことがある。踏切や横断歩道でそうなれば、端的に危険な話なのだ。五、六年つづいている、その間歇的《かんけつてき》な発作をおさえるために、M先生から、もっとも副作用の少ないものとして、抗てんかん剤「ヒダントール」錠を服用するよう処方してもらっている。それが僕にとっての、息子の新しい発作を解釈する論拠である。息子の歯茎《はぐき》は全体に薔薇色にふくらみ、赤い米粒のようなものが歯の間にとび出しているが、それはこの抗てんかん剤のわずかな副作用ということなのらしい。

妻は、息子が通ってきた特殊学級や養護学校でのPTA仲間から、癲癇というのはもっと別のものだと、もしこれが癲癇なら、いかにも軽症のものだと、そのように聞かされている。また養護学校に進んだ際の診断書に、「脳分離症」と書かれており――これも言葉自体としてわれわれ素人には充分恐しくグロテスクに響くと思ったものだが——癲癇とは書いてなかったと、妻は主張するのである。僕はいくつかの百科事典で、癲癇という項目のうちに「脳分離症」という小項目を見つけようとしてむなしかった……

はじめて息子が当の大きい発作を起した際、妻はたまたま留守にしていたのでもあった。発作は叫喚とか痙攣《けいれん》とかいうのではなく、むしろそのような突出した症状の、逆の窪みとでもいえば正当に表現できるかと感じられる、特別な気配ではじまった。われわれは居間にいて、僕はふだんのとおりソファで本を読み、息子は再生装置を低くかけてモーツアルトを聴きながら、床の絨緞《じゆうたん》の上に寝そべっていた。そのうち息子が新しいレコードをかけぬのみか、食欲がない幼児が食物を弱よわしく押しやるように、自分で選び出して置いたレコードのひとやまを、両肱《りようひじ》で遠ざけたのだ。それがまず小さなトゲのように、僕の意識に刺さっていた。僕はなお本を読みつづけていたわけだが。そのうち、ある停滞、杜絶の印象が息子の躰のあるところから起ってきた。眼をあげると、両肱で上躰を支えて横になっている息子の顔から、いっさい表情がなくなって、見開かれている眼は石のようなのだ。うっすら開いている脣の間からは涎《よだれ》が流れている。

——イーヨー、イーヨー、どうしたの？　と僕は息子に呼びかけた。しかし息子は自分の内部の厄介にかかりきりで、たとえ父親からの呼びかけなりと、外部にかまっていられないというふうに、無表情のまま重おもしく頭をたもってじっとしている……

息子に声をかけつづけながら、僕は起きあがったが、つづいてかれの脇に歩みよる間のわずかな時間に、息子は左の掌と肱で、荒あらしくではないが、はっきりした強さをあらわして床を叩《たた》きはじめていた。バタ、バタ、バタと床を叩いている息子の眼は、いまや白眼を剝《む》いて引きつっている。

——イーヨー、イーヨー、大丈夫か？　苦しいか？　と無意味な声をかけながら、僕はズボンのポケットからとりだしたハンカチを左の拇指《おやゆび》に巻き、そのまま息子の歯の間にはさんでいた。すぐさま息子はギリ、ギリと関節を嚙《か》み、僕は黙って苦しんでいる息子のかわりにムームー呻いたのであったが。一、二分後息子は床を叩くことをやめ、嚙みしめていた歯の力も弛緩《しかん》させた。そのままあおむけに転がろうとするかれをソファに抱きあげて横たわらせると、息子は威嚇《いかく》的なほどのいびきをかいて昏睡したのであった。

僕が癲癇の症状とみなしているのは、息子の肉体に起ったこのようなあらわれである。春休みだったこともあり、息子は数日間「ヒダントール」錠をのみ忘れていたというのだが、一体これを癲癇と呼ぶことは正しいか？　癲癇の定義、それをめぐって百科事典を引くことはたびたびしたものの、僕と妻はM先生にあらためて詳しく説明をもとめるということはしなかった。息子の病気に関するかぎり、われわれが知って有効なことは、すべて先生が進んで話してくださるのであり、それより他は、無力な素人であるわれわれが聞き出してどうにもなることではないと、十数年にわたって了解してきたのであるからだ。もっともわれわれの心理的慣習の底には、根深い恐怖の実質が横たわっているのであるかもしれぬのではあるが……

癲癇の定義として、僕になじみやすい仕方で眼にふれた、最近の情報として次の事例がある。つまりはそうしたものに敏感に心が動くということが、あれ以来ずっと自分にあるわけなのだ。文化人類学者のYさんが、ギリシアの監督テオ・アンゲロプロスの映画『アレクサンダー大王』を分析する文章を書いた。それを見ると、ギリシアの農民的なゲリラの首領は癲癇持ちとして描かれているのらしい。移動の際、水を補給するために川辺に降りたゲリラ隊の首領アレクサンダーは、水面を見まもるうちに発作を起す。すかさず副官が、部下たちに、――後を向け、と怒鳴り、首領の痙攣を人目にふれぬものとする。首領は移動の間に出会う少年たちを洗礼して、みなアレクサンダーと名付けるのだが、その一名が、政府軍による攻撃によって頭に怪我をする。首領を殺され潰滅《かいめつ》するゲリラ軍のなかで、少年はひとり馬に乗せられて脱出する。のちに少年がアテネの町に入るシーンに、――かくてアレクサンダーは町へ入って行った、という声がかぶさる。それはかつて首領アレクサンダーが、少年の身で村にあらわれた時頭に怪我をしていたという、もうひとつの挿話に、あからさますぎるほどの意味をあたえる……

僕はYさんの分析から、いかにも個人に偏した読みとりであるが、右の癲癇をめぐる部分についてもっとも注目したのである。いまアテネに入る、頭に怪我をした少年と、首領アレクサンダーの過去とをかさねて、ゲリラ指導者が癲癇であったのは、少年時の頭部の負傷のためであり、新しく頭に怪我をした少年も、すなわち次のアレクサンダーとして抵抗軍を指導することになるはずの少年も、また癲癇の発作をあらわすことになるだろうと、頭の傷、癲癇、指導者という、神話的脈絡を心にきざんだのであった。

それというのも、百科事典の癲癇の項目を引くかぎり、たいてい幼・少年時の頭部の負傷による症状という説明が、癲癇の原因のひとつにあげられていたからだ。つまり僕は自分の息子の癲癇についても、かれが生後二箇月半で、頭部を手術したことを原因とみなしているのだった。頭蓋骨《ずがいこつ》に小さな欠損《ディフェクト》があり、そこから脳の内容物が外に出てしまわぬよう、もうひとつの頭のような瘤《こぶ》が造られて、内側からの圧力を押しかえした。瘤を切りとってみると、ピンポン玉のようなものが瘤のなかにあった。摘出したものを見るかと、妻ともども手術の結果を聞きに行った研究室で僕はM先生に誘われ、一瞬、辞退してしまったのであったけれども……

僕は手術の際に、息子の脳が傷つけられたとは、つゆ思わぬのである。しかしあれだけ大きい瘤を除去して、頭蓋骨の欠損《ディフェクト》をとじる手術に、どうして幼児の脳が影響を受けぬことがあろう？　むしろよく手術に耐えて生き延びた、生命力の勲章のようにして、いまの癲癇のあらわれがあるのだと、僕は敬意をいだくように息子の症状に対してきたのだ。そしてこれはすでに神秘趣味の夢想というほかにないが、息子は僕の少年時の、ウグイどもの巣での危機に際して、頭に受けた傷がもたらしたかもしれぬ、僕自身の癲癇を引きうけてくれてもいるのだと、考えることがあったのである。息子の頭蓋骨の欠損《ディフェクト》と同じ場所にある、自分の頭の傷痕に指でふれてみつつ、そのように考えると、あのウグイどもの巣での巨大な力の顕現《けんげん》と、息子の畸型《きけい》の誕生をもたらしたものとは、まっすぐつながるように思われた……

　はじめての癲癇の発作後の数日、肉体の内側のひずみがなお恢復せぬかのように、沈みこみ、もの憂げで、じっと黙りこんでいた息子が、ソファに横たわってテレヴィのニュースを眺めているうち、わが国の音楽界の老大家の死を報せるアナウンサーの声に、思いがけない機敏さで上躰を起すと、

――あーっ、死んでしまいました、あの人は死んでしまった！　と強い感情をこめて叫んだ。

　息子のあげた、重く深い痛恨の詠嘆に、僕がショックのようにして感じとったもの。そこにははじめ思いがけないところを不意うちされたようなおかしさもあった。

　――どうしたの、イーヨー？　どうしたんだ？　あの人は死んでしまったかい？　きみは、あの人がそんなに好きだったの？　と問いかけながら、僕は笑いだしかねぬ気分であったのだ。すでに僕は微笑していただろう。

　しかし息子は、僕の言葉に反応することはせず、ソファにあらためて躰を沈めると、両

手でしっかり顔をおさえこみ全身をこわばらせるのである。僕は引っこみがつかぬまま、微笑こそ失いはしたけれども、――どうしたんだい、イーヨー、あの人が死んでしまっても、そんなに驚くことないじゃないか？　とつづけていいながら立って行った。脇にしゃがみこんで息子の肩を揺さぶってみもしたのだが、息子はさらに躰をかたくするのみである。理由もなく、僕は息子の顔から両手を引き剝《は》がそうとした。ところが息子の手は固定された鉄の蓋《ふた》の堅固さで顔を覆《おお》っているのである。……考えてみれば、この時分から親としても容易にあつかいかねる、息子の肉体の抵抗力の増大が、露《あら》わになってきていたのだが、僕はそこだけ知的な繊細さをあらわして、躰の他の部分にそぐわぬ感じの、息子の十本の指を見つめながら、そのまましゃがみこんでいるほかなかった。

息子への接近の、この徹底的な不可能性。それは癲癇の発作の直後にも僕のあじわったところのことだ。息子が全身を使った非常な運動の後のように消耗している。その息子がいびきをかいて眠る直前、また眼ざめた直後、

――イーヨー、苦しかったか？　息がつまるようだったの？　嘔《は》きそうだった？　苦しかったかい？　と僕は繰りかえし訊ねたが、息子は不機嫌な、かつ衰弱した様子で、自分のうちにかたく閉じこもり、僕の問いには一切反応しなかったのである。あれとこれと、息子の癲癇の発作以来、二度にわたって、僕として探索不可能なかれの内部が示されたわけなのだった。

これまで僕は、息子の外と内においておこっていることどもにつき、なにもかも知っているつもりでやってきた。ところが息子が発作を起し、白眼を剝《む》いて床をバタバタ叩いていた間、かれの内面にひろがっていたはずの光景について――息子は実際、大仕事をした、というように疲れ切っていびきをかいて眠ったのであり、その大仕事には、なにか重大な幻《ヴィジョン》を見るということがふくまれていたのではないかとも感じられたのだ――僕はなにひとつ聞き出すことができない。僕は息子が、かつて見たウグイどもの巣のような、一瞬そこに永遠が顕現する光景を見たのかもしれぬと夢想したりもするのだが……　そしていまはまた、息子が死についてどのような考えを持つゆえに、あのようにも胸につき刺さるほどの哀傷の声をあげたのか、おしはかる手がかりもつかめぬのである。いったい息子は、どのようにして、死についての感情を自分の内部にかもしたのだったか？

もっとも最後の疑問には、すぐにも答があたえられることになった。やはりおなじ春休みのうちのことだったが、息子が発作のなごりの鬱屈のなかで、FM放送を高い音で聴いている。それが数時間つづいて、家族の誰もがまいってくる。そこで妹が兄に、

――イーヨー、すこしだけ音を小さくしてね、と頼んだのだった。息子は荒あらしく威《い》嚇《かく》の身ぶりを示して、かれの躰《からだ》の半分ほどの妹をすくみこませた。

――イーヨー、だめでしょう、そういうことをしては！　と妻がいう。私たちが死んでしまった後は、妹と弟の世話にならなければならないのよ。いまみたいなことをしていた

ら、みんなから嫌われてしまうわ。そうなったらどうするの？　私たちが死んでしまった後、どうやって暮すの？

　僕は、ある悔いの思いにおいて納得した。そうだ、このようにしてわれわれは、息子に死の課題を提出しつづけていたのだ、それも幾度となく繰りかえして、と……　ところがこの日、息子はわれわれの定まり文句に対して、まったく新しい応答を示したのだった。

　――**大丈夫ですよ！　僕は死ぬから！　僕はすぐに死にますから、大丈夫ですよ！**

　一瞬、息をのむような間があって――というのは、僕がこの思いがけない、しかし確信にみちた、沈みこんだ声音の言明に茫然としたのと同じだけ、妻もたじろいでいたのを示しているが――それまでのなじる響きとはことなった、むしろなだめるような調子で妻がこうつづけていた。

　――そんなことないよ、イーヨー。イーヨーは死なないよ。どうしたの？　どうしてすぐに死ぬと思うの？　誰かがそういったの？

　――**僕はすぐ死にますよ！　発作がおこりましたからね！　大丈夫ですよ。僕は死にますから！**

　僕はソファの脇に立っている妻の傍に行き、両手で顔をしっかり覆《おお》って、黒ぐろした眉と、俳優をしているかれの伯父に似た、強く盛りあがっている鼻梁《びりよう》を、指の間からのぞかせている息子を見おろした。妻も、僕も、あらためて息子にかけるべき言葉を、いかにも無益なものと感じて、喉もとにのみこむ具合だ。いまあれほどはっきりした声を発しながら、息子はもうかすかな身じろぎさえしないのである。

三十分ほどたって、僕と妻とがなんとなく向いあって黙って掛けている食堂のテーブル脇を、息子がのろのろとすりぬけ、トイレットに行った。なお両手で顔を覆ったままなので、そのような歩き方になるわけなのだ。さきの状況について責任を感じている妹が、脇にまつわりつくようにして、

――イーヨー、イーヨー、危ないよ、掌で顔をかくして歩くと、ぶつかるよ。転んで頭を打つかもしれないよ、と話しかけていた。それは母親の叱《しか》り方への批判をこめてのことだったろう。弟もかれらにつきしたがうようにして、一緒にトイレットまで出かけていた。閉じられていない扉の間から、ながながと大量に放尿する音が聞えてきた。そしてそのまま息子は、トイレットの前の母親の寝室に入ってしまう模様だった。

――あのようにいうことは、良くないと思う。イーヨーは将来のことを考えて、寂しいよ、と戻ってきた娘は、寒イボのたっているような、小さく縮んでいる顔つきをしていった。

妹と並んで立っている弟も、われわれ両親から独立した意見をいだいている様子をあらわして、次のようにいったのである。

――イーヨーは、人指ゆびで、まっすぐ横に、眼を切るように涙をふいていたよ。……

イーヨーの涙のふき方は、正しい。誰もあのようにはしないけど……

妻ならびに僕は、実際自分自身を恥じてしょげこみ、これまで幾たびとなく繰りかえした言葉、われわれが死んだ後、イーヨー、きみはどうなるか、あなたはどうするの、という言葉のことを思ったのである。僕としてはとくに、そのように重大な言葉が息子の心の深部にどう響いているか、よく考えもしなかった以上、死について——かれにとっての死についてはもとより、自分にとっての死についてすらも、よく定義しえてはいないということだと自覚しつつ……

癲癇《てんかん》の発作が、強震のようにしてもたらした、肉体と情動の底揺れ。そのなごりから回復するにつれて、春休みが終り、また中学の特殊学級にかよいはじめる時分には、息子は精神的にも上向きの状態にかえるようであった。発作からしばらくは、音楽の聴き方にも、異常なかたよりがしのびこむようだったが、いまは音楽を熱心に聞くその仕方が、陽気に楽しむ明るい印象に戻ってもいたのである。

しかし、死の想念が、たとえどのような質のものであるにしても、息子のうちに住みついたことに疑いのいれようはないのであった。毎朝、通学の服装をととのえた上で、居間の絨緞《じゆうたん》に息子が坐りこむ。肥った両膝を開いて、尻をベタッと床につける坐り方で、息子は朝刊を開くのだ。それもただ物故者の欄のみを見るために。新しい病名に出くわすたび、僕や妻に訊ねて覚えた漢字を、息をつめて読みとっては、感情をこめて朗唱するのである。

――ああ！　今朝もまた、こんなに死んでしまいました！　急性肺炎、八十九歳、心臓発作、六十九歳、気管支肺炎、八十三歳、ああ！　この方はフグ中毒研究の元祖でございました！　動脈血栓、七十四歳、肺癌、八十六歳、ああ！　またこんなに死んでしまいました！

――イーヨー、沢山の人が死んでいって、それよりもっと沢山の、新しい人が生まれてくるのよ。さあ、心配しないで、学校に行きなさい、踏切で気をつけてね、そうしないと……

そうしないと自分が死んでしまうことになるよ、という言葉の後半を、妻はハッとして押しころしたわけなのだ。息子はまたテレヴィ・ニュースの、食中毒の報道に敏感になった。梅雨から夏にかけて、幾件も食中毒のニュースがある。そのたびにかれはテレヴィに駈けよるようにして、たとえば、

――ああ！　日暮里商店街御一行の皆さんが、弁当で中毒されました！　お茶屋弁当でした！　と叫ぶように復唱した。そして一、二週間後、夏休みになって群馬県の山小屋に行こうとする電車で、例年ならもっとも楽しみにした駅弁に手をつけようとはしなかったのである。

われわれが食べるように幾度もいう。そのうち息子は、極端な内斜視の眼つきになり、

片手で口許をおさえ、もう片方の手は防衛的に前へ突き出すのだ。その拒絶ぶりは、周りの他人たちに、われわれが酷《むご》たらしいことを子供に強制する親ででもあるかのように、こちらをうかがわせる緊迫感にみちていたものだ。その夏から、息子はこれまで好物であった寿司に手をつけなくなった。それは生魚をいっさい口にしなくなったということである。豚足《トンソク》なども好んでいた食物なのだが、一度食べすぎて下痢をすると、もう決して息子の受けつけぬ料理となった。そこで息子はほぼ一年のうちに十キロも痩せたほどだ。肥満していては障害が起ると、校医の先生からいわれたことも作用している様子なのであったが……

抗てんかん剤を丹念にのむようになったため、最初僕が驚かされたような大きい発作は起らなかったのだが、この二年間、いくたびか発作の前駆《ぜんく》症状にあたるものがあった。そこで学校を休み、ソファに横たわって昼の間をすごさねばならぬ時、息子はそのたびごとに新しい身体器官の異常について、詠嘆するような言葉を発するのであった。

――ああ！　心臓の音がすこしも聞えません！　僕は死ぬと思います！　心臓が音をたてていませんから！

僕と妻が、ゴム管を工夫して作った聴診器を息子の胸と耳にあてがう。あるいは心臓発作についての素人談義を、それも息子の受けつけうる言葉を探しておこない、なんとか死の懸念をとりはらうべく苦労する……　のみならず僕は、そうした際に、現在息子が感じている苦痛、あるいは不安を介して、最初の癲癇の発作の時、それらがどういうものとして自覚されたかを探り出そうともしていた。そのたびに結局はなにひとつ、確実な情報をえられなかったのであるけれども……

しかし、その過程で間接的に、息子がかつて行った不可解な行為についての、かれ自身による評価をひとつ引き出しえたことがあったのだ。僕と息子との間の、当の会話を復元してみると——じつはもっと数をかさねた問いかけがあったのだが、要約して復元すると——それは次のような問答であった。息子の答は、意味の不透明なものでありながら、それでいて僕と妻になにやら思いあたる、奇怪な響きをひそめるものであった。

——イーヨー、癲癇の発作のしばらく前に、頭の髪の毛を抜いていたね？　頭の穴のところにしたプラスチックの蓋《ふた》の、ほら、その蓋の上の毛をすこしずつ抜いて、丸い禿《はげ》ができただろう？　何日も、何日もかかって、髪の毛を抜いてしまったんだけれども、あれはカユかったからかい？　それとも蓋の上の皮膚が引きつるかしたの？　痛かったの？　頭のなかがなんだか苦しくて、毛を抜かないとがまんできないふうだったの？　覚えてるだろう？　どうして抜いたの？　どうだったの？

——**あの頃は、面白かったですよ！　昔は面白かった！**　と息子ははるかなところに思いをはせるような微笑を示していったのだ。

この梅雨の晴間に、われわれは息子を連れてN大学板橋病院に向った。僕がヨーロッパを旅行していた間、息子が荒れに荒れたことについて、肉体の側面からの理由があるのならば、専門医の診断をあおがねばならなかったから。脳外科の受付へ、いつものとおりM先生への診療申込みカードを出しに行った妻が、待合室の隅《すみ》で長椅子を確保して待つ僕と息子のところへ、気落ちした様子で戻ってきた。

――M先生は、停年で大学をおやめになったわ。まだ週に何度かお出になってはいて、とくに先生にご相談したい患者には、会ってくださるようだけれども……

久しぶりにM先生とお会いするということで、息子は勇み立っていたのだ。自分に関わりある話柄《わへい》には敏捷《びんしょう》なほどに示す理解力から、すぐさまかれはなにやら理由があって、先生はカーテンの向うの診療室にいられぬのらしいと納得し、生彩を失ってくる。僕と妻もまた、いわば永遠に、病院に来さえすれば、M先生が息子について的確な指示をあたえてくださる、ということを疑わなかったのに気づいて、途方にくれるふうだった。しかし考えてみれば、この十九年間、その時どきに、おなじ診療室を背景にしてではあるが、謹直なはっきりした意志、そしてその底にある育ちの良い、澄んだユーモアもあきらかな、白衣のM先生の風貌《ふうぼう》姿勢は、やはり年々、老年の方向にむかわれていたのだ。そのいくつものイメージが、黙って坐っているわれわれの胸のうちにフラッシュ・バックされる具合なのだ。もっともいちばん気落ちしたのは僕で、スピーカーから息子の名が呼ばれた時、妻と本人はそれでも元気を出して、新しい先生の診療室へ入って行ったのに、僕は荷物の番をすることを口実にしてそこに残った。

十分後、診療室から戻ってきた息子が、あらためて陽性の気分を回復している。妻も、なにやら気負い立つようにして——しかしその昂揚《こうよう》には、激しく思いめぐらす内心の気配がからむようでもあり、むしろ僕は次に起る事態への心準備をさそったが——これから幾種類もの検査を受けるという。まず最初に、血液と尿をとり、そしてレントゲン室へと廻るのだ……

すぐさま移動をはじめながら、妻は新しい先生が、十九年前の息子の最初の手術から、M先生の執刀に参加してこられた方だ、と話した。そしてこの先生は息子の年来の症状が、癲癇ではないのではないかと思う、といわれたという。先生の記憶されるところでは、息子の頭蓋の欠損《ディフェクト》をはさんで二つの脳があった。外側の脳が活動していないことを見きわめて切除したのだが、その手術部位に近い、生きている脳の部分は視神経と関係する部位であった。その影響で、短い時間、眼が見えなくなる症状があらわれるのではないか、ひいては癲癇の発作とされたこの前の症状も、同根のものではなかったか……

——なんだって？　二つの脳？　と僕は話をさえぎった。活動していない外側の脳を切除した？

——御主人は知っていられたはずだ、といっていられたわよ。それで私にも、脳分離症という記入の意味がわかったけれど。

二つの脳、そうであれば、もうひとつの頭かと思われるほどであったテラテラ光る肉色の瘤をつけて生まれてきた息子の、その小さな肉体が端的にあらわしていた畸型の意味が、誤解しようもなく納得されるのだが……　しかし手術当時、僕がM先生からそれを聞き、妻に隠していたことなどありえぬのである。

——書斎の仕事机の前に、ペンで描いた脳のデッサンがかざってあるでしょう？　まんなかにひとつ眼があって、眼の大きさからいうと、脳全体がすこし小ぶりであるような、……あれはもうひとつの脳のデッサンじゃないの？

そういわれれば、確かに僕は脳のデッサンを大切にしている。それはW先生の『狂気についてなど』という戦後すぐのエッセイ集に、扉図版として印刷されていたものだ。しかし僕は、意識するかぎり、この本におさめられている次の一節に深く影響づけられているからこそ、扉絵を木枠に入れてかざってきたのだ。《「狂気」なしでは偉大な事業はなしとげられない、と申す人々も居られます。それはうそであります。「狂気」によつてなされる事業は、必ず荒廃と犠牲を伴ひます。真に偉大な事業は、「狂気」に捕へられやすい人間であることを一人倍自覚した人間的な人間によつて、誠実に執拗《しつよう》に地道になされるものです。》

手術の後でM先生がいわれたピンポン玉のようなものを、頭蓋の欠損《ディフェクト》ということとの相関で、なんとなく骨に類するものと感じてきたが、それを内蔵するのみだった瘤、と僕が妻にいってきたこと自体に、意図に立つ隠蔽《いんぺい》があったかと、妻は疑っている模様である。彼女の疑いに影響されるようにして、僕の内部の奥深いところから湧きおこってくる思いもあるのだ。M先生は、はじめからふたつの脳について話されたのに、自己防衛の心理機制が働くまま、僕の意識はそれを素通りさせたのではないか？　かわりに無意識が受けとめたものは、W先生の、確かに正常な脳に比して、眼との関係で小ぶりだとわかる、脳のペン画に僕を執着させたのではなかったか……

レントゲン室のなかから、FM放送のアナウンスの口調の礼の言葉を残して、息子が廊下に出て来た。医師の指示どおり躰を動かそうと衷心つとめるが、骨組みに異常があるかと疑われるほど不器用なかれには、検査を受けること自体、大事業なのだ。レントゲン室を最後に検査をおえて、タクシーに乗りこんだ時、息子はしみじみとした口調で、それも昂揚感をあらわしてこういった。

――**大変苦しかったが、がんばりました！**

僕としては気がかりなことがある。

――さきの症状のこと、イーヨーにもわかるように、先生はおっしゃったの？

――それはわかったでしょう。とても関心を示していたもの。ホーッ、ふたつも、僕の脳が！　というようなことをいっていたわ。

——そうなんですよ！　僕には脳がふたつもありました！　しかし、いまはひとつです。ママ、僕のもうひとつの脳、どこへ行ったんでしょうね？

聞き耳をたてていた運転手がプッと噴き出し、頬から耳のあたりを紅潮させて、自分の失態に腹を立てるふうだった。病院を根拠地にするタクシー運転手には、患者やその家族に親身な態度をあらわすことに、いわば使命感をいだいている人びとがいるものだ。この運転手の場合、心づかいが裏目に出てしまったことを、自責する具合なのである。しかし息子は機嫌のいい時には洒落や地口を好んでいうことがあり、いまもテレヴィのコマーシャルをもじったわけなのだったから、むしろ運転手の笑いは息子を得意にさせたはずなのだ。その勢いに乗じるようにして、僕は、

——イーヨー、きみのもうひとつの脳は、死んだ。しかし生きてがんばっている立派な脳が、きみの頭のなかにあるよ。ふたつも脳があって、すごかったね、といった。

——そうですね、すごかったものだなあ！

ふたつ脳があったこと、その新情報をどう受けとめるか？　どっちつかずの茫然たる状態にいた僕に、事実を知って陽性の驚きを感じている息子の昂揚が、態度決定のヒントをなした。どうして僕が息子同様、この新しい認知によって励まされえぬ理由があろう？ふたつの脳の重荷をになって誕生しながら、息子は手術とその後遺症状によく耐えて——大変苦しかったが、がんばって——成長してきたではないか。

——もうひとつの脳が死んでくれたから、イーヨー、きみはいま生きているんだよ。きみはいまの脳を大切にしてがんばって、長生きしなければならないね。

——そうです！　がんばって長生きいたしましょう！　シベリウスは九十二歳、スカルラッティは九十九歳、エドゥアルド・ディ・カプアは、百十二歳まで生きたのでしたよ！　ああ！　すごいものだなあ！

——坊ちゃんは、音楽がお好きですか？　と失地回復をはかる心づもりの運転手が、前を向いたまま声をかけてきた。エドゥアルドという人は、どんな音楽家？

——**「オー・ソレ・ミオ」を作曲いたしました！**

——坊ちゃんは、たいしたもんだなあ。……がんばってくださいね。

——**ありがとうございました、がんばらせていただきます！**

僕は砂漠の景観を思いえがいていたのだ。冷たい嬰児《えいじ》が——それも小ぶりの脳髄《のうずい》に眼がひとつ開いているのみの嬰児が、憤怒《ふんぬ》の大気のなかに立つ。かれは叫ぶ、ただ脳髄のみの嬰児が叫びうる、そのような叫び声で。《六千年の間、幼なくして死んだ子供らが怒り狂う。夥《おびただ》しい数の者らが怒り狂う、期待にみちた大気のなかで、裸で、蒼《あお》ざめて立ち、救われようとして》。

落ちる、落ちる、叫びながら……

二年前になるが、まだ中学校の特殊学級に在籍していた息子に、泳ぎを教えようとして、クラブに連れて行っていた時期があった。秋から冬にかけての数箇月、毎週、週によっては三度ほども。そのきっかけは、夏の終りの保護者の会で、体育の先生から、息子が水泳実習において、いかにあつかいにくかったかを、妻が聞いてきたことにあった。

先生は、息子に水に浮こうとする意志が欠けている、本能的に水に浮こうとする肉体の意志すらもない様子なのだといわれたらしい。――こういう子供に水泳を教えるのは、コップに訓練をおこなうようなものじゃないですか……、という話の進みゆきに、妻として心おだやかでないところもあったようだが、彼女の報告を聞いただけで、僕にはよく納得《なっとく》できたのである。実際に息子をプールに連れて行ってみて、僕はつい笑いだしてしまったほど、体育の先生の当惑ぶりは了解された。まったくそれはコップに泳ぎを教える以上に難しい、ともいうべき事態なのであった。

それというのも、コップを水面に横たえれば、それはすぐさま沈んでゆく。コップに耳があるとして、——なんとか、沈まぬようやってみようじゃないか、とはいえるだろう。僕の息子の場合、浮ばぬことは確かに明瞭だが、沈んでしまうともはっきりはいいがたいのである。しかもプールのなかで僕が息子に指令を発する、それに柔順に応《こた》えて、息子が努力しているようであり、かつはまったく父親のことなど意に介さないで、というようでもある。特殊学級の専任でない、体育の先生の苛《いら》立《だ》ちというものが、僕にもしだいに身につまされる以上に、実感されたのであった。

——もう一度、イーヨー、頭を水につけて、腕を前に伸ばして、足をばたばたやってみよう！

息子は水を恐怖することはない。いっさいためらいも示さない。僕の言葉が指示したとおりの動作をする。ただ、僕が漠然と期待しているスピードの規準とはかけはなれた、おそろしくゆっくりしたペースで動作をすすめるのだ。ジワッと浸透する濃い液体のような具合に、砂に足をもぐらせる貝のような具合に。

頭をやすらかに水にゆだね、両腕を前に伸ばし、プールの床から足をあげる。そのようにしてイーヨーは水に浮ぶのみならず、クロールを思い描いているのらしい腕の動かし方もするのだが、その徹底してゆるやかに動く両腕は、いささかも水の抵抗を受けているようではない。その間も躰全体《からだ》はしだいに深みへ下降する。ところがその過程でのある瞬間、じつに自然にイーヨーは床に足を立てているのである。沈みながらもがいて水を飲み、苦しんだりあわてたりするという事態はおこらぬわけだ。しかもこの一連の動作のうちに一メートルは前に進んでいるから、それを繰りかえしてゆけば、ゆっくりゆっくりとではあるが、プールの端から端にいたることにはなる。じつのところかれはそれが自分としてプールで泳ぐことであると、内心みなしているようなのでもある。

——イーヨー、腕を強く掻《か》いてみよう！　とか、足は歩くように動かして、進んでゆこう！　などと僕はつねに声をかけるのだが、そして息子はそのたびに、次のような愛想のいい返事をかえすのだが……

——**はい、そういたしましょう！**

しかしいったん水に頭をつけてしまうと、夢のなかの遊泳者、あるいは超スローモーションのフィルム画像めいた動きをおこなって、それを改良するふうはないのであった。水のなかに先廻りして指令をあたえつづけようと、ゴーグルをつけて脇に潜《もぐ》りもするのだが、水のなかの息子は切れの深い卵型の眼を大きく見開いて、静かな感嘆をあらわし、鼻や口許から気泡《きほう》が光りながらひとつずつ立ちのぼるのが見えるほど、穏やかに穏やかに身動きしている。それはもしかしたらこのような態度こそが、水のなかで人間のとるべき自然なかたちではないかと反省されたりもするほどなのであった……

さきにいったように僕は毎週二度、あるいはそれ以上もプールに息子を伴ったけれども、かれの泳ぎぶりは変ってゆく気配がなかった。もっともそれなりに本人はプール行きを楽しんでいる様子であったから、不都合はなかったのだが、プールが混んでいる日には困ることがあった。クラブのプールは、競泳用の二面と跳び込みやスキューバ・ダイヴィングの訓練のための深いプールの三面でなりたっているが、中心をなす二十五メートル・プールは「遊泳コース」が設けられている時でないかぎり、息子のためには使えない。したがって二十五メートル・プールを水泳スクールと「トレーニング・コース」で練習する者らが占めている際、イーヨーを泳がせることのできる唯一の場所は二十メートルの正会員専用プールのみである。

ところが秋なかばから、時どきその正会員専用プールへのガラス戸の仕切りにすべて鍵がかけられるということがおこったのである。つまりはひとつの集団の借切りということだった。もっともそれは二時間を越えなかったから、二十五メートル・プールの「トレーニング・コース」が空いている暇を見ては息子を泳がせ、それができぬ時には、借切りの時間が過ぎるのを待ちうけることにしていたのだが。それというのも、いったんイーヨーに水着をつけさせ、プールに降りて行ってから、今日は泳ぐことができぬと納得させることはできぬ相談であったから。その反面、プール・サイドのベンチに坐って待つとなると、息子は黙ったままいくらでも待ちつづけることができるのであった。

正会員専用プールを借切って独占する集団と僕がいった、その連中はクラブで他に例を見ない、およそ独特なパターンの行動者たちであった。集団は二十代後半の十五名の青年たちでなりたっていた。いま十五名の者たちとはっきりいうことができるのは、水泳訓練の前後、かれらが閉じたガラス戸の仕切りの向うで点呼《てんこ》をとるのが、いつもこちらまで聞えてきたものだからだ。それも、これについてはのちに説明するが、uno, dos, tres, cuatro, ……とスペイン語によって。そしていつも quince で打ちどめ、ということになるのであった。

もとよりかれらは日本人で、躰《からだ》つき、顔つきから、身ぶりの端ばしにいたるまで、日本の旧軍隊式の訓練を課されているように見える者たちであった。現にそのスペイン語の点呼自体が、あからさまに日本の軍隊式なのである。僕は一時期メキシコ・シティーで数箇月をすごしたことがあり、日曜日など朝まだ早いうちアパートの外で叫びかわす子供らのスペイン語が、自分の四国の村での幼年時を一挙によみがえらせるほど懐かしい、母音中心の響きであるのに、起きがけの夢をかきみだされた思い出があるのだが——この点呼のスペイン語というものは、懐かしさの根をスペイン語と日本語が通底させるというような話ではなく、あくまでも粗暴な日本の旧軍隊式の発声、発音なのであった。

これらの青年らについて軍隊式の、と僕が感じとったさらに端的な理由としては、揃《そろ》って短い角刈りにしたかれらが、半ズボンめいたカーキ色の水着でプールに降りてきたことにもよるが――護送車のような印象の中型バスをクラブ脇につけて降りて来るかれらに出くわしたこともあるが、その際かれらは濃い草色と萌黄《もえぎ》の縞《しま》の迷彩戦闘服を着ていた――その躰のでき具合がおよそ均質に見えることにもあった。

プールで、またクラブ三階のトレーニング室で、器具を使って掻く力や蹴る力を強化する大学の水泳部員たちは、皮膚にしても筋肉にしても過剰な栄養を制禦《せいぎょ》しての、じつに伸びのびとしてぜいたくななりたちをあらわしている。それはほとんどみだりがわしいほどの、しなやかで豊かな、一種特権的な肉体である。そしてかれらの顔つきは、年齢より稚《おさ》ない甘やかさだ。練習をしていない間は、弛緩《しかん》して愚かしい表情を示すようでもあるが……

それに対して軍隊式の青年らは、かれらがそろって水泳選手らより十歳は年長であるということもあるが、およそ右にあげた水泳選手らの特性とは似ても似つかぬ肉体を持っているのだった。かれらの肉体も鍛えあげてはあるのだが、それはたとえば土木作業のような苛酷な仕事の結果、そのようなかたちになったのではないかと疑わせる、ある貧しさ、なりふりかまわぬ印象のものだった。プールでの訓練の際も、実際にかれらは腕っぷしが強いだけの、素人じみた、腕と足で水を乱暴に叩《たた》く泳ぎぶりを示したし、かれらの統率者はそれを矯正《きょうせい》するためにプールに降りてくるということもせぬのであった。

もっともこの朱牟田さんという統率者は、わが国のスポーツ界で聞えたトレーニングの専門家ということなのである。青年らは、窓を木枠でせばめてある、全体が閉じた感じの中型バスでやって来ると、列をつくって従業員入口からクラブに入り、水泳スクールの生徒らの更衣室の一劃《いっかく》を、この時間ばかりはかれらのみが独占して着がえをする。その上でガラス戸の仕切りを厳重に閉したプールで泳ぎ、シャワーをあびるだけで、乾燥室やサウナにはあらわれず、そのままバスで戻って行く。つまりかれらの行動範囲は、クラブに来る一般のメムバーたちから完全に遮断《しゃだん》されていたのであって、常連の女性の会員が露骨に反感を示して、——刑務所から泳ぎに来ているみたいね、お互いに話をすることもしないで、なんとも陰気な顔つきをして、というのを聞いたこともあった。あれは私たちと同じ時代に生きている人間の集団じゃないわ……

じつは僕も同じ印象をいだいていたということがあって、この言葉をよく覚えているのだが、僕としては、とくに水泳選手たちと集団の青年らとの間に、戦後の高度成長の最盛期がすっぽりはいりこむほどの、時間の差が開いているように感じとっていた。ところがかれらの統率者の朱牟田さんは、じつに陽気な精気にみちた、まさに今風の人物で、青年らがプールにいる間、ひとりサウナ室と風呂場に腰をすえて、誰かれにとなく愛想よく話しかけてくる人物だったのである。むしろその対比が、朱牟田さんとその統率する青年らとの、なにやらグロテスクな関係を照しだすようですらあったほどだ。

僕として詳しく聞いたのではないが——というのもこの五十がらみの統率者の前歴は、クラブの常連たちには常識に類するほどで、あえて聞きだそうとすること自体、わざとらしいような雰囲気《ふんいき》があったからだが——ともかくかれが陸上のオリンピック選手クラスの人間であったのは確実なのである。ところがまだ現役のさなかに、事故で足指を幾本か切断してしまった。ピンク色が現に生なましい、その切り口は、朱牟田さんが冷水槽につかりながら硬《かた》ぶとりしている大きい脚を、無遠慮に突き出している際など、眼にとめぬわけにゆかなかったものだ。そこで競技は断念したが、朱牟田さんは選手たちの基礎体力の強化訓練のコーチに転身して成功し、オリンピックのたびに選手団本部の人間として外征してきたのであるという。しばらく前まではK大学の体育の講師もしていた。当の体育クラブの理事長が、大学でとくに眼をかけられた教え子という関係で、もともと朱牟田さんはこのクラブの、創立以来の相談役でもあるのらしい。そのつながりで、現在おおいに無理をとおしてのことにちがいない、会員専用プールの、臨時とはいえ独占的な使用ということが、認められている模様なのだった。

朱牟田さんは、高く丸く禿《は》げあがった額と、両頬とが、対応しあう三つの赤い小山のようで、薄い眉の下の深い筋のような眼がいつも笑っている、巨大な赤んぼうのような顔で、サウナ室や風呂場に巨躰をすえ、ひっきりなしに大笑いを響かせていたが、実際に言葉をかわしてみると、およそ幼ない無邪気さなどというところのある人物でないのはすぐにわかった。その細い眼自体、幸福な大赤んぼうのテラテラ輝く顔のなかで、かつて一度も笑いにゆるんだことはないのではないかと疑われたほどだった。

——先生、と朱牟田さんはある日、低温の湯に永ながと入る息子をそのままに僕がサウナ室へ入って行った際、待ちかまえていたように声をかけてきたのだが、その先生は大学の同僚のお互いへの呼び方、というふうなアクセントではなく、腹に一物《いちもつ》ある肉体労働者が書斎で仕事をするたぐいの者らに、軽んじる気持をもあらわにして用いる、その種類のいい方だった。先生のことは、メキシコ・シティーの友達から聞いております。私はメキシコ・オリンピック以来、あすこの人たちとつきあいを重ねたものだから。その友達とは別の、これは日系人だが、園芸植物の広い農園を持っておる成功者がいましてな、私は若い者らを連れてそこへ乗り込みます。メキシコへの労働力の輸入ということで、厄介《やっかい》な問題はありますが、農園で一応の訓練を受ければ、荒地の真直中《まっただなか》へ入って行きますからね、問題は立ち消えになるはずなんですよ。それで先生にね、メキシコの話を、若い者らにしてやってもらいたいんだけれども。それもスペイン語で話していただきたいんですよ。

——それはだめだなあ、僕はスペイン語など、ほんのすこしかじっただけで……

——いや、いや、いや！　先生のような人が現地に半年もおられれば、そこの国語はペラペラでしょうが？

——メキシコ・シティーには居ましたよ、しかし集中してスペイン語を習うということはしなかったんです。

――いや、いや、いや！　先生らは現地に行けば言葉はすぐだが、うちの若い者らはそう行かないのでね。しばらく前から、スペイン語の特訓をやっております。合宿ではスペイン語しか使わせない。一年間びっしりの、自由外出なしの合宿で、日本語の本は宿舎から全部追放。新聞もテレヴィも見せない。ラジオも聞かせない。いまではもう寝言までスペイン語のやつが出てきましたよ。しかし眼がさめると、そうはいかない。あっはっは。日本語の活字に餓《う》えてきたのでしょうな、この間、水泳スクールの子供らが持ちこんだ漫画週刊誌が、連中の手に入ったわけです。たちまち全員が奪いあって、ページをバラバラにして、プール脇に立ったまま読んでおりました。私はそれを見つけたもので、全員更衣室へあげて、相互に往復ビンタをやらせました。子供らが覗《のぞ》かぬように、厳重に注意をはらってやりましたがね、いや、ここの理事長は教育にうるさいから、あっはっは。わしはむしろ往復ビンタは教育にいいという方ですが、あっはっは！　そういうわけで、先生にスペイン語で話してやってもらいたいんですよ。うちの若い者らは、半分はもと左翼、半分はもと右翼の過激派です。その連中がね、どういうわけか、そのどちらもが、先生と議論をやりたがっております。なかでもM先生の（と朱牟田さんは、先年自殺した高名な作家の名を突然あげた。）薫陶《くんとう》を受けておった者らが熱心で……

――本当に僕はスペイン語ができないし、英語でも、相当に準備しなければ、長い話など難しいので……

――いや、いや、いや！　なにもそのように警戒しなくても！　うちの連中は、あくまでももと過激派なのであってね、いまは更生して、メキシコへ新天地をもとめようとしているのだから、暴力をふるうというようなことはないですよ。議論だけ、ただ議論だけ、あっはっは。考えてみておいてくださいよ、先生、M先生の自決十周年前後にでもいかがですか、あっはっは！　おねがいしますよ。

話の途中で、耐熱ガラスの向うから朱牟田さんの大笑いに不安をあらわして覗くイーヨーの眼を見出し、僕はそのまま立ってサウナ室を出たのだが、汗だらけの背なかにまつわりつくような朱牟田さんの、笑いをはらんだ、それも挑発的な響きもある大声に、奇妙なうしろめたさをひきおこされたのだ。実際は自分がスペイン語をできるにもかかわらず、臆病《おくびょう》な慎重さから、僕に興味を持っているという、それぞれ三十代はじめの年齢なのらしいもと右翼、もと左翼たちを避けようとしているのではないか、というような……

そういうわけで朱牟田さんとの会話の後、僕はかれの統率する青年らに、自分の内面とも直接むすんでいる関心を持たずにはいられなくなった。朱牟田さんのいった、作家のMさんの自決十周年を記念して、命日に集会を開くという主旨の、それも数種ことなる主催団体のポスターが街角に眼につく時期でもあったのである。

あわせて朱牟田さんの言明とはちがった性格づけを、かれの統率する青年らにあたえて、あれこれ批評する会員もクラブにはいた。かれによると、M自決から十年ということに、とくに意味があるふうなのであった。この批評は——ある集団が正会員専用のプールを一定時間独占して、他をしめ出してしまうことに、当然ながら反撥があり、相当にきびしく批評的な噂話《うわさ》ということにもなったのだが——朱牟田さんがかつて体育科の講師であったK大学で、肉体プロパーのレヴェルから心理学に属するレヴェルまで、統一してのスポーツ医学を研究している、助教授の南さんのものだった。つまりは信憑性《しんぴようせい》のあるものに受けとめる根拠はあったのだが、しかし体育クラブの常連同士には、学生気分の陽気な残滓《ざんし》もわけもたれるところがあり、悪意がひそむにしても軽微なものである、そうしたからかい方もお互いにする。南さんはやはり風呂場で——たまたま朱牟田さんの居なかった時——当の話柄《わへい》のそなえているドス黒いところとは裏腹に、柔和《にゆうわ》な女の子のような眼のまわりの微笑はたやさずしゃべったのだが……

南さんによれば、青年たちのうち幾人かMさんの薫陶を受けた者らがいる、と朱牟田さんがいったのは事実そのままとはいえない。むしろ青年らの全員が、たしかに極左、極右と思想的にわけられうるにしても、両者を結ぶものは、M思想、M行動なのだ。Mさんの死によってかれらは——といってもかれらがすべてMさんのつくっていた私兵組織に属していた、というのではないのらしい。多くはMさんの書くものに孤独に関心を持っていたのが、Mさんの自決によって、自分らは取りのこされた、と感じたのである。むしろかれらはMさんの死後はじめて集って、M思想、M行動を研究してゆく集団をつくった。そのうち朱牟田さんのもとで体育部に居た学生が仲介役になり、当の集団と朱牟田さんを結びつけたのである。朱牟田さんは、ボディ・ビルをやっていたMさんと親交があった。

そして十年、青年らは朱牟田さんを顧問として集団を維持してきた。もっとも人員を縮小して完全な合宿のシステムに入ったのは一昨年暮からのことである。Mさんの自決十周年に向けて、はっきり区切りをつけたいという声が多数派をしめ、脱落する者を払いおとした上で、朱牟田さんが、これも親交のある右翼系の大物から資金をみちびき出して、小田急沿線の林のなかに訓練農場をつくったのだという。メキシコにも確かに土地は保有してあり、そこへ入植するための準備段階として、現在の訓練とくにスペイン語学習がある。現に南さんの若い同僚がスペイン語を教えに通っているのでもある。合宿でスペイン語しか使われぬというのも本当らしいが、青年らは登山用ナイフを改造したもの他で、武闘訓練にもっとも熱心だというのだ。――朱牟田先生のもくろみはそれとして、青年たちの方ではね、十年たって、このままではだめになる、新規まきなおしメキシコに出かけるなどというつもりはなくて、いまこそ十年みがきつづけた兇刃《きょうじん》をふるおう、というつもりじゃないの？　あなたは生前のMから、あいつの政治思想は大嫌いだといわれていたでしょう？　Mの死後は、その死に方を批判しもしたでしょう？　のんびりと講演に行ったりしたら、蹶起《けつき》の前哨戦《ぜんしょうせん》の、血祭りにあげられるのじゃないか？　スペイン語にしてもね、十年たっての弔《とむら》い合戦に、市ケ谷へ連中が闖入《ちんにゅう》するとして、大声で叫びたてうる暗号指令でもありうるわけでね。

Mさんの十周忌をいうポスターは、街頭に日増しに多かった。その一日、体育クラブで――僕は居合せなかったが、朱牟田さん門下の青年らの幾人かが脱走する事件が起った。それはかれらの集団について、新しいことを考えさせる喚起力を持っていた。たまたま南さんと朱牟田さんの対話を脇で聞いて、僕はこの脱走についての詳細を教えられたのだが。

十一月に入ってすぐのある午後、イーヨーとクラブに行ってプールに降りると、正会員専用プールには誰も泳いでいない。シャワーを浴びてそちらへ向おうとする僕と息子に、アルバイトに来ている水泳部員の学生が駈けよって、いまむこうは使用禁止だという。午前中に事故があって、表の舗道側のガラス壁が破壊されたのだという。こちら側のガラス戸を透かしてみると、広いガラス壁の向う隅が、トンネルでもうがった具合に壊れている。取換えの見積りをする建築会社の人間でもあろう連中が、作業服で三人、ガラス壁の穴の脇に立っている。また朱牟田さんが、タイヤのように硬いゴムの人形みたいなふうにふくらんだ躰《からだ》をはずませ、そこいらを盛んに動き廻りながら上機嫌にしゃべりつづけていた。

なにが起ったかはわからぬままそうしたことを見とどけ、水泳スクールの交替時《こうたい》を見はからって、イーヨーに浮ぶとも沈むともいえぬ練習をさせ、つづいてプール脇のベンチにかれを坐らせると、僕は時間を節約するために強く蹴って幾往復かを泳いだ。サウナ室へ上って行くと、風呂場のカランの前で朱牟田さんと南さんとが愉快そうに話している。僕はかれらから離れて坐り、かつはかれらに挨拶《あいさつ》もせぬ理由づけに、息子の躰をことさらシャボンだらけにして、洗いはじめたのだったが……

——板ガラスの値段は安くなりましたなあ。百万ほどかかると思ったが、何分の一かで、工事費はとらぬというから、むしろ気がさしましたよ、あっはっは！　と朱牟田さんは、湯か水かというよりあきらかに汗に濡れた、太い猪首《いくび》を振りたててしゃべっている。

——それよりかれらに怪我《けが》がなくてよかったですね、と南さんは、朱牟田さんとの間に距離を置こうとしているいい方で相槌をうっていた。

——鍛練してあるからね。あの程度のことで怪我をしたりはしません！　怪我をせざるをえなくても、最小、最軽の怪我ですませる。そのように鍛練した肉体ですから！　先生、私の場合もね、並の人間ならば、脚一本だめにしたほどの事故ですわ。

——かれらの二人がベンチを持ち上げて、三人目がうしろから方向修正して、ガラスにダーンとぶっつけて、脱出口を開いたというんだから。そしてガラスの破片の落ちているところへ、ベンチを橋のように突き出して、その上を通って行ったというんだから、やる事にソツがないね、プロだなあ。

——逃げ出すプロなどといっても、ものの役には立たんわ。

——それでどうされるんですか？　警察には届けられたんですか？

——警察などと、なんの関係もありませんよ、先生。逃げ出したいものは逃げ出せばいいですよ。そういう者らを連れ戻しても、ものの役には立ちませんわ。もともと私のところはね、生活の規律はやかましくいいますよ、しかし逃亡しないよう監視するというようなことは、なにもやっておらんかったですよ。

——それじゃどうして、わざわざプールから逃亡したんですか、朱牟田先生？　大きいガラス壁をベンチで割って、水着一枚で逃げるというのは、まかりまちがえば大怪我の、危ない綱渡りじゃないですか？

——鍛練しておるから、まかりまちがうということはないですよ、あっはっは！　連中は衣服をつけて逃げ出すほどの才覚も働かなかったわけなんだが、私がこの二階にひかえて居るということが、それほど恐かったわけですか？　それともプールに降りておるうちに、連中を突発的に誘惑したものが、それほどさしせまった気持にするものであったのか？

——その両方でしょう、と妙にきっぱりと、つまりいつも少女のような羞《は》じらいを眼もとにうかべてしゃべるのとはちがった口調で南さんはいった。

――しかし、現に私の居らぬ所で、ガラス壁には穴があいておるのに、残った者らは逃げないで居るのだから……、と朱牟田さんがいうのへ、南さんはもう答えないでロッカー・ルームへ出て行ってしまった。

朱牟田さんは、よく表情のわからぬ眼が深く皺《しわ》のような――しかし赤く盛りあがった額《ひたい》と両頬ぐるみ、つねに無意味に笑っている感じの顔をこちらに向けたが、僕は聴き手の役割を南さんから継承する気持のないことを示すべく、なおも息子の髪の毛を念入りに洗っていたのである。

――だめだ、だめだ、先生、そういう過保護は、セイハク児のためによくないよ。まだ夜尿症もなおってはおらんのじゃないですか？　自立する精神をあたえないとね、それにはまず鍛練しないと、だめだ！

朱牟田さんが薄い眉をしかめて――それでも陽気な赤んぼうの巨人という印象が消滅してしまうのでないのが、酷《むご》たらしいようなグロテスクの印象をかもしたが――僕にそう語りかけてきた。たまたまそこへ、洗い場の台に忘れていたゴーグルと水着を取りにきた南さんが声をかけて、それをしおに僕は、朱牟田さんにいくらかの気の毒さの思いはあじわいつつ、息子をうながしてロッカー・ルームに出たのであった。

――朱牟田先生、そんなことより、早く自分の御弟子の所へ帰らなければならないのじゃないの？　逃亡した連中が、残った者らをかっさらいに、工夫をこらしてやってくるかも知れませんよ？　Ｍの最後の際の「生首」写真をポスターにして集会を開いてね、市ケ谷蹶起《けっき》十周年の記念に、なにか企てている連中がいるとも、大学では噂してますよ。あなたの所で、外の情報を遮断《しゃだん》されている連中のね、眼の前にそのポスターが突きつけられでもしたら、じっとしておれないのは全員じゃないですか？

この日から一週あとの十一月二十五日が、つまり吉田松陰の命日が、Ｍさんの自決から十年目にあたっていた。朝から当の事件を回顧するテレヴィやラジオの番組を見たり聞いたりした。事件当時、日本に居なかった僕に、一種、臨場感をあじわわせるフィルムや録音があった。もっともテレヴィはもとより新聞紙面からも、Ｍさんの「生首」の映像はしめ出されているようであり、南さんのいった学生たちの運動としての、Ｍさんの「生首」の写真を使った集会ポスターについてのコメントもあらわれなかったのだが。

午後早く、特殊学級から戻って来たイーヨーが復唱するようにして話すところでは、体操の時間に、水泳の練習はどうなっているかと聞かれたのへ、——**いやあ、わかりません、忘れてしまいました！**　と答えたのらしい。そこでもういちど家庭で検討してくれるようにと、連絡簿にも書かれていた。それでは今日もプールに行こうかというと、息子は乗り気である。

そこで僕らがクラブに出かけてみると、これもそちらはそちらとして、この日に街なかのプールへ連れてくることで、なにものかの挑戦に朱牟田さんが応じたというわけではないかと思ったものだが——あの青年の一団が（以前より三名減少している、点呼もdoceで打ちどめになったはずのかれらが）正会員専用プールを独占して、さかんに水しぶきをあげていた。しかも水泳スクールが繁盛していて、僕とイーヨーの泳ぐことのできるコースはいまのところ見つからぬ。すでに真冬で外套《がいとう》を着た連中が街路を歩いているのに、こちらは裸で、それも水に入らずにいるのは妙に場ちがいな感じだったが、僕と息子は、シャワーの関門をくぐりぬけたところにあるベンチにひとまずかけて、水泳スクールの交替《こうたい》時を待つほかなかったのである。ベンチの置かれている場所はプールの平面から数段高くなっているので、左前方にひろがる二十五メートル・プールも、右前方の、鍵がかけられたガラス戸によって仕切られた正会員専用プールも見わたすことができる。そしてベンチの正面には狭い辺をこちらに向けた、跳び込み及びスキューバ・ダイヴィング訓練用の深いプールがある。

その向う端に、丸ハンドルで跳び込み板を調節する跳び込み台がつくりつけてあって、そこではやはり水泳界で名のある大学教員が——僕はその人の書いた本で、自分のクロールの腕の掻《か》き方を修正したのだが——このクラブで選手として養成している小学生の女の子に、練習をさせていた。大学教員は、プールの長い方の辺の側で、つまり正会員専用プールのガラス戸を背にして立ち、女の子に指示をあたえて、跳び込みを繰りかえさせているのだが――跳び込み板と水面の距離はいかにも短く、コーチが頭を振ったりうなずいたりする判定の根拠が、素人の眼には見てとれない。しかもその小学生の、乾燥した植物のような躰の、一瞬の緊張、収縮と爆発、ついで弛緩《しかん》する過程には眼を引きつけて離さぬ、というところがある……

そのうち大学教員のコーチの脇に朱牟田さんが現れていた。トレーナーを着こんだ丸っこく大きい躰を、コーチと同様、自分の統率する青年らには背を向け、跳び込み練習を注視しているのである。朱牟田さんとしても、問題の日にクラブまで青年らを連れ出して来る、腹の大きさは見せたわけだが、いつものように練習の間サウナ室や風呂場でゆっくりしている、という気持にはなれなかったのだろう。しかしかれとしての面子《めんつ》はあり、青年らと――かれらのうちの三人が壊して逃げたガラス壁を修理したあとの、正会員専用プールに降りることまではできず、ガラス仕切りのこちら側で、青年らには背を向けて、跳び込み練習を見ている、という具合であったのだろう。

突然、正会員専用プールのガラス仕切りのすぐ向うで、無音の大騒ぎが持ちあがっていた。カーキ色のパンツの青年らが、ひしめきつつガラス戸脇へ殺到して、緊迫した身ぶりを、こちらへ向けて示す。僕はベンチから立ちあがり、同時に朱牟田さんが、やはり激しい勢いで振りかえって、ガラスをへだてた向うの騒ぎに面と向うのを見た。なにが起ったのか？　僕はその時の、自分をとらえたもっとも緊迫した思いを、前後の脈絡なしに覚えているのだが——あのMの「生首」の力が青年らをかりたてているのならば、おれとしても逆に「生首」の力の前でたじろぐわけにはゆかないぞ、避けはせず、逃げ出しはせず、「生首」の力に対抗して立っていなければならぬぞ、この屈強な私兵どもによく対抗しうるのでないにしても、イーヨーの前で打ちのめされることになるのだとしても——という強い思いにとらえられていた。

次の一瞬、ガラス仕切りの向うでひしめく者らのひとりが、決然とした具合に、拳でガラス戸の枠をひとつ叩き割った。そこから突き出されるはずみに肱《ひじ》まで赤く血で染った腕が、こちらを指さす。同じく破れたガラスの隙間《すきま》から、青年らのダミ声が、腹の底に響くほどの声で唱和していた。

——El niño, el muchacho, la piscina, difícil, enfermo……peligroso, anegarse!

つまりは、子供、少年、プール、困難な、病気の、そして、危険な、溺《おぼ》れる、などと習っているかぎりのスペイン語の単語を叫んでいるのだ。僕は自分でも卑しく感じるほどのノロノロした動作でふりかえり、イーヨーがベンチに坐っていないのに気づいた。その自分の脇を——はじめて僕は、ああ、ミシュランのタイヤ人間に似ているのだ、と懸案《けんあん》を解いたように感じとっていたのだが、全身筋肉でふくらませた朱牟田さんが、異様な敏捷さで走り抜けた。

シャワーの向う、柱のかげに幅二メートルずつの、しかし深さは十五メートルある、潜水訓練のための水槽《すいそう》がある。日頃はネットで覆われているのだが、今日は開放されているのをチラッと見たような気もする――僕は朱牟田さんの後につづき、その訓練槽の前に仁王立ちになったかれが下方を注視しながら、トレーナーを二動作で脱ぎとばすのを見た。朱牟田さんがまず足からジワリと水に入る。まだ波立ちが水面に拡がらぬうちに、大口を開けたイーヨーが宇宙遊泳でもする恰好で沈んで行くのを僕は見た。訓練槽のふちに両腕をついて、脈絡もなく、"Down, down thro' the immense, with outcry, fury & despair" という詩句を思いうかべている僕の鼻先に、朱牟田さんの、片方指の欠けた赤い大足が突き出されて、そのままかれは垂直に攀《よ》じ昇る具合に、水のなかを下降して行った……

この日、二人の溺れそこないの子供らのように塞《ふさ》ぎこんで電車のシートに腰かけ、僕とイーヨーは家に戻った。僕としては朱牟田さんが息子に手ぎわよく水を吐かせてくれたあと、このまえの、セイハク児への過保護というような高姿勢のものいいでなく、――おたがいに子供の面倒を見るのは、厄介《やっかい》で、苦労ですなあ、あっはっは！　しかし始めたものをやめるわけにはゆかないからなあ！　といった言葉が、とどめの一撃のように作用しているのでもあった。あの緊急な際に、僕がやりえたことといえば、ブレイクの《落ちる、落ちる、無限空間を、叫び声をあげ、怒り、絶望しながら》という一句を思い出していただけだから。

しかしこのような気分の時、唯一の効果的な励まし手として、つねに僕の脇にあったのはイーヨーなのだ。かれは自分から声をかけていいものか、かれなりに状況をおしはかるようにしてチラチラ父親を見あげていたのだが、それを感じていた僕がなんとか気をとりなおして、自分の耳にも滅入りこみすぎている嗄《しやが》れ声ながら、

――イーヨー、どうしたのかい？　まだ苦しいの？　と問いかけると、

――**いいえ、すっかりなおりましたよ！**　と力をこめて答えたのだった。**僕は沈みました。これからは泳ぐことにしよう。僕はもう泳ごうと思います！**

蚤《のみ》の幽霊

この七月、若いアメリカ人が遊びに来ていた。ヴァージニア大学で、日本の作家ふたり、自決したMさんと僕について修士論文を書いている女子学生で、われわれの会話は、彼女としては研究のためのフィールド・ワークなのでもあった。小柄な、躰《からだ》つきも顔だちも日本人になじみやすいタイプのせいもあろう、こちらで籍をおいている大学の公開セミナーで、自分の研究につき、日本の作家に性と暴力のテーマがどうあつかわれているかを課題にしていると彼女が語ると、その夜遅く陰気な声の男から電話があって、

——マリオン・クレーンさんですか、自分も性と暴力に興味を持っています。一度二人だけで話をしたいが……、といってきたということだった。

マリオンは僕に対して、僕自身の作品について訊《たず》ねることもしたわけだが、同じくMさんについて、生前の実際に会っての印象を熱心に質問した。そのうちMさんがボディ・ビ

ルできたえたことでも名高いのではあるが、背は日本人としても低い方に属した、という話になった。

——そういえば、性についても暴力についても、Mの美的なイメージは、筋骨隆々の大男の書くものとしては受けとりにくかった、というマリオンの、納得《なっとく》のいく思いもする対応を、脇から息子がさえぎって突然こういったのだ。

——**本当に背の低い人でしたよ、これくらいの人間でした！**

アメリカ人の女子学生をびくりとおののかせるほどの大声でいったのだが、つづいてかれは食卓の脇にしゃがみこんで、床から三十センチほどの高さに水平に掌をさしのべ、その下を覗《のぞ》きこんで、具体的ななにものかを見まもるふうである。

——イーヨー、きみはMさんのことを覚えていたかい？　いままでそんなことは一度もいわなかったのになあ。不思議だね。

僕はそういったが、当の息子の言葉と身ぶりの示すものについては、すぐさま実体に思いあたっていた。Mさんが市ケ谷にある陸上自衛隊の東部総監部というところに闖入《ちんにゅう》し割腹自殺した、その際の新聞写真の、床に直立していた血まみれの首を息子は思い描いているのだ。十年以上もの間、息子の障害のある頭のなかで、あの写真の記憶はどのように保たれてきたのだろう？　これまではMさんについてなにごとかをいうことはいっさいなかったのに、いまは自分の掌の下に「生首」の実在感をしっかり確かめているようにさえ見える……気がついてみるとマリオンも息子の身ぶりの表現するところに思いがいったのであるらしく、見知らぬ男からの電話の時もこうだったのではないかと疑われる、深い怯《おび》えにいろどられた表情を示しているのだった。

二年前、イーヨーが僕の通っている水泳クラブの十五メートルある潜水訓練槽で——そこをダーク・プールというのだと、息子の事故から注意をうながす張り紙が出たために知ったのだが——溺《おぼ》れかかったことがあった。その時、ガラス片で腕を傷つけながら警報を発してくれた青年とその仲間、また実際に十メートルほどの深みから息子を救いあげてくれた、かれらの統率者が、Mさんの生前の思想あるいは行動にいくらかなりと関わりのある人びとであったことは、さきに書いた。あの時にも、僕はまだ小学校の特殊学級に入ったばかりの年齢でおこった事件である割腹自殺事件の新聞写真にからめて、息子がMさんの名を覚えていることがありうるなどとは思ってもみなかったのであった。

——プロフェッサーの、とマリオンは（僕は彼女にとって研究対象であり教師ではないが、年長の日本人への便利ないい方としてそのように彼女は僕を呼んでいたわけだ）、気をとりなおして自分が示した驚きの内情を説明するようにいった。マルカム・ラウリーとMをあつかった論文の意味がもうひとつはっきりしなかったけど、いまはよくわかった。Mの「生首」は、イーヨーのような子供の心にもショックをあたえたのですね。そのような子供らが沢山いれば、そしてかれらが成長してゆけば、かれらの魂に影をおとしている

「生首」が、簡単には概念化できない力となって、本当にかれらを動かすかもしれない。

——まあ、イーヨーは、別だけれども、と僕はいった。しかし内心では、むしろこのいつまでも幼児の心を持った、そして大人の、それも大男の骨格をあらわしはじめている息子において、「生首」のイメージの力は、圧倒的なあらわれを示すかもしれぬぞ、と胸のドキドキする暗さとヤケさわぎのような気分をあじわって、なお床に近く水平な掌を伸ばしたままの肥満した肉体を見やったのである……

マリオンがいった論文は、僕がMさんの事件について、したがってMさんの直接に暴力的な自己表現について語っている文章として、外国の研究者には手に入りにくいだろう、ある叢書の解説のために書いているものを、コピイして送ってやったのだった。『政治死の生首と「生命の樹」』という、その文章の、マリオンがいうところにまっすぐつながってくる一節を、小説としては異例なやりかただが、引用しておきたい。

まず僕は《多数の自衛隊員を観客として、かつテレヴィ・ニュースを予想していたMのアジ演説から割腹自殺にいたる身体演技《パフォーマンス》は、戦後もっともよく練りあげられた政治の見世物であった。たまたま撮影されたものだという、床に直立した首の写真も、おそらく前もってMの構想のなかにありえたであろう。それもまた天皇制的な宇宙構造を背景にしながら、人間の肉体そのものの細部を押し出してゆく身体演技を構成していた》と書くことから始めたのだった。ここにそれもまたと書いているのは、『風流夢譚《むたん》』という政治勢力によって抹殺《まっさつ》されたもうひとりの作家の小説が、Mさんの行動とは対立する方向づけの解釈をみちびくものでありながら――まさにそうしたところに文学作品におけるイメージや身体演技の、多義的な底の深さがあるわけだが――おなじものの表現をなしえていたことと、対比しているからであった。

《ところがわれわれは、Mの自殺によるデモンストレーションを支持するものも、それを否定するものも、天皇制的な宇宙構造を背景にして、血まみれで床に直立する生首を典型に、その肉体の細部を強調してのパフォーマンスを、まともに受けとめはしなかったのである。われわれはMが「檄《げき》」として書きあらわした一面的な意味づけの言葉を読むことで、「M事件」の受けとめにかえた。あらためていえば、幸か不幸か、このデモンストレーションを支持するものも、それを否定するものも、すくなくともマス・コミュニケイションの表層へのあらわれかたにおいてはそうであった。マス・コミュニケイションの、こうした受けとめの具体例として、あの偶然のように撮影された写真の運命がある。……当の写真が、ある報道写真賞をあたえられることになると、新聞社あるいは当のカメラマンが、その受賞によって当の写真をあらためて展示しなければならぬことを惧《おそ》れて、受賞を辞退した。そして写真は闇のうちにひそむことになった、その運命。》

《なぜわが国のマス・コミュニケイションが、事件当座の混乱がおさまると、Mの身体演技としての死の細部を前面へ押し出すことを止めてしまったか？　それは『風流夢譚』が社会的にひきおこした波瀾をつうじて、マス・コミュニケイションがあらかじめ学んでいたからだ。たとえ象徴天皇制の憲法のもとにおいてであれ、天皇制的な宇宙構造を背景にして、人間の肉体の細部が前面に押し出される身体演技を、その多面的な意味の喚起力のままマス・コミュニケイションにのせれば、それは具体的な大きい暴力の危険を買いこむことになると、『風流夢譚』の事件から教えられていたからなのだ。それは死をかけた身体演技を自己演出して、意識的に十全であったMの、唯一の誤算であったというべきであろう。／文章表現のなかでも、「檄」というような、もっとも一面的な意味しかつたえぬ言葉の限界に対して、身体演技がそなえている多面的な表現力について、政治的な場所にひきつけ分析すること。……Mの割腹自殺のマス・コミ報道が、その身体演技としての多面的な性格を消去し、単純化する方向にうつしかえられて行き、ついには鉢巻きに私設軍隊の制服姿で演説するイメージ、声音までもが後景にしりぞき、結局のところ空疎な「檄」のみがわれわれの眼の前につりさげられるところまで後退に後退をかさねたいきさつ。／それはMの自殺を支持するものにとっては、天皇制的な宇宙構造に発する、現実的な強い喚起力を持つ肉体性の現前が、逸らされてしまったことであっただろう。つまりは天皇制的な宇宙構造を現代社会にかさねて、そこに次つぎの連鎖的な爆発が起ってゆくほどには、「M事件」が衝迫力を持たぬものとなった。その力をもぎとられて「M事件」は不発に終ったと、それを無念に思った者らはいただろう。逆に「M事件」を否定する者らは、あの「檄」の、観念的な一面性を露呈しながら、しかもあいまいな主張を撃つことこそできたものの、しかしあらためてそこに露呈していた、天皇制的な宇宙構造を、『風流夢譚』事件の弔《とむら》い合戦のようにして、全面的にあばきたて、乗り超《こ》えることはできなかった。そのようにして新しい日本の未来像を把握する、その手がかりをよく活用することができなかった、ということであったはずである。つまりはなにより鋭敏で千軍万馬の狡智《こうち》にみちた、大いなるものの手が、あの床に直立した血まみれの生首を、われわれの眼の前から遠ざけることによってその操作は始められたのである。》

　この夜、夕食にうつると女子学生はある育ちの良さをあらわして見事に飲み――彼女が使った英語のいい方の〝魚のように《ライク・ア・フィッシュ》〟というほどではなかったが――酔いの力もかりて、さきに示した怯《おび》えの余波から回復してゆくようだった。彼女は、いま現にやはり知識階級に属するアメリカ人を夫に持ちながら、ひとり日本に留学して暮してきた半年間の、はじめに書いた暴力とセックスに興味を持つ男からの電話にはじまる、直接間接の誘惑の話をした。十年近く前はじめて滞在した折とは、日本人の態度が大きく変化しており、しばしばその端的なあらわれが見えたという。誘惑者の話は彼女の学問の指導者にまで及んだが、彼女はむしろ自分を道化としながらの、危険なほのめかしもあるが、知的な節度は逸脱しない、笑話として話した。もっとも面白く話をしながらも、やはりさきにイーヨーがそれこそ身体演技として表現したものに頭を占《し》められていたのだろう、やがてマリオンはそれまでの批判の対象の一般的な日本人像を、あらためて僕ひとりにしぼって問いかけることをしたのだ。

――Mの「生首」についてのね、プロフェッサーの分析をはじめて読んだ時には、誇張されていると思った。けれども現にイーヨーの心にきざみこまれているのでしょう？　それを見たら、本当に恐しいことだったのだと思います。

マリオンがこういいはじめた時、僕は彼女がひとつのことを繰りかえす酔態を見せるのかと思ったのだが、しかし彼女には論理的な展開がなお可能なのだった。

――あの論文でプロフェッサーは、マス・コミ報道を支配している力が、Mの「生首」のイメージを後退させて、その喚起力をぼかしてしまったといいました。しかしプロフェッサー、Mの「生首」が正面から議論されたなら、天皇制的な宇宙のとらえ方が、根こそぎ取除かれてゆくはずだったと思うのですか？　二千六百年以上も、日本人の上にあった宇宙観なのでしょう？　それがいますぐなくなるとは考えられない。だとするとプロフェッサーは、Mの「生首」の力によって、日本人がもう一度、天皇制的な宇宙構造のもとに再統合されるのを望んだことになるのではないですか？　結果としてプロフェッサーは、Mと同じ望みを持っていることになるのじゃないですか？　私は他の点でもMとプロフェッサーを論文で結んでみましたけれども……

それはちがうのだが、と僕もマリオンより以上にアルコール飲料を飲んでいる頭で考えながら、彼女の言葉のひとつながりの論理には、正しい進み方を認めていた。つまりは自分の論文の弱さにもとづく、外国人の女子学生を決して責められぬ錯誤の仕方だと――そのように思いめぐらしもしていたのだが、僕が言葉を発する前に、マリオンはこう続けて、あらためて心底怯えたような顔つきになったのだった。

――しかしなによりも、イーヨーの頭に、Mの「生首」の思い出がきざみつけられているのは、恐しい。障害のある子供の頭から、そのような悪い夢をどうやって取除いてやるのですか？　プロフェッサー、天皇制的な宇宙構造について考えるよりも、本当はそのことがもっとも重要ではないですか？

あらためて考えるたびに、そのとおりだと認めるほかはない。すでに幾箇月も前にアメリカ人の女子学生は故国へ向けて立ち去ったが、マリオンの言葉は僕の鼻先に居残っている。おそらくは彼女自身が言葉に仕込んだ意味よりも、さらに困難な仕事として僕を待ちかまえるふうなのだ。イーヨーのなにやら翳《かげ》ったところのある頭に、しみのようにとりついている悪夢を除去してやること。そのためには、まず当の悪夢のありかとありかたをつきとめねばならぬのだが。たまたまMさんの床に直立する「生首」の悪夢については、その所在がわかった。しかしこれについてもイーヨーの頭のなかで、アメリカの女子学生の受取ったかたちで作用しつづけているのかどうかは、あらためて僕とイーヨーとで確かめてゆくほかはないのである。

いま僕がここで、息子をおびやかす悪夢をつきとめ取除くことの困難というのには、およそ実際的な意味がある。それというのもイーヨーには、そもそも「夢」というものがいったいなにをさすかわかっていないようだからだ。さらに正確を期すならば、かれが夢を見るのではあるが、それに夢という言葉をあてることができないでいるのか、あるいはそもそも夢を見ることがないために、夢について問われても困惑するほかにないのか、そのどちらであるのかもつきとめえてはいないのである。僕はまったく幾たびもさぐりあてようと試みたが、いまにいたるまであいまいなままなのだ。

しかもなおマリオンのいうイーヨーの悪夢の課題は消滅するのではない。はっきりした夢のかたちに顕在化することなく、いつまでも暗く不分明なところに、カタルシスのありようもなくとどまっている恐怖の傷もあるはずではないか？　現に、「生首」が床から直立している写真があって、それがそのまま一箇の人間のようであるのをイーヨーは見た。しかも当の新聞やテレヴィの報道を母親が受けとめる——この事件の際、僕はインドに旅行していたから——反応から、重要な人物らしいと感じ、記憶したMという名、それらが表層には浮びあがらぬまま、息子の意識のうちにずっとしまわれていたのだから。

さらにはイーヨーが、青年期に到るにおよんで、それまで経験することのなかった夢というものを、洪水のような勢いで見はじめるということがありうるかも知れぬではないか？　新しい経験は、かれをどのように震撼《しんかん》する出来事であるだろう？　それを思えば、僕としてイーヨーに夢についての定義をあたえておきたい。これまでもそう思い立っては、僕は息子と夢についての話をかわそうとしてきたのであった。

――イーヨー、きみが夢を見ないというのは本当かい？　夜眠って、朝起きるね、その間に、音楽会に行ってピアノを聴いているというような、そういうふうだったことはない？　きみは寝ているんだよ、そうだけども、妹と遊んだり、弟と話したり、そういうことをしたと、朝覚えていることはない？

――あーっ、それは難かしいです、僕は忘れてしまいました！

――そんなことがあったけど、忘れたの？　それとも、そんなことはなかったから、覚えていないの？　夜九時にお薬をのんでベッドに入ったら、眠ったまま、もうなにもなくて、眼がさめたら朝になっていて、ママが起しに来ているの？　眠っている間でもなにか音楽を聴いているような気がして、演奏家の姿が見えるとかさ、そういうことはない？イーヨー、それが夢を見る、ということなんだけど。

――音楽ですか？　えーと、モツアルトには「夢の像」という歌曲がございます。K五五三ですけど、あーっ、残念なことに、僕は聴いたことがありません。失礼いたしました！

こういう問答は、確かにみのりのなかったものにすぎぬが、それでも夢をめぐる話に息子が機嫌よく参加した例である。話が夢に関するかぎり、われわれの間にむしろこういうことはまれなのであった。夢について息子に問いかけることを繰りかえすうち、かれは自分にとってのもっとも拒否的な自己表現である定まり文句、

――**もういいよ、やめましょう！**　という言葉を発するようになったから。

息子がこの断乎たる定まり文句を口にする際、脇で黙って聞いている妻が、もっとも脅《おび》やかされた。彼女はいつかある日、イーヨーが家族にはじまりこの世界のあらゆるものへの心の通路を閉じて、――**もういいよ、やめましょう！**　といってしまうことを惧《おそ》れているのではないかと、つねづね僕には思われるのだが。妻が口に出してそういったわけではないが、イーヨーの十九歳の誕生日前、僕がヨーロッパを旅行していた間暴れたかれの態度のうちに、その予兆を読みとってしまったのではないかと疑うこともある……

あらためて思い出してみると、イーヨーがなお少年というよりも幼年期にあるうちに――それは普通の子供らの当の時期よりいつまでも永く延長されるようであったが――僕と妻とはイーヨーが夢を見ぬらしいと話しあったことがあった。その直接のきっかけは、特殊学級の子供らが二泊三日の旅行をする林間学校で、イーヨーが夢について知らぬのを引率の教師に発見されたことにあった。同室の子供が夢を見て泣き叫ぶ。はじめはなだめる教師の言葉に興味を示していたイーヨーが、いつまでも泣き止めぬ子供に殴りかかりそうになったというのだ。そして教師は、それが夢というもののわからないもどかしさによ

るらしいといったのだった。しかも僕は、妻が息子の意識と無意識の働きに夢の要素が欠けているらしいのを嘆くのへ、ブレイクの詩をなかだちにして、慰《なぐさ》めようと試みさえしたのであった。

——幼ない子供が夢を見ないらしいといって、とくに心配することはないさ。同級生が自分の見る夢に怯《おび》えて泣くとして、イーヨーがその苦しさを理解できないらしいといって、心を痛めることはない。ブレイクの「揺り籠の歌」は美しい詩でね、《眠れ、眠れ、おまえの眠りのなかで、小さな悲しみが、坐って泣く。眠れ、眠れ、輝やかに美しいもの、夜の喜びのなかで夢見る》とはじまる詩なんだけれども、ついにはね、《おお、狡猾《こうかつ》なたくらみが、眠っているおまえの小さな胸にしのびいる。おまえの魂が眼ざめる時、恐しい稲妻がきらめく》ということになる。イーヨーが眠っている間、ブレイク風にいえば地上に墜《お》ちている人間として大人みなが持っている、狡猾なたくらみを心にとりいれぬとすれば、むしろ願ってもないことじゃないか？　そうしたものはイーヨーの生涯に不必要だよ。不必要なまま、ずっと通してゆけるものならば、そうあってもらいたいね。

現在からすくなくとも十年はさかのぼって、つまりは妻もまだ娘としての時期のなごりのうちにあり、自分の内部のもの思いに引き込まれまいとして足掻《あが》きたてるようであるのへ、やはり若い夫として僕はいったのだった。

——あのブレイクの子守歌が、どこに印刷されているか教えてほしい、と妻がこのごろになって不意にいいだしたことから、僕は当の会話を思い出したのだが……

　そしてあの時分と対比してみると、いまやイーヨーの夢を見る力の欠落について、強く気にかけ、イーヨー自身に対してうるさく問いかけることをするのは、妻ではなくて僕なのである。妻がかつて僕に聞いたブレイクの短い詩を思い出して、確かなテキストを見たいといいだしたのも、彼女としては、僕がイーヨーの夢見る能力の欠落についていうのへ、直接反論するかわりに、かつての僕自身の考えにたちかえれと誘ってくれているのかもしれなかった。もとよりそれは、この春のヨーロッパ旅行の後、僕が横になって本を読むソファの周りに、ブレイク関係の書物が急速に増えていることと無関係ではないのだが。つまりはそのように生活万般について自然なのが、彼女の生きる仕方なのであるが……

　そこで僕は、つい明日にも妻が、なぜかつての考えから転向し、イーヨーにも夢を見る力が必要だと考えるようになったかと、問いかけてくることがあるとして、ある夜更け、眠るための酒を飲みながら予行練習をしてみたりもした。

　——それはイーヨーの父親である僕が、夢と関わりのある職業だからさ。そこで息子にいくらかの夢についての能力が見出されることを望む、ということじゃないか？

　いったんそのように言葉にしてみようとすると、低声でなりと、そこからなめらかにつづけて語るのはやりにくく感じられる、夢および親と子についての、自分と内面に固着しているイメージがある。僕はそこで黙りこみ、かつは頭のなかでも沈黙するようにして、風の音でも聴く具合に、そのイメージへ耳をかたむけたのだ。当のイメージは僕のつくり出したものではなく、外側から示された言葉として、自分に根をおろしているのであったから。《そこで我らはあれに賢い男の子（を授けるぞとの）嬉しい知らせを与えた。／さて、（その子が）あれのあとについてあちこち歩き廻われる年頃になった時、「これわが子よ、わしは、お前を屠《ほふ》ろうとしているところを夢に見た。お前どう思うか」とあれが言うと、「父さん、どうか（神様の）御命令通りなさって下さい。アッラーの御心《みこころ》なら、僕きっとしっかりして見せますよ」と答えた。／さていよいよ二人が（アッラーの）仰せに順うことになって、あれが（子供）を地上に俯《うつぶ》せにころがした正にその時、我らは声かけて、「やれ待てイブラーヒーム　かの夢にたいする汝の誠実《まこと》は既に見えた。これは善行にいそしむ人々に我らが褒美《ほうび》をとらす方便であるぞ。これこそ明らかな試錬《こころみ》であった」と告げ知らせ、素晴しい犠牲《いけにえ》であの子を贖《あがな》ってやったその上に、後世の人々の間にまで、末永くあれのために（祝福の言葉）を留めてやった。》

僕はこの一節を旧約の『創世記』からでなく『コーラン』からうつす。現にこの挿話としてのイメージが、僕の内部で井筒俊彦訳、岩波文庫版の言葉に支えられているからだが、それはつまり前者とちがい後者において、この挿話の軸をなしているものが夢であるからでもあろう。かの夢にたいする汝の誠実は既に見えた……

もとよりこの誠実はイブラーヒームのアッラーへの誠実だが、僕は夢を介しての、イブラーヒームと息子の関係そのものである誠実ということを思う。これわが子よ、わしは、お前を屠《ほふ》ろうとしているところを夢に見た。お前どう思うか？　父さん、どうか（神様の）御命令通りなさって下さい。アッラーの御心なら、僕きっとしっかりして見せますよ……

この見事な父と子の対話を、僕は夜更けにひとりで──酒の力によって励まされながら──思いうかべるのであるが、つづいて頭をたれ赤面して嵐のようなものをやりすごすほかにない思いに──生涯自分について廻るはずの思いに──面とむかわせられるのでもある。僕は息子の畸型《きけい》の誕生から約五週間、その死をつまりはかれを屠ることを希望していたのだから。夢にあらわれたアッラーの啓示にもとづくものでも、かつは息子の同意によってのことでもなく、まだ息子の異常について知ることのない妻と自分との将来をエゴイスティックに守ろうとするためだけの、足の裏を灼《や》かれるようにさしせまった熱望によって。

あの五週間のうちに、息子をあずかってくれている病院に、僕が探し出そうとつとめた共犯者があらわれていたら、僕はつつがなく息子を消去し、かれの短い生の思い出を抹殺することにもまた、成功したのではなかっただろうか？

しかし五週間ののち僕はなんとか立ちなおり──つまりはあまりひどい気分にならず、

かつ法で罰せられることもなく、嬰児《えいじ》を殺すことをあきらめて、ということではなかったかと、耳のうしろからささやきかける声を聞く思いもするが——息子を手術してもらった。そしてそれからもかさねてふりかかってきた災厄を、息子と妻ともども押しのけるようにして生きてきた。そして息子は十九歳の誕生日を通りぬけもしたのである。それでも僕は、自分の生涯からあの汚辱《おじよく》の五週間を、なにものかの強い浄化の力によって洗いながすことはできず、むしろ自分の死の時のいたるまで、できぬはずのことであろうと考えているのでもある。

そしてこの考え方を基盤にしてのことだが、僕は息子がゆっくりした歩みながらすこしずつ伸長させている知能の力の、ある段階において、次のようにいう日が来るのではないかと思うことがあった。以前イーヨーが五、六歳で、百種にも及ぶ鳥の声を聴き分けていたころの、たとえば、アカショウビン、ですよ、という、じつに静かな声を思い描いての ことだが。——お父さん、本当のことをいうと僕は小さい時分からひとつのおなじ夢を見る。それはさらに僕が小さかったころ、つまりは生まれたてのころ、お父さんが僕を殺そうと一所懸命に手だてをもとめている夢なんだ……

もっと積極的な夢の役割とむすんで、イーヨーにおける夢の欠如ということを思うこともあった。それは妻から、どうして息子に夢を見る能力がないらしいことを、いまになって残念に思うのかと問われる際、答にふさわしい思いのはずでもあるだろうけれども。

僕が夢を見る。夢は時に、この現実世界に縛《しば》られている僕の、そこを越えた向うの明るみを見る抜け穴の提示であるかもしれない。僕よりもさらに狭くこの現実世界に限定されている息子が夢を見る。その夢もまたかれのための抜け穴であって、そこから薄い冬陽のようなものがさしてくるとすると、息子の夢の抜け穴と、僕の夢の抜け穴とがつながっているることがありうるかもしれない。僕は自分の夢の抜け穴から、息子が自分の夢のなかで自己解放しているところをかいま見る……

実際に僕はこの原理につらぬかれた夢を見て、いかにも明快な印象に終始する感情を経験しもしたのであった。ブレイクの預言詩《プロフエシー》をデイヴィッド・V・アードマンの註釈をたよりに読みすすめるのを日課にした、最初の頃のことであった。事実ブレイクを読むことが、夢と直接あいかかわっているのであった。おおいにアマチュアの読者らしい、歪《ゆが》みのある読みとりに由来する、というべきかもしれぬのではあるが……

ブレイクは預言詩《プロフエシー》の神話的叙事詩の世界を、広く知られたユライゼンやルーヴァー、サーマス、ロスなどなどの宇宙論的な力、機能をあらわす神人でみたしている。かつてはその女性としての投影ということのできる、やはりブレイク独自の神人であるアヘイニア、ヴェイラ、イーニヨン。さらにそれらの子供らとして、やはりこの世界の宇宙論的な組立てをあきらかにしてゆく象徴的人物の、数かずの名……

僕はそれらひとつひとつに出くわすたび、傍線を引き、書きこみをし、かつはカードにとりということを繰りかえして、しだいにブレイクの預言詩《プロフェシー》になじんでいきつつあったのだが、そういうシンボリズムを即物的なほど生なましく示すブレイクの表現力が、夢を見る僕の頭をも影響づけていたわけである。

夢の光景は、さきにいった現実世界の束縛から逃れての、抜け穴をくぐりぬけた野原にひろがっていた。抜け穴をくぐりきるまでは見とおしえなかった場所に、若いがしっかりした樹幹の、一本のモチの木が立っている。夢を見ている僕が、ああ、これまで想像することのあったのは、このような野原だったのか、と納得する。それならば、息子の夢の側からここに到る抜け穴もあるはずだと気がつき、それによってはじめて見る力をあたえられた眼に、当の抜け穴から出てきたばかりの、光の輝やくように自然な素裸のイーヨーがとらえられたのであった。イーヨーは、ブレイクの「喜びの日《グラッド・デイ》」という初期の絵そのままに、陽の光を背おい両腕をひろげ、片足に重量をのせてバランスをとっていた。僕は息子がそのような素裸でいるのを不思議に思わなかったのみならず、当の肉体が、日ごろ体重の増加を気にかけて、風呂あがりに食堂の体重計に乗ってしばらく時をすごすかれの、食中毒への惧《おそ》れから大食するということがなくなって、幾分痩せてきたのではあるが、なお胸や腹に柔らかく肉のついている躰《からだ》つきとことなった、雄々《おお》しいような筋肉のかたまりであることにも、——これこそがイーヨーの本来の肉体だ、ブレイクのいうように精神は肉体と切り離して実在するのじゃない、と強く納得したのである。

その素裸の、本来の肉体としてのイーヨーの躰全体が、僕に向けてある啓示を示した。啓示の所在を僕が夢のなかで感じとった、その仕方は、眼ざめてすぐ枕もとの読書用のカードに書きとってある。

《息子ハ生涯デモットモ美シイ肉体ヲアラワシテイタ。照リ輝ヤク幼児ノ皮膚ガ、鍛練サレタ青年ノ筋肉ノ畝《うね》ヲ覆《おお》ッテイル。ソノ肉体ニアラワレテイル感性ト精神ハ、確実ナ象徴ヲナシテイル。ソレハ明確ニ霊的ナアル特性ヲ表現シテイル。夢見ナガラ僕ハ理解シテイル。霊的ナ象徴ノミデナリタツ夢ノ宇宙デ、ソノ特性は「イーヨー」と呼バレテイルト。息子ハ僕ニ霊的ナ特性「イーヨー」ヲ啓示スルタメニ、地上ヘ墜《お》チタノダッタ。カレノ存在ナシデハ「イーヨー」トイウ霊的ナ特性ヲ見出スコトナク、僕ハ死滅シタダロウ。ソノウチ僕ハ、夢ノナカノ息子ニトッテ、僕モマタ霊的ナ特性ヲアラワス象徴トシテ見エテイルト気ガツイタノダ。息子ガ裸身デアルヨウニ、ソノ僕ハカレガ幼時ソノ声ノミヲ楽シンデ聴イタ、野鳥ノ姿ヲシテイルノデアルコトニモ気ガック。「ミソサザイ」ガ僕ノ生涯ノ伝達スル霊的ナ特性デアル。僕自身ニハ見ルコトノデキヌソノ姿ヲ見レバ、自分ガコノ宇宙ニ生マレ、労役シ、悲シミ、習イ、忘レル、ソノ生ノ意味ハ了解サレルダロウ。「ミソサザイ」ノ小サナ羽バタキヲオコシテ、息子ノ輝ヤク頭ニ向ッテ飛ビ、ソノ眼ニ映ル自分ノカタチヲ見ニ行コウトスル……》

しかし僕は自分の生の宇宙的な意味の核心にふれる巨大な至福感と、おなじく大きな恐怖とともに、翳《かげ》った渦巻に吸いこまれるようにして、こちら側へ眼ざめたのだ。それでもカードに夢を書きつけている間、霊的な特性「イーヨー」はなおあきらかに把握されており、それについてはただ「イーヨー」と記入しておきさえすればいいと感じられたのだが。

この夢は、まったくあからさまなほど具体的に、ブレイクの「喜びの日《グラッド・デイ》」を見ての記憶に根ざしている。この絵に描かれた見事な裸の若者は、ブレイクの神話的叙事詩の世界で、火の情熱をあらわすオークと呼ばれている。それはブレイクの関心を強くひいたフランス革命の、象徴的なレヴェルでの起動力でもある。僕が夢のなかで、なじみ深い言葉のように使っていた霊的な特性といういい方を用いれば、オークは人類の、また人類の世界を覆う神人たちの宇宙で、火の情熱という霊的な特性をおびている。この「喜びの日《グラッド・デイ》」という絵には、いったん描かれたのち二十年たって、ブレイク自身により、《アルビオンは、奴隷とともに車仕掛《ミル》けの脇で労役したところから立ち上った》という句にはじまる註記が書き加えられた。アルビオンは、ブレイクの神話宇宙で、人類全体をさす。少年が焼き殺される『経験の歌』の詩においての、《このようなことがいまもなおアルビオンの岸で行なわれているのか？》というアルビオンは、白い土地の国イギリスの古名そのままであるけれども。

夢のなかで僕は息子を――つまり神話的な宇宙のなかで、霊的な特性「イーヨー」そのものであるかれの姿を――喜びに燃えたちながら、あらゆる地上の労役から解き放たれて立ち上ったアルビオン、人類そのもののもっとも美しく良い姿にかさねていたのだ。あらためてブレイクの「喜びの日《グラッド・デイ》」の写真版を見ながら思うことだが……

おなじくブレイクの絵に影響されている夢でありながら、イーヨーが凶々《まがまが》しい肉体と精神の特性をあらわしている、およそ苦しい夢も見た。この夢はさきの夢とは逆に、まったく陋劣《ろうれつ》な資性をあらわしたイーヨーを内容としていたので、僕は当の夢を見た翌朝、息子と顔をあわせつつ眼を伏せてしまう具合ですらあった。夢のなかの息子はやはり全裸なのだが、その全裸の躰いっぱいに邪悪で醜いものをあらわして暗い台所に立っているのである。裏口から戻ってきたまま股を開いて立っている、爬虫類《はちゆうるい》のような強い匂いが、眼ざめた後の鼻孔《びこう》に残っているほどであった、そのイーヨーの下腹に鼻をすりつけるようにして、僕はしゃがみこんでいた。僕はイーヨーの射精してなお萎《しぼ》んでいない――こういう状態を村の青年団の者らが、生立《なまだ》ちといっていたように思いだしながら――性器を調べるべく裸にしたのであったから。握りごたえのあるものを皮袋につめたかたまりのようなイーヨーの性器は、夜目にもあきらかに血で汚れていた。そしてもっとも深い絶望とないあわさった、嗄《しわが》れた叫び声をあげてしまいそうな奇怪な歓喜が、僕をとらえたのである。息子を追ってきた、決して傷つけてはならぬ善良な市民らが、家の周《まわ》りにひしめいている気配をも感じとり、――イーヨー、とうとうやってしまったなあ、と絶望の声とも歓喜の鬨《とき》の声ともつかぬ声をかける。僕を見おろしているイーヨーの二倍にもふくらんだ顔、牛の眼玉のような眼、薄く開いた唇《くちびる》からそりかえるようにして長く突き出た舌。そしてなにより肩と上膊のなんとも異様な巨大さと、そこいらの皮膚いちめんにあらわれている鱗《うろこ》……

この夢のなかのイーヨーの、まさにかれにちがいないのだが、日頃のかれとは似ても似つかぬ顔つき、躰恰好《かっこう》の、よってきたるところはやはりブレイクの絵なのだった。

ブレイクの幻像肖像画《ヴィジョナリー・ヘッド》と呼ばれる作品群のひとつに「蚤《のみ》の幽霊」という名高い作品がある。ブレイクは生涯の晩年の一時期、占星家でもあった水彩画家ジョン・ヴァーリーに励まされて、幻像としてあらわれるのを見る神話や歴史上の人物の肖像をスケッチした。もともとブレイクはかれの芸術が幻影としてやってくるものに立つことを強調して、詩文自体、幻影から口述されるままに書きしるすのだと主張していたのだが……

深夜、画室にあらわれる神話や歴史上の人物、ダビデやソロモンからエドワード一世にいたる肖像画に並んで、ある夜の幻像としての「蚤の幽霊」が描き出されたのである。ヴァーリーが友人に語った話として記録されている、絵の描かれるまでのいきさつは次のようだ。昨夜のことだが、いつものようにブレイクを訪ねると、日頃にもましてかれは昂奮していた。それというのも、すばらしいものを、「蚤の幽霊」を見たところだからだった。ブレイクはしかしそれを絵に描くことはできなかったのでもある。そこで、どうしても描いてもらいたかったと話しているうち、部屋の隅を熱心に見つめはじめていたブレイクが、——やってきた、画材《リーチ・ミー・マイ・シングズ》を手渡してくれ、自分はそいつを見張っている、といったというのだ。ブレイクは当の怪物の熱望をあらわす舌が口から出てはすばやく動くさま、手には血を受ける椀《わん》を持ち、全身、金と緑の鱗の皮膚で覆《おお》われている様子を説明しながら、まさにそのとおりの画像を描き出したのだという……

「蚤の幽霊」のおぞましい画像をとおして、もうひとつのイーヨーを確認する夢。そこでのイーヨーのイメージの異様な邪悪の印象は、おなじ夢のなかでの自分の奇怪な叫び声ともども、ほかならぬ僕自身に起源を持つものである。息子の内面にはなんら関わりがない。むしろ僕は、自分にむかって、そうか、おまえは十九歳に達した息子の性の課題について、無意識との境界あたりでは、そういう捩《ね》じくれ曲ったことを考えているのか、といいたかったくらいだ。

イーヨーは性的な冗談をいったり悪ふざけをしたりすることはなく、裸のグラヴィアであふれた大判の月刊誌がおくられてくると、郵便物の整理を手伝う一方、紙袋のまま屑籠《くずかご》に棄てる、謹直なところを持っていて——むしろそこにそのかたちでの年齢なりの性的ジレンマがあらわれているにしても——あの夢のような出来事は現実にはおこらぬと思う。

もっと押しすすめていえば、夢はむしろ僕自身の性的な課題を表現していたのであるはずだ。

　それでもなおこの夢とむすんで、翌朝息子をまっすぐ見ることができなかった僕は、おなじくブレイクの「蚤の幽霊」の方も、画集のそのページを避けるようなことになった。ところが、はじめに書いたMさんの「生首」についての息子のふるまいが契機をなして、僕はこの絵との関係をつくりかえることができたのであった。

　それはまずアメリカへ帰ったマリオン・クレーンから、七、八年前に新版の出た、そして僕もブレイクを集中的に読みはじめてから研究書の規範的なものとして比較的に早く読んだが、そこだけ避けて読まなかった「蚤の幽霊」の論考へ注意をうながしてきたことにあった。マリオンは次のように手紙に書いてきたのだ。

《プロフェッサーのお宅ですごした時間は楽しいものでした。お料理もすばらしかった。私はイーヨーに関して自分が示した態度を恥じます。私はイーヨーが自分の指でMの幻影の頭にさわっていると感じ、恐怖したのでした。帰国してヨーロッパ美術史が専門の母とプロフェッサーについて話しました。イーヨーをめぐって、またブレイクをめぐって。母は若い頃ジョフリー・ケインズ氏から贈られた『ブレイク・スタディーズ』を書棚から取り出しました。もちろん「ブレイクの幻像肖像画《ヴィジョナリー・ヘッド》と蚤の幽霊」に私の関心をみちびくためでした。プロフェッサーは当然読んでいられると思います。ケインズ卿が書いているように、イーヨーもMの幻像を見る様子をしながら、「頰に舌を入れて」いたのではないか？　おおいに冗談として楽しんでいたのではないか？　それならば私が深刻な問題としてプロフェッサーを批判したのはまちがいであった。念のため第二版の『ブレイク・スタディーズ』を別便にてお送りします。》

そこで僕はブレイクの定本となっているテキストを編纂《へんさん》したケインズの本の、それひとつとばして置いた論文をすぐに読むことになり、論証の進め方にのみならず、マリオンがイーヨーの場合とむすんだ仕方にも深い印象を受けたのである。このゆったりした大きい本には、論文の文体ともども、いかにも碩学《せきがく》の文人の人柄をあらわしている見事な図版があって、随筆的な語り口の論考のいうところを正確に傍証している。画像学《アイカノグラフィー》としての分析は独特のものだから、すでに書いた挿話との重複をさけつつ、ケインズの分析を要約しておきたい。

ケインズもヴァーリーの話を紹介し、ブレイクの「蚤《のみ》の幽霊」に関わる絵のすべてを図版として示している。星と流星の見える暗い窓を背景に、大股で歩いている「蚤の幽霊」の、凄《すさま》じい存在感にみちたテンペラ画。それに加えて二種のクロッキーがあって、ひとつはヴァーリーの『黄道帯観相』とでもいう書物に挿画として使われた。蚤の絵の示す星めぐりの人間の性格について、ヴァーリーによる記述も紹介されている。ブレイクの絵はこの占星家の論理をよく援護しているのらしい。もうひとつはテンペラ画の、とくに上半身の練習のためのクロッキーで、さらに脣の部分の詳しいスケッチがそえられている。これらのクロッキーには一種飄逸《ひょういつ》な気分があって、テンペラ画がいかにもおどろおどろしいのとは別の印象がある。そこにもブレイクの、画家としての多面性はあらわれていよう。

　さてケインズはブレイクのそれらの絵が、どのような過程をへていまどこに所蔵されているかを、周到かつおっとりした記述で示した後、幻としてあらわれた「蚤の幽霊」のスケッチであるはずの絵が、じつは十七世紀なかばに刊行され、ブレイクも再刊本を見たはずの『顕微鏡絵画《マイクログラフィア》』における蚤の細密画に由来することを、とくに二葉のクロッキーを介していちいち立証してゆくのである。ケインズは外科医としても経歴の長い人のようだが、いかにも科学者の手つきで。ヴァーリーの側からいえば、かれはブレイクのいうところを信じることで、占星学的思考に恰好の絵画的素材をえられたわけなのだから、それこそ進んでブレイクの言葉を受けいれたのであったにちがいない——「蚤の幽霊」の現前をいいながらデッサンの筆を動かすブレイクが、「頰に舌を入れて《ウイズ・ヒズ・オウン・タング・イン・ヒズ・チーク》」、つまり皮肉なからかいの気分もこめていただろうことには、はっきり証拠があると思う、とケインズは書いているのであった。

　ケインズの論考が上品かつ確実に提示する、ブレイクのもうひとつの顔。それは直接僕に、あらためてイーヨーの、Mさんの幻像を見ているように感じられたふるまいの、もうひとつの側面をかいまみせるものだ。まさにマリオンの書いてきたとおりに。その認識を介して、僕はひとつの解放感をあじわい、「蚤の幽霊」の絵を息苦しい思いなしに見ることができるようになりもしたのである。もっともあの奇怪な夢を見たのがほかならぬ僕であって、自分こそ「蚤の幽霊」としての内部を露呈してしまう未来への不安を、払拭《ふっしょく》しきれぬのであることにかわりはないけれども……

秋、僕と妻は伊豆の山荘へ子供らを連れて行く計画をたてていた。十数年も前になるが、伊豆半島の海に張り出す小さな岬の原生林の、ケヤキの大樹から夕焼けた空へみだれ飛ぶムクドリの大群の写真を見て、この勇ましい光景を直接眼《め》にしたいものだと、幾度も風景を見に行った場所。そこで海に向けて突き出したヒメユズリハの群生のある断崖から、岩の上を薄く覆《おお》った表層に樹根が縦横に走っている、年老いた雑木の林をくぐりぬけた、小丘陵の一劃に僕は土地を買ったのである。地所には大きいヤマモモの木が一本あって、つまりはそのヤマモモの根方の土地を方型に限ったような斜面をわずかばかり買ったのであった。

この土地を買ったこと自体、われわれの家計にとって無謀な話であったが、ひきつけられた要素としては、まずヤマモモの木があり、そして先にいったケヤキの大樹を中心に周辺の多様な樹木の群落があった。しかしそれだけならば、僕は一本のヤマモモの木を所有していることに満足し、時どきその根方に行って樹幹を見つめ、葉の茂りを眺め、梢《こずえ》をあおぎ、また近辺の樹木群を見わたすだけでよかったのである。つづいて、さらに家計に重荷となる山荘を建てたことには、遠からず自分と息子が伊豆で暮すことになるのではないかという予感があった。そのような思いをかもした具体的なきっかけも幾つか思い出すことができる。

　イーヨーが中学校の特殊学級二年にあがった春から、夜尿症をなおす試みのひとつとして、真夜中に一度、僕がかれを起してトイレットに連れてゆく仕組みを採用した。明け方まで、仕事をするなり本を読むなりしていた、その頃の僕にとって息子を起すことはなんでもなかったし、いったん眠った息子ともう一度顔をあわすことができるのは、なにやらその日ひとつ多く得をした思いになるのでもあった。ただ次の問題点をぬきにすれば。よく眼ざめていない息子がベッドに横たわったままでいるのを、お襁褓《むつ》をはずし――その時点でお襁褓が乾いている際、も一度そのままつけさせるのに都合がいいわけだ――下腹部を剝《む》き出させる。一瞬、子供の時分に漫画映画で見た八岐《やまた》の大蛇《おろち》が刃むかうシーンのように、それまで窮屈な状態でいたペニスが撥《は》ねあがる。その眺めの酷《むご》たらしさに、毎夜心臓をドスンとやられるふうであったのだ。たまたま性器が眼に見えて大きくなる年齢に、イーヨーがいたということもある。

　それがひとつ、もひとつは中学校へ息子を迎えに行って――すでにイーヨーを送り迎えするということはしなくてよくなっていたはずだから、遠足かなにか下校がとくに遅くなる日であった——目撃したことに関わってくる。日頃とはちがう下校の仕方に、先立つ行事の昂揚のつづきもあって、薄暗がりのしのびよる校庭で、子供らが別れを惜しみあっている。イーヨーは自分の身長の三分の二ほどの、体重は半分にもみたぬ、小児麻痺の後遺症のある女の子に向けて深ぶかと覗《のぞ》きこみ、ゆっくりした挨拶を繰りかえしている。

——**さようなら、さようなら、それではお別れいたしましょう！　どうか、お元気で、明日まで、ご機嫌よう！**

女の子の顔の下半分は、ねじれた具合の鋭い三角形だが、広い額と大きい眼には、病魔によって破壊されたインテリジェンスへの遺恨が漂っているような子だった。イーヨーが彼女を、壊れやすい人形のように大切にあつかおうとし、女の子からも、ほとんど言葉を発せぬ仕方によってではあるが、好意を持たれているのを僕は知っているのでもあった。

その二人を見守っている僕の耳に、

——厭だわ、厭だわ、もう沢山！　と、突然、痙攣《けいれん》するような声音《こわね》が入ってきたのだ。すぐ脇に、やはり迎えの母親二、三人に囲まれて立っていた若い女教師が、イーヨーの別れの挨拶に、あからさまな嫌悪の身ぶりを示しているのである。傍の母親たちに向けての言葉は、

——ねえ、大袈裟に！　こんなの本当に厭だわ、もう勘弁してくれ、という気持ね！と歯がみするような勢いなのだ。

それについて僕は、これはいたしかたない、このように若い女性の無経験な感情がイーヨーの態度に反撥をしめすとしても、無理のないことだと感じた。そこで卑屈な話だが、歩み出してイーヨーに挨拶をやめさせようとした僕の、その気配にというよりも、女教師の言葉自体に頭をひっぱたかれでもした具合に、母親たちが肩をおとしうなだれてしまうのを、僕は見た。それをきっかけに憤怒にとらえられた僕を、女教師は横にぐっと張り出した腰の上の、細くかたちの良い――つまりは、僕やそこにいる母親らの世代とは異種族の世代とでもいうような――背なかをねじってふりかえり、ドス黒いほど紅潮してくる、挑戦する顔つきで見かえした。

その未婚の女教師が、息子の丁寧《ていねい》すぎる別れの身ぶりに、性的な動機の所在を感じとり、反撥していたのは確かだったろう。むしろ彼女はイーヨーの大柄な肉体のなかに育ちつづけて、ついには顕在化するはずの、性的な男の力に怯《おび》えさせられていたのではなかっただろうか？　僕自身の夢とおなじく、結局は彼女の内部の性的な暗闇に根ざしての反応ではあるのだが……

それに加えて少年時に深い動揺をあたえられた事件の記憶があり、その出来事に精神障害のある人間が関わっていたからというよりも、むしろ「場所」についての奥深いところでの感覚にかさねて、自分とイーヨーとの終《つい》の住処《すみか》というべき「場所」を、確保しておかなければという思いを僕は持っていたのである。

僕が森のなかの谷間から出て——もっともこの時期がすぎれば谷間の村へ帰るのだと、いまはあくまでも仮の時期だと、感じていたことを思い出すが——地方都市の素人下宿で暮すことをはじめた春であった。連合軍による日本占領の最後の年で、占領軍の存在と、この事件とは、すくなくとも想像力のレヴェルでつながっている。

下宿の主人の、敗戦によって失職した職業軍人のあとで見せてもらう地方紙に、出来事は報道されていたが、瀬戸内海の小さな島で、脳に障害のある少年が、少女を殺害したというのだ。大きな竹串で性器から喉《のど》もとまでを貫きとおして。犯行直後、現場で取りおさえられた、僕と同年の犯人は、新聞紙で作ったアメリカ兵士の帽子に似せたものをかぶっていた。僕自身、紙の折り方は知っている、しばらく流行した作り方の帽子……

きみたちがこうした事件に刺戟を受けると困るが、と元大佐にいわれたことも思い出すが、しかし僕を強く揺さぶっていたのは、兇行の性的な細部自体ではなかった。躰《からだ》の内腔を介して、確かに人間の性器は喉もとまでつながっているともいうるなあと、それを新しい発見として思いはしたけれども。僕が一撃されたのは、記事につけられている犯行現場の写真によってだった。島の山腹の、竹藪《たけやぶ》に灌木の茂みと、放置されているような狭い畑、その全体としてひとつの窪みであるところの、いつでもひんやりと湿っているような土地。森のなかの谷間と小さな島とには地形学《トポグラフィー》的な相似があるようにいまとなっては思うが——森は海だ、島と谷間が凸と凹の対立関係にあるとしても——僕はこのような場所が自分の谷間にもあったと、具体的にそこを思い描いたのだった。人間はこのような「場所」で、こうした酷《むご》たらしい陋劣《ろうれつ》なことをやる。それならば人間がやるというより「場所」がやらせるのだ。この少年はハクチだというが、つまりは「場所」の磁力に動かされやすい人間だということでそれはあるだろう。谷間では、子供らはみなこのような「場所」に行くことを避けるし、やむなく畑仕事でそこへ出かけねばならぬ大人らは——生活の必要からそこでの農耕をやらざるをえぬかれらは、子供の眼にもなにやら翳《かげ》っているような、早死にして、しかも人が不思議にも思わぬような者らであったようなのだが——しかめっ面をして厭いやながら足を運ぶのだ……

そのように考えてから僕は、いま谷間を出て暮している自分には、この他人どもの「場所」で、森は存在せず、むやみに大きい川と見なれぬ樹木がどんな目印もあらわすようでない地方都市で、どこにも忌わしい「場所」の見わけがつかぬことを、愕然《がくぜん》として思ったのだった。これではいつ自分があのような「場所」に迷いこんでしまうかわからない。現にいま当の「場所」に入りこんでいるのかもしれぬと……

そして僕は二、三週前の小事件のことを思い出したのだった。下宿の主人夫婦が遠出することがあり、ひとつふたつ年長の下宿の娘と僕だけが夜の間家に残ることになった。夜ふけに便所へおりると、入口から見通すことのできる娘の寝室で、歪《ゆが》んで傾いている手づくりのベッドに、腰まで裸の娘がゆっくりと髪をとかしている。僕はチラッとそれを見た。それ以上なんとも思わず、僕は放尿して二階に上った。翌日、帰ってきた両親に、昨夜は恐かったと娘がしつこく訴えている。そこではじめて僕は、娘の思わせぶりを軽蔑したのだったが——もしこの下宿があのような「場所」に建っているとしたら、自分がこの娘を性器から喉もとまで竹串で刺すこともありえたのだと、頭がジンとするような恐怖感と、捩《ね》じ曲った、暗い情動の渇望をいだいたのである。僕はいかに森のなかの谷間へ、あらゆる「場所」の意味が自分の肉体と魂とに知りつくされているところへと、帰りたかったことだろう……

それから永い時がたって、僕はイーヨーと自分のために地形学的《トポグラフィー》な特性のはっきりつかめる、もうひとつの森のなかの谷間を見つけ出した、ということになろう。すくなくともそのようなものとして、僕は伊豆半島の原生林に接した小丘陵の斜面に、自分のヤマモモの木を確保し、その脇に家を建てようとしたのであった。若い時分から知っている建築家に、山荘のイメージをスケッチして送りもしたのだ。もっとも実際に山荘ができあがった時、驚きとともに認めざるをえなかったのは、自分の終《つい》の住処《すみか》のイメージが、いかに非現実的なものだったかということだ。僕はヤマモモの大木の生い茂った葉叢《はむら》に覆《おお》われている家をスケッチしたが、敷地自体が斜面とわずかな平地でなっており、当のヤマモモと、すぐ脇に生えているためにヤマモモの葉叢をつらぬいて梢をのぞかせる檜《ひのき》とが、斜面下方に位置することもあいまって、実際の家は、ヤマモモと檜を、二階の居間から見おろすかたちであったから。その食いちがいは、自分が望ましく思う「場所」のかたちがどういうものであるかを、僕にあらためて教えたのである。

　この伊豆の山荘へ、日曜と、イーヨーの妹と弟が通っている私立中学の開校記念日をかさねて出かける予定にしていた。しかし大型の台風が近づいて、山荘で迎えるはずの朝方に、ほかならぬ伊豆半島から東海地方へ上陸するという予報が出た。僕と妻とは伊豆行きをあきらめ、子供らにもそれをいった。イーヨーも話を聞いてとくに反応は示さなかったから、僕はかれにとって山荘行きがそれほど重要なプログラムではなかったのだと判断していた。ところが当の土曜日の、家を出るはずだった時間が来た時、イーヨーは大きいリュックサックを背負って登山帽をかぶり、ふだんは厭がってはかぬ重くて硬い革靴をはいて、玄関に立ち、

　——**さあ、まいりましょう、僕は伊豆の家へまいろうと思います！**　と自分自身にいいきかせるようだったのである。

　もっとも妻が、僕の仕事机の脇に来て、しばらく息をととのえるように黙っていた後、

　——あなたがヨーロッパへ行っていた時のように、イーヨーが、も一度なったみたいな……　といったのは、玄関の息子と妻との間に、二階の僕の所まで聞えぬよう声をひそめた、小一時間ものやりとりがあってのちのことだった。妻がなだめたりすかしたりする。それに対してイーヨーとしては、次のように応じるのみだったというのだが。

——いいえ、僕は伊豆へまいろうと思います！

そしてついに妻がイーヨーを威嚇《いかく》するために、仕事中の書斎の僕に聞えてしまえば、そういうわからぬことをいうあなたを叱るだろうというと、息子は狼狽《ろうばい》するかわりに、妙に断乎たる態度をあらわして、妻からも、その脇で心を傷めて立っている弟妹からも、眼をそらしてしまい、なにひとつ見てはいぬような奇妙な眼つきになった。そして次のようにいったというのである。当の言葉と、言葉の発しぶりが、妻に、僕のこの春の不在の間の絶望感を一挙に回復させたのだった。——あれはもう終った。イーヨーはあのようなところを通り過ぎたと思っていたのに、また始った。あれは終っていたのではなかった、と妻はいったものだ。

——いいえ、パパは死んでしまいました！　死んでしまいましたよ！　僕はひとりで伊豆へまいろうと思います！　パパは死んだのですから！　みなさん、ご機嫌よう、さようなら！

息子がはじめから、このような最後通牒《つうちょう》的な言葉を振りかざしたのではなかった。伊豆の山荘行きは中止するという家族ぐるみの諒解をまったくなかったものとするように、かれは玄関に立っていた。そして最初のひとり言を大声でいって、みなが準備してつづいて来ぬのを不審げに待っているふうであったというのだ。そこで妻や弟妹は、むしろ日常的によくおこなってきたやり方で、イーヨーに山荘行きは中止されたと納得《なっとく》させようとしたのだった。

娘はイーヨーがテレヴィ番組の天気地図を好み、毎日全国の主要都市の天候と平均気温をたしかめることを思いださせようとした。──イーヨー、台風だよ、最低気温はどんなになるかねえ？　きっと寒いよ、と。弟は雑誌の囲み記事かなにかで読んだのだろう、伊豆半島が太平洋を漂着してきて、いまの場所に衝突し、そこにつながったのだと教えた。──それならば、伊豆半島がまた太平洋へ流れて行くことがあるかもしれない。もう帰れなくなるかも知れないよ。

説得に対する息子の解答は、簡にして要を得た、むしろしたたかなものであった。

──僕は冬のセーターを持っています！　僕は伊豆半島が流れてしまわないうち、到着すればいいと思います！　台風がくるそうですから！

伊豆半島に台風が上陸することについて、テレヴィを介してイーヨーは先刻承知なのだ。しかもなお行くつもりなのだから、台風について話すことで、伊豆行きを断念させることはできない。いま頭のなかにある台風のイメージをつくりかえて、イーヨーの意識の世界に、もうひとつ新しい恐しさの怪物を出現させるほかには。しかしそれはなんという徒労めいた、しかも忌《いま》わしい努力であることだろう。

僕はそのように考えたが、妻もまたいきさつを説明しながらさらに気力を衰えさせるふうだった。のろのろと単調な話しぶりで、それでも彼女は報告しつづけ、ついには僕から半身をそむけるようにして書棚をじっと見つめながら、イーヨーが父親は死んだといいはりはじめているというところにいたったのである。

僕は窓の外を眺めた。庭のわずかな樹木の、ハナミズキやカバ、シャラの若木がしきりに揺れている。椿のみは太い幹も硬い葉叢も動かぬが、よく見ているとやはり全体に若木とはちがう周期で揺れているのだ。それらの樹間をわたる風音にかさねて、頭上高くゆったり彎曲《わんきよく》する流れのようにして風の鳴る音。雨は朝方からわずかな風とともに降りそそぎ、すぐ降り止むのを繰りかえしていたが、太い霧粒はつねに空中に瀰漫《びまん》していたようでもある。こまかな水滴が筋をつくって流れては、また更新される窓ガラスをとおして、僕は戸外を眺めていた。遠方のいかにも凶々《まがまが》しい、真黒の空、黒い雲のかたまりのなかのさらに黒い雲の層と波立ち。それでもイーヨーは、まだ歩けぬほど風は強くないし、雨も傘が必要なほどではない、というだろう。現に午前中かれはひとりでバス停まで歩き、養護学校へ往復してきたのだ……

僕は友人たちと編集している叢書の分担の論文を、書きさしのまま紙ばさみにしまいこんで立ちあがった。僕から躰《からだ》をそむけるようにしたまま黙りこんでしまっている妻は、ビクリと身じろぎするようだったが、当の僕はイーヨーに対して腹を立てているのではなかった。ただ困惑していたのだ。つまりは妻とおなじ感情をわけ持っていたはずなのだった。それでも僕は階段に向かいながら、イーヨーを説得し東京で台風をやりすごすことができるように、タカをくくっていたと思う。しかし玄関で仁王立ちしているイーヨーの大頭と、すでに大人のものである背丈と嵩《かさ》の上躰にリュックをかつぎ、右肩から脇へ大きい古人形を縛《しば》りつけている恰好を見おろした時、僕はヤケクソの身震いがおこる昂奮のとりことなって、イーヨーと二人、雨風の吹き荒れる伊豆へ出発する覚悟をかためていたのだ。

イーヨーが胴に縛りつけている人形は一メートルほどもある大きなもので、大量の黒髪にこびるような眼つきと受けくちの、「チヨチャン」だった。四、五年も前から物置きに放置されていたはずの、汚れて傷ついている古人形を、イーヨーは胴にしっかりとゆわえつけて、切羽《せっぱ》つまった戦に出る家族持ちの武者が、子供を脇にかかえたとでもいう恰好である。

――私たちは誰も伊豆に行かないよといったら、イーヨーが「チヨチャン」を出してきた、と娘が母親に古人形の介入を恥かしく感じている声音で報告する。そして弟も、「チヨチャン」の大きく開いた眼を避けるふうに躰をちぢめて立っているのだった。

――僕が行こう。自分の分より他は、トランクから荷物を出して行く。

準備は終っていたトランクを居間でもう一度開いている僕へ、イーヨーの弟も黙ったまついてきて、遠慮しながらであるが、自分の荷物に手を伸ばそうとする。妻も、かれの気持に正確に反映しているのらしい自分の不安をつい口に出すようにこういっていた。

――パパとイーヨーの二人だけよりは、もうひとり一緒に行ったほうがいいわね……
――いや、僕とイーヨーの二人で行く、と僕は自分の大声がイーヨーの弟を傷つける殴《おう》打《だ》のようであるのを自覚しながらいっていた。

この世界に自分が存在しつづけることを望むとして、家族の他の者らはいい、僕とイーヨーの二人にはどのようにキチガイめいたふるまいの自由もある、と粗暴な自己主張をする具合に。イーヨーの弟、それに妹は、まったく理由はないのであるが、かれら自身を恥じるようにして自分らの部屋へ引きさがった。僕はもう妻とも言葉をかわさず、若い時分からの跳《リーブ》ぶの発作にかりたてられるまま、「チヨチャン」を胴に縛りつけたままの、当然に人目をひくイーヨーともども、勇み立つようにして家を出たわけなのだった。

小田急線成城学園から小田原まで、われわれは満員の通勤客にはさまれて立って行った。物めずらしげな視線をあびるイーヨーは、「チヨチャン」はもとよりリュックをかついだままだったが、頑強にうつむいたまま顔をあげず、あたかもひとりで旅に出たように振舞うイーヨーの、リュックを網棚《あみだな》にあげてやる気にもなれなかったのである。われわれは見知らぬ他人のように背を向けあって立っていた。イーヨーの体臭が妙に強く、脇を向いていても、かれが途中駅であやまって降りることなく脇に居ることはわかっていた。

国鉄に乗りかえて小田原から熱海までは平均的な混みようだったものの、熱海で夕食に駅弁を買い伊東線に乗りこむと乗客は少なかった。すでに海は暗く、山側もまた昏《く》れなずんでいたが、木立が風に薙《な》がれるまま微光を照りかえす瞬間はあった。鉄橋をわたる際には、奔騰《ほんとう》している川が眼に入り、荒れる山腹と大水の川は、森の谷間の雨風の夜に僕を連れ戻した。イーヨーは背もたせをへだてた席に坐り、かつリュックを障壁として通路側へ置いていたので、僕はただひとりそこにいるように、雨滴と夜の闇にとざされた窓ぎわで森の雨風のことを思っていた。自分はあのなかで不安およびなにやらゾクゾクする感情にかられ、谷間の村の人間みなが一体になっているような思いをいだいたものだ。フランス語が読めるようになってすぐ読んだ小説の、大戦が始った日、人びとが「宏大な共生感」を感じるシーンには、自分はそれをまったくよく理解すると思ったのでもあった。あの谷間の雨風の夜の昂揚感と不安には、これから生きてゆくさきゆきへの思いもふくまれていたが、しかしこのようにも不様な生が自分を待ちうけているとも思わなかった、と僕は考え、そのセンチメンタルな誇張を醜く感じて、以前から名前は聞いていたモナ・ウイルソンの、一九六九年にニューヨークで再刊された『ウィリアム・ブレイクの生涯』を、トランクから取り出したのである。

伊東につくと、そこから先は不通だという。イーヨーはやはりひとりで旅しているようにふるまっているが、それだけに注意深く構内アナウンスを聞いているので、説明してやる必要はなかった。二、三歩離れてついてくるイーヨーをしたがえて改札口を出ると、すでに土砂降りというほかない雨風のなかで客待ちしているタクシーの一台と、伊豆高原の

山荘まで行く約束をとりつけた。その際、運転手は努力してイーヨーから眼をそらせるふうで、

——別荘の見廻りですか？　懐中電灯の電池を買って行きます？　といったのだった。具合がよくなかったら引返しますよ、お客さんを送り届けても、こちらが帰れなくなっては困るからね。台風はモロに伊豆に上陸するらしいよ。別荘の戸じまりしなかったんですか？

道みち雨風はさらに激しくなったが、運転手は山荘までなんとか送り届けてくれた。またわれわれが玄関までの十メートルほどをズブ濡れになりながら昇るのを、うしろからヘッド・ライトで照してくれもしたのだった。その光はわれわれの足もとよりも、檜《ひのき》の幹とこすれあい火を発しそうなヤマモモの、茂りに茂った葉叢《はむら》のせめぎあいを照しだして、眼をそむけさせるほどだったが。玄関の板戸を開け、ドアごと風に振り廻されそうになりながらイーヨーを中に入れて、僕は裏に廻り薪《まき》がわりの枯枝をひとかかえ運び戻った。その途中、自分のかかえている枯枝が立木の下枝を弾《はじ》いて耳から鼻を激しく撃たれ、眼鏡もはじきとばされたのみならず、鼻血まで流れる始末なのだ。しかし立ちどまって脣《くちびる》をぬぐい眼鏡を探すなど、思いもよらぬ雨風の勢いである。

それでもいったん背後にドアを閉すと、それまでの惨澹《さんたん》たる思いとはまた別に、ある安らぎも生じてくる。とくにイーヨーは屋内に入ると急に機敏になって、停電のなか懐中電

灯をたよりに二階の食堂から居間を歩き廻っているようである。僕は浴室からタオルを持ち出し、自分の寝室から、並んで横たわれば二人に充分なマットレスとを運びあげた。イーヨーを裸にして躰《からだ》をふかせ、その間に蒲団《ふとん》と毛布をとりに戻ったが、居間の煖炉《だんろ》に火を燃やして、その前で眠ろうとする僕の意図を読みとって、イーヨーはマットレスをととのえもするのである。脇には大きい「チヨチャン」を坐らせて。

僕は煖炉に濡れた枯枝の束を敷いてから、その上で裂いた古雑誌を燃やした。敷地のへりにあるプロパン・ガス小屋の元栓を開いてこなかったので、湯を沸かすことができない。イーヨーに駅弁と水のコップをあてがい、自分は台所の一升瓶に残っていた酒をコップに注いで煖炉の火をかまいながら飲みはじめた。暗いなかでイーヨーは大きい躰を丸めこみ、駅弁に眼を押しつけるようにおかずを確かめながら食べている。黙ったまま永ながと時間をかけて食べ終ると、マットレスの上の蒲団のまんなかに、脇に「チヨチャン」をしたがえて横たわり、以前の発作の直後のように、大きいいびきをたてて眠りはじめた。そして僕は燃えにくい煖炉の前にひとり残された。

ある拡がりのあるかたまりとしての雨滴が、風の帯にかさなって雨戸を揺さぶっていた。家を囲む雑木の葉叢を、大きい風の竜とでもいうものがめぐりつづけてもいた。空の高みと台所の側の舗道から高く切りたった空間では——その向うには道をへだてた地所の、いつも大きい烏《からす》がとまっている松の巨木まで空間が開いている——さえぎるもののない雄渾な風の動きの、風の層と層とがふれあうような音が聞えた。そのうち大きい樹木が幹なかばで折れる音も聞えた。朝には、このあたりに松は少ないのに、したがって家の周りで、若木をのぞけば松の被害は台所正面の巨木だけであったのに、松の樹脂の匂いが大気をみたし頭痛をさそうことになるのだが……

イーヨーはそのうちいびきをかかなくなり、ただ唸《うな》るような声をたてて眠っていた。僕が坐っている平面にマットレスと蒲団をかさねて、その上にまっすぐあおむきに寝ているイーヨーは、ミイラでも安置しているふうに見える。その脇には「チヨチャン」が、これも機械じかけの眼をつむって、陪葬《ばいそう》の小さなミイラめいているのだが……

それらがくっきり見えているのは、煖炉の雑木がしだいに大きく炎をあげはじめたからだった。いったんあきらかになった火勢を調節して、炎が永保ちするようにもしたのだが。この炎を頼りに煖炉にページを向けて、眼鏡なしの眼で斜めにかしぐようにして、僕はモナ・ウイルソンを読んでいた。たまたま『四つのゾア』が分析されている章まで読み進み、僕はこの長詩と若かった自分との出会いの思い出もあり、あらためて強くひきつけられるようであったのである。ブレイクの始源の至福から転落した世界としての現世を説明するための、様ざまな神人たち、そのなかの女性としてのふたり——彼女らは中心的な神人の分身あるいは妻といってもいい者らであり、かつはこの世界の特性をそれぞれにシンボル化しているのでもあるが——アヘイニアとイーニヨンが嘆きあう。かつは宇宙的な墓場の洞穴でなにがおこなわれているかを語っている。つまりはこの現世が錯誤のうちにある間、永い眠りを眠るほかはない真の人間《マン》、永遠の人間《ジ・エターナル・マン》のことを語るのである。

ある時、人間《マン》は、夢を見るようにして樹木を、草を、魚を、鳥を、獣らを見わたす。かれ自身の不死の肉体の、散らばっている各部分を集めて、あらゆるものがそこから生じる根幹の形状《エレメンタル・フォーム》を回復しようとして……

この永遠の人間《ジ・エターナル・マン》の運命とその嘆きを――もとの言葉で That Man should Labour & sorrow, & learn & forget, & return／To the dark valley whence he came, to begin his labours anew. と書き記してあるように、大文字の Man は、人間の究極の存在たるアルビオンをあらわしている――青年時代に僕は自分とかさねて夢想することがあったのだった。アルビオンが、この現実世界の谷間で、人間の救済のために「神の仔羊」キリストを媒介者としながら、繰りかえし苦しまねばならぬ、その運命を嘆じているくだりなのだが。

《痛苦にかれは嘆息し、苦しんでかれはその世界で労役する／深淵の上を飛ぶ鳥として悲しみ、荒野を望む狼として吠え、牛らとして呻《うめ》き、風として呻く／そして雲として、また燃える炎としてオークとユライゼンの身の上を泣き／かれの声は、誕生の叫び声と死の呻き声のなかに／世界いたる所で聞かれるのだ。草が生じ／木の葉が芽ぐむ所ではいかなる場所でも、永遠の人間《ジ・エターナル・マン》は見られ、聞かれ、感じとられる。／かれがその古えの至福を再び

とり戻す日まで、かれのすべての悲しみもまた。》

僕は山荘を囲む雨風の音のなかに「永遠の人間《ジ・エターナル・マン》」の存在と悲しみとを聞きとるとも、ブレイクにならっていうことができるわけだった。居間に煙が充ちてくることをあえて承知して、僕は煙突につうじる煖炉《だんろ》のブレイカーを閉じたまま、雨風の吹きこみにそなえていたのだが、それでもブレイカーの向うの煙穴の鳴る音は、巨大な喉《のど》を持ったManの悲痛の吠え声のようである……

僕はモナ・ウイルソンによる引用のそのページを繰りかえし読むうち、新しく気づくことがあった。それはいったん気づいてみるとこれまで意識の表面にあらわれなかったことが不思議であるほどの、明瞭な事実なのでもあった。かつて僕は『みずから我が涙をぬぐいたまう日』という中篇を書いた。そのなかで「父親」を**あの人**と表記している。僕にとってゴシックでの表記の意味するところは、英語でそれを書き記すなら、大文字でのManということである。そこにはブレイクから読みとった言葉からの直接の影響があらわれていよう。**あの人**は一面では「父親」であるとともに、一面では総体としての人間のシンボルでもあったのだから。

また僕は『同時代ゲーム』という長篇を書いて、そのなかのいくたびも生きかえる族長《ペイトリアーク》の役割の人間を、**壊す人**と名づけた。そしてブレイクの現世にあたる、この墜落した現代世界で、**壊す人**の肉体が細分化されて森に埋めてあるのを、ひとつずつ集めて再生させ、時代によみがえりをもたらす、そのような仕事を熱に苦しむ夢のなかで試み、ついにそれをよくなしとげえぬ少年の、悲嘆についても書いた。その挿話《そうわ》とオシリス神話他とのつながりを、マリオン・クレーンに聞きただされたりもしたのだった。しかしいま気づいてみると、それはブレイクの Man の再生前のありようとそのままかさなりあうではないか？　この点については、のちに入手しえたキャサリン・レインの秘教的なブレイクの分析に直接確認しえたのでもある。つまり僕は青春期のはじまりに大学の図書館でかいま見たブレイクの、その一ページに印刷されていた詩行から、自分の言葉にいいかえることでのみ、この二十五年近く小説を書いてきたようではないか？　なかば無意識に影響づけられての操作に加えて、はっきり意識して僕がブレイクの詩を小説の契機にしたこともいくたびかあったのだ……

僕は煖炉とイーヨーの眠るマットレスとの中間で、坐ったままうつらうつらしていた。僕は自分が作家としてやってきたことの全体を薄手で単純なものに感じ――つまりはかわりにブレイクの一ページを提示すれば、エッセンスのすべては伝達されるほどのものに感じ――しかも真になすべきことといえば、なにひとつなしとげえていないのに、「時」がせまっていると感じた。現に僕は、息子のためにこの世界のありとあることを定義してゆくのを希望する、といってきたが、それをよくなしとげえていない。自分自身のための定義の試みでもあるのに、怠っているのだ。むしろ僕はイーヨーが頭脳に障害を持つのに乗じて、自分自身のための定義にも熱心でなかったのではないか？　もう五十近い僕になお子供じみたところが残っているとして——今度のイーヨーとの共同行動について、妻やイーヨーの弟妹たちがなによりそう感じているところだろう——それは僕がイーヨーの障害を頼りにして、いつまでもかれと一緒に子供の領域にとどまりたがっていることではないか？

たとえばイーヨーに障害がなく、いま大学の二年生で、僕にこう問いかけてくるとする。——お父さん、あなたの今現在のもっとも正直なところとして、死についてどう考えていますか？　僕に定義してください。あなたがこれまでに書いた死の定義をすべて読んでみたが、納得《なっとく》がいきませんから。僕が余裕を持っていながら、あなたを追いつめるためにだけこういっているのではありません。困っているのです。救けてください、あなたのいまの年齢であなたとしてかちとっている、死についての定義を示すことで……　このように問いかけられれば、僕は知能健全な息子に見つめられたまま、ただもの思いに沈んでいるというわけにゆかぬはずだ。

そのように知能を一挙に恢復したイーヨーに、死についての定義をおこなおうとすれば、またブレイクに戻るのだが、やはり『四つのゾア』の、今度はその前半に、手がかりとなる詩行がある。ギリシア語の黙示録の「四つの活物《いきもの》」からのタイトルのあらわしている、四つの根本的な世界の原理の、そのひとつがシンボル化された神サーマス、それはこの世界の物質そのものをあらわす神人であり、サーマスの妻、さきに名をあげたイーニヨンは、物質の自由な動きをシンボル化している。僕がはじめて出会ったブレイクの預言詩《プロフェシー》だったこの作品の、はじめの部分での、サーマスとイーニヨンが、世界の錯誤のあらわれとして、別れわかれにならねばならぬ──世界が救われる日には「四つの活物」はじめなにもかもが、ただひとりの神人アルビオンに合体して、それ自体がこの宇宙にほかならぬことになるはずだが──、その際の両者の嘆きの歌を僕は心にきざんでいるのだ。雲のなかで青ざめて震えながら、泣きながら、サーマスが歌う数行がとくに滲《し》みついてくるようなのだ。《& I am like an atom, ／A Nothing, left in darkness; yet I am an identity: ／I wish & feel & weep & groan. Ah, terrible! terrible! 私は一箇の原子のようなものだ。／なんでもないもの、暗闇に置きさられて、けれども私は個として生きている者だ／私は望み、そして感じ、そして泣き、そして呻く。ああ、恐しいことだ、恐しいことだ！》

僕がいま健康クラブの定期検診で癌を発見され──こういうことをいうのも自分の内臓のどこかに異常があるのではないかと不安に感じるのであるからだが──苦悶してそれにあらがうにしても、二、三年ほどで死を迎えるとする。その二、三年の日時に、どうして僕がいまある魂の状態を越えることができるだろう？

──したがって僕は、イーヨーよ（と僕はさきにその発想が僕をとらえた、健全に成長していま大学の二年級にあり、問いかけてくる青年である息子に向けていったのだった)、自分の死の直前にも、サーマスの嘆きを繰《く》りかえすほかにはないのじゃないだろうか？　背の高い患者用ベッドを雲のように感じ、青ざめて震えながら。私は一箇の原子のようなものだ。／なんでもないもの、暗闇に置きさられて、けれども私は個として生きている者だ／私は望み、そして感じ、そして泣き、そして呻く。Ah, terrible! terrible!

健全な知能のイーヨーは（現実に障害のあるイーヨーもまた、その表現をつうじてはなんともよく正体のおしはかりえぬ死への恐怖を持ち、かれなりのその乗り越えをはかっているが)、当然に青年らしい死への思いを持つゆえに、困っている、救けてくれとさえいって問いかけてきたのだ。ところがあてにした父親の答ときたら、Ah, terrible! terrible! よりほかにないとすれば、落胆するはずのものであろう。そこで弁解するように、次のようなことをいいそえる自分を思い描いた……

——僕はこのところブレイクの作品と評伝とを読んできて思うことがある。かれの死に方は立派だった。かれ独自の方法の彩飾版画《イルミネイション》をひとつ仕上げ、永年の伴侶として、結婚の署名もできぬ無知な状態から育てあげ、絵の仕事の協力者ともした妻に優しい言葉をかけ、肖像を描いてやり、神をたたえる歌を歌ってから死んだ。ブレイクは若かった昔、愛していた弟が死ぬ際にも、その霊が歓喜に手を打ちならして肉体を離れるのを見た人だった。《樫《かし》は斧《おの》によって伐り倒され、仔羊はナイフによって屠《ほふ》られるけれども、／それらの形式《フォームズ》は、永遠に存在する。アーメン。ハレルーヤ！》もしかしたら生きてゆくこととは、死の直前の、この心愉快な半日を準備するための過程じゃないのか？　たとえ幻影によって心愉快であるのだとしても、そのあとは虚無なのだから、そんなこと気にかける必要はないだろう？　ところがこの心愉快な半日のための下準備をすることが、僕にはできていない。僕の父、きみからすればお祖父さんが死んだとしに近づいているのに……

衰える様子のない嵐の音に囲まれてではあるが、僕はそのように声に出していっていたのだから、端的に酔っぱらっていたということであろう。そしてなかば眠っていたということでもあろう。……やがて僕は穏やかで優しげな手つきの者が、肩から腕、胸のあたりに触るか触らぬかにしながら、揺り起そうとして、

――**大丈夫ですよ、大丈夫ですよ！　夢だから、夢を見ているんですから！　なんにも、ぜんぜん、恐くありません！　夢ですから！**　という声を聞いた。それでもなおさきのつづきを雨風の音にさからって、なかば幻の息子に語りつづけるようであったが。眼をあけると、イーヨーが、僕の脇に膝をそろえてつき、両腕を差し伸べながら躰《からだ》を沈めて、煖炉の光に太く黒ぐろとした眉の下の墨色の眼をあらわして見まもっている。僕が半身を起すと、イーヨーは時に示す機敏な動作でうしろにさがり、蒲団の上の「チヨチャン」を遠ざけて、僕のための寝場所まで作った。そしてあらためてミイラのように上を向き両腕を胸に組んで横たわったイーヨーの脇に、僕もあおむけに寝て、ふたりの躰の上に毛布を引きよせた。

酔いの勢いから僕はすぐさま眠りこんで、イーヨーの話しかけていた言葉の不思議ということは考えなかったが、居間につづく食堂の、開けたままだった階下への通路の暗がりの向うへ、なにものかが静かに引き下って行くのを、一瞬気配として感じるようでもあった……

眼がさめると、脇にイーヨーの躰はなく、横たわっている煖炉《だんろ》の前からいちばん遠い窓が開かれて光が来ている。屋内にみちた煙の匂いをつらぬいて刺戟性の松の香りが、頭を痛くするほど生なましい。僕は光に向けて躰をねじり、真青な窓のこちらの食堂の椅子のひとつに、黒く翳《かげ》った妻の前かがみの上躰を見出した。

それがいかにも思い屈した様子であるのに、しばらく眼をひきつけられていたのだが、晴れわたった空の、窓枠に切りとられた眺めに、いつもとちがう欠落感がある。しかもその晴れわたった空間に、黒い扁平《へんぺい》なものが、投げあげられ、投げあげられするようでもある。習慣から頭の周りを手さぐりして、僕はそこにあるはずのなかった眼鏡をとりあげ、黒いものが烏《からす》、それも大鴉《おおがらす》と記述したいような、なじみの老鳥であるのを認めた。松の巨木にとまり、時にただ気持を晴らすためのようにグライダー滑空して視野の外へ去り、戻ってきて羽をやすめる、その梢近くの止まりやすく剥《む》き出しになっていた枝の瘤《こぶ》はもとより、松の巨木自体が失なわれているのだった。

——眼鏡は、イーヨーが見つけて、私たちにまかせないで、そこに運んだのよ。いまは三人で後かたづけをしています。折れた枝を薪にするつもりで集めているわ、と僕の起きた気配をはじめから感じとっていたのらしい妻がいった。

——松がやられたね。あれだけ古い樹木がこれまで持ちこたえて、昨夜、突然折れたというのも不思議だね。烏がとまどってるよ。

——お向いの地所から道を越えて、電線をたち切って、こちらの地所へ橋をかけたようになってるわ。大きい音がしたでしょう。

——聞いたよ。きみも聞いたのじゃなかった？

——私たちは、今朝ついたのだから……

——そうかい？　昨夜遅く、きみがその下からの通路に立っていたように思ったがな。

黒い躰がこわばったような動きを示し、一瞬置くと、それまでとはちがう、激した感情を制禦しながらの声音をあらわして、妻は昨夜来の話をした。——私がそこに立ってあなたを見ていた、ということはありえぬでしょう、昨夜は伊東のビジネス・ホテルに子供らと三人で泊ったのだから、と。

彼女らは僕とイーヨーが出発した後、弟の発案にしたがって、東京駅から「こだま」に乗る順路で伊豆に向ったのだ。しかし熱海までの新幹線も、台風の影響で徐行するということがあり、伊東に辿りついて、そこから不通であることを知らされた時には十時近かった。そして駅前で見つけたタクシーは、たまたま僕とイーヨーを山荘へ運んでくれた運転手のものだったのである。運転手は、二時間前より雨風はさらに激しくなっているが、無理にでもといわれるのなら送らぬではないといい、しかし一家心中の惧《おそ》れのある乗客として警察に届けることもしたい、といったというのである。そして怯《ひる》んだ妻と子供たちに、台風を避けた伊豆からの通勤客で活気づいているビジネス・ホテルを世話してくれた。

——一家心中とはなあ、と僕は嘆息しながらも笑いにまぎらす具合だったが、妻の黒い横顔は固いままだ。

今朝早く快晴の空のもと、しかし嵐の被害の生なましいなかをタクシーを走らせて来たが、別荘地区へ入ったところで倒木があり、そこでタクシーは乗り棄てねばならなかった。次つぎにあらわれる倒木と転げ落ちた大石を乗り越えてくる道中で、妻は足を踏みはずし両膝ともに赤剝《あかむ》けにしてしまった。いま椅子を二つ並べて、傷口の手当てを終えたところなのだ。やがて光の濃淡に慣《な》れた僕の眼は、水平に伸ばされている、思いがけずボッテリ肉のついた二本の足を見た。

あおむけに自分の躰を戻すと、複雑に組みあわされた素木《しらき》の大小の梁《はり》がほのじろく光って見える。最初に家を建てた時、おおいに冗《じょう》談めかしてではあるが、僕は剝き出しの梁をなくしてもらいたい、梁がなければ首も吊《つ》るまいから、といったのらしい。そのとおりに建築家につたえた妻は、おなじ建築家に五年たって山荘を依頼した際に、なんらかの心理的代償としてであろう、居間と食堂の天井をすべての梁が剝き出しの構造にしてもらった。

――さきの一家心中の話だけれども、それは僕とイーヨーの、そしてきみたちの態度を見てのというよりは、台風の中、わざわざ山へ出かけようとすること自体への、運転手の見方だったのじゃないか？　以前にもそういう事件があったのかもしれないよ。

しかし妻は一般化を誘う僕の談論を受けつけず、それまで心の底で反覆していたはずの言葉を発したのだ。

――あなたは、昨夜、私がそこに立っているのを見たのでしょう。それが「蚤《のみ》の幽霊」でなくて、私でよかったけれど。マリオンさんの私あての手紙には、イーヨーがMさんの「生首」の幽霊を見るというより、一緒にプロフェッサーまでそれを見ているようなのが恐かったのだと、そう書いてあったわ。……昨日も、サクちゃんは、イーヨーは伊豆の家へ着けば気持がおさまるけれど、パパの方は伊豆に着いてからなにを考えはじめるかわからない、だからみんなで追いかけよう、といったのよ。

いまはすっかり乾いて直線的な風の音と子供らの声が、とくに弟妹を指図してこまかな枯枝を運ばせ、自分は重いものを担当しているのらしいイーヨーの、気負った掛け声が聞えていた。僕は顔半分腫《は》れあがってきているのを、妻の前へ歩み出て、どう説明するか考えあぐねるふうに横たわっていた。しかしイーヨーは別として、僕が昨日ああいうふるまいをした以上、すぐにも妻およびイーヨーの弟妹との心理的な関係回復につとめはじめねばならぬわけなのだ。そこで僕は光のなかへ躰を起して、顔の異変に気づいた妻があらためてたじろぐ様子であるのへ、自他ともに励ますようにこういったのだ。

——イーヨーは夢を見ないが、夢を見る人間がいるということは知ってるよ。かれが年をとっていって、ついにある日、夢を見るようになるとして、夢だと判断することはできると思うね。それがわかったのは収穫だった……

僕にはイーヨーのはじめて見る夢が、おそらくは苦しい夢であり、かつその時に自分はすでに生きていず、イーヨーの脇にいてやれぬかも知れぬと疑われた。しかしイーヨーは、夢見るかれ自身に向けて、

——**大丈夫ですよ、大丈夫ですよ！　夢だから、**といってやりうるのである。どうして僕が心を痛める必要があろう。イーヨーはかれ自身に向けてさらにいいうるわけなのだ。**夢を見ているんですから！　なんにも、ぜんぜん、恐くありません！　夢ですから！**

魂が星のように降って、跗骨《あし》のところへ

ブレイクの自然に流露した発想の、グロテスクな奇態さと、それに矛盾せぬ懐かしさ。それを僕はしばしば感じとってきた。しかも自分と息子との生活の細部と、ことのありようとして照しあうものはいくつもあるが、そのひとつは預言詩《プロフエシー》『ミルトン』の、すでに天上に昇った詩人ミルトンが、墜《お》ちた世界としての地上にくだり、遍歴する苦行をつうじ妻と娘たちはじめ人間すべての救済を実現しようとする、大事業の出発点に見られる。《人が夢見る時、肉体が眠っていることには思いおよばぬ／さもないとかれは眼ざめてしまっただろう――みずからの「影」のなかへと入りこみつつそのように感じていた》という詩句にはじまって、ミルトンの地上への降下をかたるところだ。ミルトンの霊は現実世界のブレイクの肉体に入りこみ、両者が合体して苦悩のうちに遍歴するのだが、まずはじめに霊は炎のように到来したとブレイクは歌うのである。僕がこの春ハンブルクで読みかえしはじめた一冊本ブレイク全集の、ペーパー・バックスの表紙は、しだいに了解していったことだが、この『ミルトン』の挿画《そうが》三十の、倒れそうな男と、足もとの流星を示していたのでもあった。

《それからはじめに私は見た、天頂から落ちる星のように垂直にくだってくる、つばめのように、あるいはあまつばめのように素早く／そして私の足の跗骨《あし》のところに降《くだ》り、そこから入りこんだ／しかし私の左足からは黒雲がはねかえってヨーロッパを覆《おお》ったのだ》。

僕は足の骨、跗骨のところからミルトンの霊がブレイクに入ったという着想と、息子が僕の足にいだく偏愛、すくなくとも並なみならぬ関心とを比較してみずにはいられないのである。父親との関係がうまくいっていないと感じとる時、イーヨーはいつも僕の足を媒《ばい》介《かい》にしてコミュニケイションを回復しようとつとめてきたのだから。

ミルトンの霊が星のように降ってブレイクにアプローチする、それも跗骨のところから入ってブレイクの核心にいたる。そのようにイーヨーが足を介して僕の核心に通路を回復しようとする。それは痛風の最初の発作に僕が苦しみ、幼い息子との力関係が逆転するようであった日々に由来する。すくなくとも、そのように僕は考えてきた。自分はイーヨーへの足の定義を、痛風になることで行ったのだと……

しかし僕はよくイーヨーの心の働きをも見てとりえていたのだったか？　つまりはかれの心の働きの側に立っての定義でもありえていたか？　僕とイーヨーとの間に障壁が生じ

る。かれとして、僕の顔を、とくにまっすぐ僕の眼を見てしまうことがおぞましい。できることなら顔はそむけたまま、あたかも互いの顔の所在に気づかぬようにしたまま、窮状を乗り越えたい。イーヨーに腹を立てているとかれには見える、父親の「中心」へ向けて、正面突破をはかる勇気はないし、その思いつきが頭に浮ぶことすらそもそもないのだろう。そのかわりにイーヨーは、父親の肉体の「周縁」を手がかりにする。人間の躰《からだ》の周縁部としての足。足をほうりだして人が寝そべっていれば、足の持主の肉体の境界からはみ出してしまっているようでもある足。頭、顔、胸というような、人の躰の中心部を構成している、当の人間僕の意識にまっすぐつながっているように見える部分とはちがって、むしろ意識のよく行きとどかぬ、遠いところにある足。それだけにものそのものの手ごたえはあきらかで、かたちの点からいっても、それは愛玩《あいがん》するにたる独立したものだ。そこでイーヨーはものとしての足にとりつく。それでも当の足はやはり父親の中心部につながっているのだから、足にふれることを媒介に、足の持主との間の通路を見出してゆくのでもある……

　文化人類学者のYさんは、国際的な拡がりのなかで「中心」と「周縁」の理論をつくりあげた人だが、父親の友人としてイーヨーに親近の感情をよせてくれるひとりでもある。イーヨーも敏感にそれを察知してきたのでもあった。Yさんの理論を、右のように自分とイーヨーとの関係に適用しうるのは愉快な発見である。そこに出発しながら、僕は「周縁」としての足という経路を介するイーヨーとのつながりの意味をもっと拡大して、息子の頭の働き方一般の問題を定義したいという思いがある。

そのように考えはじめ、すぐ行きつくところは想像力の問題なのだ。しかもあらためてはっきりブレイクとつながっている問題である。そこにこれから書いてゆく主題があるのだが、まず息子をめぐっての僕自身の旧作とブレイクの読み方の個人史をふりかえっておくことにしたい。

僕は青年期のはじめにブレイクの長大な『四つのゾア』のなかの数行と、偶然の、しかし深く揺り動かされるめぐりあいをした。しかもその数行がブレイクのものであることをつきとめえぬまま、学生の頃にも、卒業してからも、ブレイクの短い詩に鋭い喚起力を見出していた時期を持つのであって、実際にそれらを軸にした小説を書きもした。それはブレイクを全体として読むことをしないまま、ひとつの作品を——あるいはその部分を——いわば恣意《しい》的に小説へ導入したことであった。いまふりかえると、誤った理解とともにそれを行っている、というべきところが見つかる。いまも現に僕が素人の独学としてブレイクの、それも預言詩《プロフエシー》の錯綜したシンボルの森に入りこむのである以上、さらに新しいあやまちをおかしてもいよう。むしろブレイクを読みかえしつつ、自分として喚起されることの強かった誤読を自覚しうるごとに、僕はそのように誤読した際の自分について、新しい発見をするはずのものであろう。僕はいまブレイクを死の時のいたるまで読みつづけてゆく詩人のように感じるが、それはつまり死へ向けての自分の生き方へのモデルを、ブレイクを媒介に想定しうるかもしれぬということだ。

さて僕が自分の小説にみちびきこんだブレイクをあらためて読みなおし、解釈の誤りを認めること、またそれによって新しく心をひかれもすること、それは若かった自分の想像力の働きをまるごと思い出すようにして、現在の自分にひきくらべる契機を、自作のうちのブレイクがするということである。

僕が小説にブレイクをはじめて引用したのは、イーヨーが障害を持って生まれてきた直後の、実際に当の経験に立つ『個人的な体験』であった。僕は『天国と地獄の結婚』の、いわゆる「地獄のことわざ」から、“Sooner murder an infant in it's cradle than nurse unacted desires.”を原語で引いている。引用では最後にピリオドをうたないで、以下を省略した一節であるかのようにしているのは、僕が『天国と地獄の結婚』を直接読んだのではなかったことを示していよう。また僕は作中の若い女性の翻訳というかたちで責任転嫁をはかりながら、自分の小説にふさわしいように訳してもいる。《赤んぼうは揺籠《ゆりかご》のなかで殺したほうがいい。まだ動きはじめない欲望を育ててあげてしまうことになるよりも》。

いま総体の展望をめざしながらブレイクを読むことをしつつふりかえると、実行されない欲望がブレイクの激しく拒否した人間のありかたであること、したがって一節の重心は後半にあって、実行されない欲望をはぐくむのにくらべれば、嬰児《えいじ》を揺籠のなかで殺すことすら悪くない、という強いアッピールであるのが明瞭である。僕は誤訳しているというほかにないが、しかしいまとなっては、自分が小説の一シーンの成立のために、作中の女性を媒介にブレイクを都合良く捩《ね》じ曲げたのか、障害のある息子の誕生という経験に引っぱられることもあり、自然にこう読んでしまったのか、分明ではないのである。

作中の若い女性は、障害児の誕生に打ちのめされて退行現象を起している青年に、性的なものもふくめて、無償の寛大な励ましをあたえる。『天国と地獄の結婚』につづくブレイクの『自由の歌』の最後の「コーラス」の《青ざめた宗教の淫蕩をして、欲望を持ちながら行なわぬ者を、処女なるものともまた呼ばしめるな》という、その種の「処女」とは正反対の、解放された生活をいとなむ娘として、僕は彼女のイメージをつくりあげた。そうしながら、自分の引用する「欲望」という言葉とこの一節とをつないで、ブレイク独自の「欲望」観に思いいたらなかった以上、やはり僕は『個人的な体験』で訳したとおりに「地獄のことわざ」を読んでいたのかもしれない。しかしこの誤読がなかったとしたら、僕は『個人的な体験』のモティーフのひとつを失っていただろう。奇妙な話だが、いまとなって僕は、自分がこの種の錯誤の思いこみを媒介にして、若い自分を一箇の作家につくりあげていったことを認めるのである。

イーヨーの誕生から五、六年たって、それは自転車の前につけた椅子に坐れるようになった息子を、毎日、中華ソバ屋に連れて行っていた時期だが、僕はブレイクの詩を核《コア》とするという動機づけの『われらの狂気を生き延びる道を教えよ』と『父よ、あなたはどこへ行くのか？』という連作中篇を書いた。そこでの次のような会話から、僕は息子の小説での呼び名のひとつをイーヨーとしはじめたのでもあった。

《そしてかれは、熱い湯麺《たんめん》に上気した顔を風にさらして自転車を漕《こ》ぎ帰りながら、

――イーヨー、排骨湯麺とペプシコーラおいしかったか？　と繰りかえし問いかけ、

――イーヨー、排骨湯麺とペプシコーラおいしかった！　と息子が答えると、自分たち親子のあいだでいま完全なコミュニケイションがおこなわれた、と考えて幸福になった。》

この小説で若い僕自身となかばかさねられる「僕」は、父親の伝記を書こうとしている作家である。「僕」はテープレコーダーにふきこむかたちで草稿をつくろうとする。その箇所でブレイクを引用しているのである。

《Father! father!　where are you going?／O do not walk so fast／Speak, father, speak to your little boy／Or else I shall be lost. お父さん！　お父さん！　あなたはどこへ行くのですか？　ああ、そんなに早く歩かないでください。話しかけてください、お父さん、さもないと僕は迷い子になってしまうでしょう》。僕がこう訳している詩は広く知られている『無垢の歌』のものだ。

そしてもうひとつ、「ピカリング草稿」の『夢の国』からも最後の節を引いている。《Father, O father! what do we here／In this Land of unbelief & fear?／The Land of Dreams is better far,／Above the light of the Morning Star. お父さん、ああ、お父さん！　僕らはここでなにをしているんですか、この不信と恐怖の土地で？　夢の国の方がずっといいのに、明けの明星の光よりも》。僕はブレイクをこう訳してから、当の草稿をテープレコーダーにふきこんでいる「僕」自身について、詩のつづきのようにおなじ文体を用いつつ語らせてもいる。

《お父さん、ああ、お父さん、僕らはここでなにをしているんですか？　あなたは、ここでなにをしていたんですか？　僕はここでなにをしているんでしょう、この不信と恐怖の土地で、真夜中に朝鮮料理の豚足を辛子味噌《からしみそ》で食い、ウイスキーを飲んで、それがあなたに通信をおくる機械でもあるかのように、真剣にテープレコーダーにむかって、なにを訴えかけているというんですか、夢の国はあんなに遠いのに、明けの明星の光の上にあるのに？》

いま僕が三十代はじめに書いたこの中篇を読み、あらためて印象にきざむのは、そこでの「僕」がブレイクの詩に表現される子供と同一視されていることである。「僕」はイーヨーの父親だが、むしろかれはもうひとりの子供として、頭を並べて鳴きたてる雛鳥《ひなどり》のように、イーヨーとともに失われた父親に向けて呼びかけている。

小説においてのみならず、評論のなかでも——それは自分の引用のなかにブレイクが引用されている、という仕組でのことだが——ブレイクの考え方に支えられることがあった。未経験な生活者のまま作家となってしまった者の、苦しまぎれの手さぐりということもいえるにちがいない。僕は早い時期から想像力について考えてきた。小説の言葉の機能の中心に置く、ということをしたのみならず、同時代の状況を見る契機、手法にも想像力をみちびきこんだのであった。

そのためには、先行者たちの想像力論を学ばねばならぬのでもある。サルトルに出発しながら、いくつかの過程をへて僕が辿《たど》りついたのが、ガストン・バシュラールの想像力論で、僕は『小説の方法』を書く際に、宇佐見英治訳の『空と夢』から次の引用をした。

《いまでも人々は想像力とはイメージを形成する能力だとしている。ところが想像力とはむしろ知覚によって提供されたイメージを歪形する能力であり、それはわけても基本的イメージからわれわれを解放し、イメージを変える能力なのだ。イメージの変化、イメージの思いがけない結合がなければ、想像力はなく、想像するという行動はない。もしも眼前にある或るイメージがそこにないイメージを考えさせなければ、もしもきっかけとなる或るイメージが逃れてゆく夥《おびただ》しいイメージを、イメージの爆発を決定しなければ、想像力はない。知覚があり、或る知覚の追憶、慣れ親しんだ記憶、色彩や形体の習慣がある。想像力 imagination に対する語はイメージ image ではなく、想像的なもの imaginaire である。或るイメージの価値は想像的なものの後光の広がりによって測られる。想像的なもののおかげで、想像力は本質的に開かれたもの、のがれやすいものである。人間の心象《プシシスム》においては、想像力とはまさに開示の経験であり、新しさの経験に他ならぬ。他のいかなる性能よりも想像力は人間の心理現象を特徴づける。ブレイクが明言しているとおり「想像力は状態ではなく人間の生存《イグジスタンス》そのものである」》。

はじめにバシュラールのこの一節を読んだ際、僕はブレイクの引用を読みとばすようにしていた。ブレイクの神話世界において、想像力という言葉がいかに重要であるかについて無知であったこと、かつは自分が想像力について永く考えてきたことがバシュラールと直接結びあう、つまりはブレイクの介在を必要としないと感じる傲慢《ごうまん》もあって。しかしこの春から集中的に、それも総体としてブレイクを読み進めるようになってから、僕は自分に根づいている想像力 imagination という言葉が、すっかり洗いなおされるのを経験したのであった。

バシュラールの引用した言葉は、最初にもいった『ミルトン』にふくまれている。そしてこの前後の、それぞれ大文字で書きはじめられている Imagination, State, Forms という言葉は、いずれもブレイク独自の意味をそなえているもので、それにしたがえばここには神秘的な、あるいはあいまいな印象は払拭《ふっしょく》される。具体的で明瞭なブレイクの根本思想を読みとりうるのだが、まず僕としての日本語に翻訳することをしたい。

《そこで汝自身の自己《セルフ》を判断せよ、汝の永遠の相貌を探索せよ、／なにが永遠であり、なにが変りうるものであり、なにが絶滅しうるものであるか。／想像力は状態《ステイト》ではなくて人間の存在《イグジスタンス》そのものである。／愛情あるいは恋は、想像力から切り離されては状態《ステイト》となる。／記憶はつねに状態《ステイト》であり、理性も状態《ステイト》であって／絶滅させられるためにつくりだされ、そしてまた新しい比《レイシオウ》がつくられる。／すべてつくりだされうるものは絶滅させられるけれども、形式《フォームズ》はさにあらず、／樫は斧によって伐り倒され、仔羊はナイフによって屠《ほふ》られるけれども、／それらの形式《フォームズ》は、永遠に存在する。アーメン。ハレルーヤ！》

ブレイクのテキストから想像力という言葉をとりだすことはおよそ容易にできる。《人間の永遠の肉体《エターナル・ボディ》は、想像力である。すなわち神そのものであり、神なる肉体、イエスであり、われわれはその四肢をなす。》《人間はすべての想像力である。神は人であり、われわれのうちにあり、われわれは神のうちにある。》《すべてのものは人間の想像力のうちにある。》

ブレイクにおいて、神の実体は想像力でなりたっている。究極の人間もまたおなじ。人は想像力を媒介にして神にいたる。墜落した錯誤の現世から人間が救われるのは、人間みなが神のひとつの肉体となる時だが、そこにいたる過程、手段は想像力にあり、ついにすべての人間がひとつの永遠の肉体《エターナル・ボディ》に、すなわち神に合一する時、それ自体が想像力の成就にほかならない。

右のような想像力の考え方にたって、さきの引用はある。《想像力は状態《ステイト》ではなくて人間の存在《イグジスタンス》そのものである。》究極の人間のヴィジョンを、神に合体する、それも想像力を介して合体するものと見る以上、想像力を実体とみなす、想像力が人間の存在そのものだ、とする考え方はそのまま受入れられうるだろう。かえって錯誤の現世における人間のありようとしての状態《ステイト》、究極の人間にむけての本質が表現されている形式《フォームズ》という言葉のほうが、ブレイク独自の難解さをあらわすというべきかもしれぬほどだ……

さて、想像力が人間の存在《イグジスタンス》そのものだというブレイクの定義にのっとって考えると──僕はそうしないではいられないのだが──イーヨーにおいて、想像力はどのように生きているか。この課題が、大きいものとして浮んでくる。じつのところ僕は当の問題点にいたるために、ここまで廻り道をしてきたわけなのだ。イーヨー、きみに想像力はあるか？　あるとしてそれはどのように働いているか？　僕は痛切な思いで、そう問いかける経験をかさねてきたのだ。この問いに答を見出すことが、イーヨー本人にとってはもとより、僕自身にも、もっとも困難な生の課題であるという気がするほどに。

ブレイクが最後の預言詩《プロフェシー》『ジェルサレム』で書く美しい言葉、それを眼にしながら、この世界の存在の根幹の機能、想像力が自分の息子には欠けていると、平静な心で認めうるものだろうか？　《きみ自身の胸のなかに、空、大地そしてきみの眼にするところのすべてを、きみはいだいているのだ。それは外側にあるように見えるけれども、内側にこそある、きみの想像力のなかに。死すべき者らのこの世界は、ただその影《シャドウ》にすぎない。》この十年ほどのイーヨーの、つまりは思春期の心の働きが、実際に外側から見えるように感じられたのは、なにより音楽を介してであった。そういいながら、しかしすぐにもつづけねばならぬのは、僕として音楽による心の働きを想像力の発生、展開という方向づけではよくとらええないことである。

小学校の特殊学級に入る直前を頂点に、イーヨーは鳥の声の専門家であった。イーヨーという命名法とおなじく、やはり息子を原型とした作中人物を、こちらではジンと呼んでいる『洪水はわが魂に及び』で、僕は次のように描いた。《ジンの生活は、眼ざめていれば、父親が様ざまなレコードからテープにうつした、野鳥の声を聞くことによってなりたっていた。そしてその鳥の声が、はじめて幼児に自発的な「言葉」を喚起するのでもあった。ジンが坐っていたり寝そべっていたりする簡易ベッドの枕もとで、テープ・レコーダーは微細なヴォリュームの、野鳥の声を再生する。ジンは機械よりもなおかすかな声を発すべく、脣《くちびる》をきわめて狭く開いて嘆息する、

——クロツグミ、ですよ、と……あるいは、

——ビンズイ、ですよ、ルリビタキ、ですよ、センダイムシクイ、ですよ、と……

そのようにしてこの知恵遅れの幼児は、すくなくとも五十種の野鳥の声を識別することができ、それらの声を聴くことに、食欲とならぶ快楽を見出した。》

僕がその芽ばえを見つけだし、育てあげた、それも大きな徒労の努力であったかもしれぬ、イーヨーの心の野鳥の声への動き。それは小学校の特殊学級へ通うようになって、教室に友人たちができ、かさねてバッハとモーツアルトの音楽に関心が移るまでつづいた。それは幼児の生活においていかにも長期にわたる熱中であった。たとえばピーッという強く高いはじまりから、しだいに弱く低くなる鳴き声を聴いて、——アカショウビン、ですよ、と息子がいう。その際、自分は再生装置を操作して信号音を発したのであり、イーヨーは受けとめて言葉をかえしたのだから、コミュニケイションは成立したと、僕はみなしていた。それはそれとして、しかしイーヨーにとって、あれは想像力的な行為だったか？テープから再生される鳥の声から、当の鳥の姿かたちをイーヨーが思い描くはずはないのだった。イーヨーはプリズムとレンズの複雑な組合せによってしか矯正《きようせい》できぬ、眼の障害を持っている。あの時分まだ眼鏡をかけていなかったイーヨーが、実際の鳥影を認識することなどはありうるはずもなかったわけだが、それでも僕はレコードのジャケットに印刷された野鳥の写真を息子に見せて、これがオナガ、これがムクドリ、というように繰りかえし指さして教えはした。しかしイーヨーは、再生される鳥の声を聞きながら、自発的に鳥の写真を見ようとする、というようなことはなかったのである。

つまりは鳥の実体はなしに、信号としての鳥の声がその鳥の名を浮びあがらせたにすぎない。逆に鳥の名という信号をあたえることで、鳥の声をイーヨーに発せしめることはできぬのである。つまりはテープの鳥の声と息子がつぶやくようにいう鳥の名との間に、当の鳥の具体的な存在を思い描いて昂揚したのは、ただ父親の側の想像力であったにすぎぬといわねばならぬはずであろう。

イーヨーがおなじく障害を持つ子供らと出会うことによって、鳥の声より、人間のつくった音楽に関心を示すようになった過程も、事実なのではあるけれども、そしてわれわれ親子にとって重要な出来事であったけれども、僕自身その意味合いをよく第三者に説明しうるとは思えぬのである。

僕とイーヨーとの間に永い間かかって作られた、特別なコミュニケイションの手続き。それも他人から見れば奇妙なものにちがいないし、いま説明しようとしてみると、はじめから勇気をうしないそうなのでもある。手続きは、いずれも声に発してのもので、妻とイーヨーの弟と妹は日々耳慣れているものなのであるが、手続きは二種ある。どちらもゲームとしてはじまり、つづけられてきた。そのうち前者の手続きは、愉快な「認知」としての性格をそなえているから別として、後者には暗に「懲罰」か嚇《おど》かしがふくまれているので、書きしるすとして口ごもるふうであるにちがいないのだが……

七、八年前のことになるが、秋の暮、ソウルの文学者からの依頼をことづかって、ニューヨークへ向う途中の韓国人の娘さんが訪ねてきたことがあった。僕との話合いはすぐに終ったが、彼女を迎えに来るはずの、次の連絡相手が深夜になってもあらわれない。在日朝鮮人の相手の名前は僕も知っているものの、住所は確かめようのない、そういう人物であって、かれの家へ送ってゆくことはできない。しだいに困惑をあからさまにしてくる娘さんに、イーヨーが思いついた遊びで、なんとか元気でいてもらうことができたのである。彼女は日本語を話さぬ人だったが、朝鮮語の歌を数小節歌うと、イーヨーがそれをピアノで弾《ひ》き、和音を加えてゆくという遊び。話合いのうちもその後も心を開かぬようだった、ほとんど険《けわ》しいといっていいほどの顔だちの娘さんが、そのうち勢いこむほど熱中して、イーヨーがもっと幼いころにもっとも好んだ楽器、ボンゴの音程を調整すると、朝鮮のリズムを叩《たた》いてイーヨーと合奏したりもした。

そして彼女がアメリカへ立去った後、息子の音楽のレパートリーには、幾種もの朝鮮民謡と、それに根ざした歌謡曲らしいメロディーが残ったのである。そのうち僕はかれが好んで弾くひとつに、次のように始まる言葉をつけたのであった。歌はまったく歌謡曲のものだから戦後すぐ娯楽雑誌によく見られた、流行歌の歌詞をのせる際の、行の頭につけられた記号を僕は印刷してもらいたいと思う。

〽ナーンニモイラナイヨ、イーヨーガイルカラ！　僕ははじめこの繰りかえしにいたる部分にも歌詞をつけたが、そのうちイーヨーは言葉を、僕はメロディーを忘れて、ついには終りの一節だけ歌われるようになったのだ。それとともにこの歌は僕とイーヨーの「認知」の合図として役割を持ってきたのである。ナーンニモ、と最初の音を長く延ばして歌いはじめ、イーヨーガイルカラ！　のところもまた長く引いて歌い終ると、家のなかのどんな隅にはいりこんでいる場合にも、イーヨーは僕の前にタイミングよくあらわれるために間合をはかり、ついにタッグ・マッチの選手交替における掌をふれあっての確認のように、腕を延ばして僕にふれ、

——**ありがとうございました！**　というのであった。

そもそもの発生からいえば、自然に、つまりはいかなる意図的なたくらみもなくはじまった。

〳〵ナーンニモイラナイヨ、イーヨーガイルカラ！　と僕がなにげなく歌い、それを聞きつけて僕の脇から離れていたイーヨーがとってかえす。

——**ありがとうございました！**　という大きい身ぶりの応答がおこなわれて、この遊びはつくり出されたのである。しかし考えてみれば日頃つねに僕の脇にいたイーヨーが——仕事をしている間は机の下に潜《もぐ》っており、外出すると足音に聞き耳をたてて玄関で待っていたものだ——、ひとり家の様ざまなすみっこで時をすごしはじめた時期のことでもあったわけだ。そのうち呼んでもなかなかやって来ぬイーヨーを呼びよせる手段として、この歌が——もちろんつねにそのようであったのではないが——使われることにもなった。

書斎の隣りのイーヨーの寝室で、お襁褓《むつ》の仕度をしおえた妻が、階段をあがってくるイ

ーヨーを待っている。しかしかれはＦＭの音楽放送のつづきを聴くか相撲雑誌をめくるかして、なかなか居間から出て来ない。そこで僕が立って行き階段の上で、

〽ナーンニモイラナイヨ、イーヨーガイルカラ！　と歌う。たちまちそれまでの停滞ぶりとは裏腹な、力強い大股で駈けあがってきたイーヨーが喜びに燃え立つようにパチンと僕の掌を叩く。

――**ありがとうございました！**　そしてつつがなくお襁褓がつけおえられる、という手続き。

この手続きはつねに完璧な効果をあげたので、僕が家族を日本に置いてメキシコ・シティーで暮していた時、つい〽ナーンニモイラナイヨ、と口ずさみかけて口を押さえてしまったほどだ。歌ってしまうと、地球の四分の一周の距離をものともせずイーヨーがこちらにむかい、ありとある交通機関を利用して、数箇月の苦闘の末、ついに眼の前にあらわれ、旅疲れいちじるしい恰好《かっこう》に茫然たる僕の掌をパチンと叩いて、

――**ありがとうございました！**　と叫びそうに思えたのだ。

もうひとつの手続きは、表層を見てすらも「懲罰」の意志があきらかなものである。さきにも書いたとおり、息子は音楽を聴こうという誘いのように意にかなうものへの呼びかけに応えるのを除けば、ノロノロとしか行動しない。なにごとかをなせという呼びかけに対してはもとより、なにごとかを止めようという呼びかけにも、厭《いや》いやながらのようにゆっ

くりとしかしたがわない。言葉による命令の意味を理解して、行為にうつるのに時間がかかるのでもあるが、それだけではないようにも見える。

そこで、これはほとんど毎朝のことだが、顔を洗ってズボンをはきシャツを着るように、と母親にいわれて一向に動作にかからぬイーヨーに向って、僕が、

――1、2、3、4、……と数えはじめる手続きである。イーヨーは、おおむね6まで来ると腰をあげた。

数の数え方は、遊戯的にやる。しかしあまり愉《たの》しげに数えていると、数が進んで行き、イーヨーのノロノロした行為への移行が、ノロノロなりに追いつめられた外貌をあらわす時、「懲罰」の予想とあいまって、事態はグロテスクになる。たとえ、12、13、14、15、と数えるにいたって、まだいいつけた動作をなしとげえぬイーヨーを僕が殴りつけるということはないのだ。しかし数を数える声に苛立《いらだ》ちがあらわれて、イーヨーを威嚇《いかく》するということも、やはり自然ななりゆきなのであった。

それが癲癇《てんかん》の症状であるかそうでないか、僕も妻も判断に手さぐりしている状態であるけれども、イーヨーは睡眠時間が不足すると、とくに朝のうち一、二分間眼が見えなくなる発作を起すのである。八時半にはベッドに入らせねばならない。しかしイーヨー自身としては、八時五十分からはじまるＮＨＫ「名曲アルバム」がつねに心にかかっている。八時半前にお襁褓をつけられてしまえばあきらめるが、母親が養護学校の母親同士の電話連

絡などにとりまぎれて、八時半を過ぎても寝室に呼ばぬ際には、なんとかあとの十五分、二十分、居間に残るために、かれとしての工夫をこらす。眠る前には抗てんかん剤「ヒダントール」を服用しなければならないが、水を台所にくみにゆく往復をゆっくりやるとか、パジャマのボタンを掛けまちがえたふりをしては念入りにかけなおすとか、試みるのである。母親の声が階上から繰りかえされ、いったん昇って行く気になっても階段の半ばからひきかえし、も一度手洗いに行って、そのかえりにテレヴィの前を通りかかるようにする、とかたくらむのだ。その際「名曲アルバム」が始まってしまえば、もう磐石《ばんじゃく》のように動かなくなるから、それ以前にこれはもう始めから「懲罰」の予告をこめた1、2、3、4、……を発するほかにない。

ある日曜日、イーヨーの弟の同級生三、四人が遊びに来ていた。かれらにはみな身についた中産階級らしい育ちの良さがあり、友達の兄にかれらの正常さとはちがうところがあると察しとりながら、しかし立ち入って見きわめるということはしない。イーヨーから自然に眼をそらすようにしている。イーヨーの方でも弟の友達らが、自分のわからぬことで笑いあう気配に苛いらしているのではあるが、かれとしては自分がいつも寝そべっている居間の片隅で、相撲雑誌やバッハのディスコグラフィーを丹念に眺めて、弟たちの遊びには介入しない。そのようにして時がたち、しばらく書斎へ上って仕事をしていた僕があらためて降りてゆくと、おやつの準備をしている妻と娘は気がついていないのだが、居間に小異変がおこっているのであった。

　イーヨーの弟の同級生たちが、居間をなかば占拠するほどの規模に、「メルクリン」の電気機関車の線路をつないでいる。線路は古いものだから、継《つ》ぎ目のツメがつぶれたり反ったりしていて、子供たちには骨の折れる作業であっただろう。現に長円型の線路を電気機関車が貨車をひいて走っているが、線路を囲んだ子供たちは当惑顔である。それというのもイーヨーが、両脚の間に大きい尻をベタッとつけるかれ流の仕方で、線路の輪のまんなかに坐りこんでいるからだ。のみならずカルタをとる準備態勢のようにぐっと前へ頭をつきだし、片手を宙に浮かせて、変圧器の箱を見すえている。友人たちは走る機関車に気をとられるふりもしてくれているのだが、イーヨーの図体にくらべれば三分の一ほどの躰《からだ》を、しかし対抗的に前へ押し出すようにして、変圧器の向う側に坐っている弟は、兄の圧力を正面からこうむっている恰好である。なろうことなら抵抗をつらぬいて、新局面を開きたい模様でもある……

　奇態な膠着《こうちゃく》状態の、僕には緊張の源がすぐにわかった。変圧器のレバーを増圧の方向へ向けて押しあげれば、機関車は加速される。減圧する方向へ押しさげれば遅くなって、ついに止まるのも当然な話だが、ゼロまできたレバーをさらに下方のS点まで押すと、電流の向きが変わる。つづいて機関車は逆に進みはじめるわけである。ところがこの操作の際にS点に押されたレバーは、一瞬、ジーッという音をたてるのである。そしてある種の音について敏感すぎるイーヨーの耳には、それが耐えがたい音であるようなのだ。しばらくはわれわれもよく走らせた「メルクリン」の機関車セットを、物置にしまいこむことになったのはそのせいなのであった。

ところが今日イーヨーの弟は、物置で「メルクリン」を見つけた友人たちに誘われるまま線路をつないで、いったん機関車を走らせはじめるまで、兄の聴覚と変圧器の音との関係を思い出すことがなかったのだろう。仲間で集った陽気な気分のまま――つい先ほどまで書斎にも昂揚した交互の呼びかけや笑い声が聞えていた――機関車を発進させ、つづいて方向転換させるべくジーッという音をたてた瞬間、いつもの躰の動きとは似ても似つかぬ敏捷《びんしょう》さでイーヨーが介入したのだろう。つづいて線路のまんなかに位置をしめ、二度と変圧器にさわらせはせぬぞと、見張りはじめたところだったのだろう。

――イーヨー、応接間で新しいグレン・グールドを聴こうか？　こちらのアンプを持っていけば、向うのスピーカーが生きかえるから。

僕は呼びかけたが、イーヨーは変圧器を見張る態勢を崩《くず》さず、一瞬だけ見あげた視線をもとに戻して、テコでも動かぬ気構《きがま》えなのだ。それは近ごろイーヨーのかためはじめている態度のひとつのかたちとして、われわれが認めざるをえないものである。どうしてもこうなる自分を制禦《せいぎょ》できないのだから、もうそうするなと自分に説得しかけないでもらいたい。むだなことなのだから、という態度。僕は頑強に閉じた小山のようであるイーヨーを線路なりの長円形に囲んで、うつむくようにしている弟およびその友人たちを見廻し、言葉のつづけ方に窮していた。その時だ、変圧器をなかにはさんで兄と対峙《たいじ》していたイーヨーの弟が、

——パパ、1、2、3、4、……をいってみたら？　といったのである。

しかしその声自体に、恥の思いはすでにあきらかであったのだ。僕が答える前に、そのような兄への「懲罰」をはらんだよびかけを催促した自分について、燃えるように赤くなった弟は、自責の念を示しつつ、謝まるようにみんなを見廻し、ひとり立ちあがって自分の部屋にしりぞいた。そして友人たちは、試合は失ったがエラーをおかしたチームメイトを責める意志はないという様子で、苦労してつないだ線路に未練をみせず、弟の後にしたがってくれたのであった。

イーヨーはいまにも跳びかかってくる鼠にかまえるように片手をかざして変圧器を見守っている。僕はかれと二人だけ残って、定速で周りつづける機関車を眺めていた。自分が遊戯のかたちをとってやってきた、1、2、3、4、……と数えてゆく手続き。それはいまイーヨー本人のみならず、かれの弟をふくめた家族のみんなに、「懲罰」を予告しながら命令するためのものとして受けとられているのだ。僕は自分を理不尽な圧制者のように——それも知恵遅れの息子の反抗を、世間体をおもんぱかりつつ擬装しておさえこむ、無残な圧制者のように感じていた。

イーヨーの自発的な表現のなかに、想像力の働きを見つけうるならば、僕はかれを励ましてその伸長にむかわせることができるだろう。この思いは、イーヨーがまだ鳥の声の録音を聞いていた当時からあった。いまにつづいている思いでもある。そして現在イーヨーが楽しんでいる自己表現といえば、言葉遊びと作曲なのであった。

イーヨーの言葉の遊びには、二種がある。ひとつはコマーシャルをもじってのシャレ、もうひとつはやはりテレヴィの「大喜利」番組を模放しての、具体的な人物についての滑稽なメタファー。イーヨーの脇腹にできた腫物《はれもの》に僕が軟膏《なんこう》を塗ってやると、感謝の意味あいをこめてということにもなろうが、イーヨーは「オデキ感激!」といったのだった。それは誰もが知っている即席カレーのコマーシャルの、ヒデキという愛称の歌手が発する喜びの声をもじったものだ。

また、すでに書いたアメリカ人の女子学生が食事に来た夜にも、妻がつくる精進揚げの野菜の名を英語にいいかえて説明するうちに、隠元豆《いんげん》をなんというかと考えこんでいるのへ、イーヨーがいかにも英語風に、つまりは、

——Sinborder と表記しうるような発音で、Ingen, sinborder といった。

生真面目な女子学生は、自分はその単語を知らない、しかしインディアンの言葉からきている植物の名も多いから、と留保したが、僕にはイーヨーのシャレが了解されたのであ

る。それはイーヨーの好きな相撲取りがコマーシャルでいう、「人間、辛抱だ」という台詞のもじりなのだった。

イーヨーは作曲にとりかかる際、まず五線紙の右肩にヒダン・トオル作曲と書きこむことから始める。このペンネームはかれに親身な関心をよせてきてくださった音楽家Tさんの、トオルという名と、日々服用しなければならぬ抗てんかん剤「ヒダントール」とを組みあわせたものなのだった。

イーヨーが好んで見る番組だが、司会役のコメディアンの設問に、落語家たちがシャレによって解答する。良い解答と判定されると座蒲団があたえられる。その運び手の、鬚面《ひげづら》、赤ら顔の巨漢を、毎回はじめに司会者が、グロテスクな飛躍のある滑稽なメタファーで紹介するのである。それを楽しみにしてきたイーヨーが、NHKのスポーツ・ニュースを担当している、童顔で眼のパッチリした、しかし禿げあがってもいるアナウンサーを、「スポーツにくわしいキューピーちゃん」と呼んだのだった。また相撲の実況放送を入念に見ている人にしかつうじまいが、それもポーチド・エッグの色合いに質感と、湯呑みの形態との結びつけという註釈も必要なはずのものだが、魄龍という相撲取りを、イーヨーは「ポーチド湯呑み」と名づけたのである。

もとより知的な操作において手のこんだシャレを、イーヨーがいうのではない。中学校の特殊学級での連絡帳には、シャレを頻発してふざける習慣を廃してもらいたい、と書いてあったりもした。それでもイーヨーが、既成の言葉の意味と音とを分離して歪形《わいけい》し、笑いをひきだす発明をしたのではある。わずかなものであれ、想像力が発揮されたのだということもできるはずのものではないか？　またあたえられたイメージとしてのアナウンサーや相撲取りのテレヴィ画像に、自分の言葉でつくるメタファーを対置したのである。それを陽気な想像力の発動だと、僕は考えたい。シャレも滑稽なメタファーもその場かぎりの笑いをひきおこすだけの不毛なものであり、イーヨーの生活の実際的な側面に積みかさなってゆくものでないのは確かだけれども……

イーヨーは小学校の三年生の春にピアノを習いはじめた。きっかけは僕の永い知り合いの編集者の夫人がピアノを教えていられるとわかったことだった。この編集者は、僕が高校生の時分から自分にとって重要な新書版や文庫版に著者からの感謝の言葉がよく示されていた人で、僕自身を担当してもらった時には心が躍《おど》った。無教会派のキリスト者の家庭で育ち、戦時の少・青年期にはそれに由来する苦境にもあった、はっきり倫理的な筋のとおった生き方の、その編集者との共生ということと響きあっていると思われるが、夫人のT先生も独特な音楽教育観の持主であった。指がかたち良く大きいにもかかわらず、その動かし方において不器用なイーヨーに、T先生がピアノの技術の熟達をもとめられることはなかった。音楽をつうじて、イーヨーとの間に、時には僕自身と息子との関係より上質のものに感じられるほどの、コミュニケイションの道を開く、それがT先生の授業であった。

そのうちイーヨーが、T先生に教えられながら作曲することを始めたのだ。中学に入ってすぐの頃、ある練習曲をT先生が楽譜とはことなった調で弾《ひ》かれた。聴いていたイーヨーは、確信をこめた様子で、

——**これがいいです！**　といったのだった。

それからイーヨーは気に入ったメロディーに会うたびに、様ざまな調性で弾いてもらいたがるようになった。T先生はこれを授業に取り込み、調がとぶ練習とメロディーのしりとりという練習を工夫された。前者が調性についての訓練なら、後者はT先生が二、三小節のメロディーを弾き、イーヨーがそれにつづけるのへT先生がまた引きとる、作曲の訓練である。そのうちイーヨーは、ひとりで全部メロディーをつくり、かつ調音するようにみちびかれた。またいったんつくりだされたメロディーを、T先生が四声での規則どおり調音する授業をつづけるうち、途中でイーヨーがメロディーをつくりかえるということにもなった。加えてT先生が右手を弾き、イーヨーが左手を担当するやり方をすすめるうち、本当にきれいなメロディーが、イーヨーの指先から生まれるのをT先生は聴きとってくださったのである。

イーヨーの特技は記憶にある。記憶はブレイクによって想像力と対立させられる、負の性能だから、これにしたがえばイーヨーは記憶という欠陥に縛《しば》られて、想像力を自由に解

きはなちえぬ、ということになる。それはともかくイーヨーはいったん湧き起ったメロディーと調音を忘れることはないのである。ピアノの授業の後で、モヤシのように長い音符を、居間の床に腹這《はらば》いになったイーヨーが五線紙に書いてゆく。妹や弟が脇でテレヴィの音楽番組を聴いていてもいっさいかまわぬのであった。

イーヨーの十八歳の誕生日に、僕は二十部イーヨーの作曲を製本した。イーヨーの手書きの楽譜をコピイで複写し、消しゴムに彫った曲名とカットを刷った表紙で、かれとしてこれまでのもっとも大きい作曲を、イーヨーの友人たちに配ったのである。イーヨーの名前から『ヒカリ・パルティータ　第二番』と題した二長調の曲。プレリュードと、そのヴァリエーションが六つ、つづいてアルマンド、クーラント、サラバンドはふたつ、加えてシチリアーノにジーグからなっている。いうまでもなく曲の構造は、イーヨーが繰りかえし聴いているバッハにならっているが、メロディーや調音は、それなりにイーヨー独特のものをあらわすように思うのである。T先生はイーヨーの日々つくり出す音楽の発展に、ピアノを弾く技術の発展を越えて、あきらかな成長を読みとってくださるのでもある。現にこの、イーヨーのいうパルティータは、かれ自身の演奏の技術では——譜面の上でピアノの指使いの規則はすべて守られているにもかかわらず——ほとんど弾きこなしえぬものなのだ。

音楽をつくり出す人間としてのイーヨーと、作家である僕のところに、秋なかば共同作業の依頼があった。われわれが夏をすごす群馬県の山小屋から、ヤマメの釣れる渓流をへだてて、心身障害児が農耕して共同生活をする施設がある。十年ほど前、僕と妻はイーヨーともども見学させてもらったこともある。まだ心の怯《ひる》みをあらわすこともなかったイーヨーが、この日は僕の手首にまつわりついて離さない。イーヨーは僕の腹ほどの背たけの時分だった。そのうち僕と妻は、イーヨーが施設に置き去りにされることを恐れているのだとともに認めたのである。

施設が十五周年を迎えてのクリスマスに記念祭を行うが、心身障害児たちで上演しうる音楽劇を作ってくれないだろうか？　時日が迫っていることでもあり、どのような形式でもよい。あまりに複雑な仕組みの音楽と、激しい動きの劇は上演不可能であること、戦争の惨禍《さんか》を避けるための弱者たちの協力をテーマにしてもらいたいこと、それのみが施設としての条件である。僕はすぐさま申し出を引き受けて、音楽劇をつくってみる気になった。

戦争の惨禍を避けるための弱者の協力という主題からは、昨年来、身障者の問題のひとつとして考えるよう問いかけられている宿題を、あらためて取りあげたいという思いに誘われたのでもある。イーヨーが養護学校の高等科にあがってすぐ、日本各地の養護学校ＰＴＡの全国大会が東京であり、僕は障害児の父親ということで講演をした。講演の後、国電の駅に向けて歩いている僕を追いかけてきた、頑丈なジーパンに精気あふれる下肢をおしこんだ女性教師二人組から、僕はこう問いかけられたのである。自分らの養護学校では、上級の生徒たちの修学旅行に、一昨年は松島へ行き、昨年は広島に行った。原爆資料館で様ざまな悲惨の実態を見た子供らはショックを受けた。そしてみんな、なにか変ってきたように思う。今年も広島へ行きたいのだが、父兄の反対があって説得できない。あなたならばどうやって説得しますか？

若い彼女らは障害児との広島旅行に僕が賛成するとはじめから決めこんでいるのであったが、僕はイーヨーが級友たちと原爆資料館の薄暗がりに行列をなして歩いている様子を想像し、ひるむようであったのである。そこで僕は、自分にはどちらともいいがたいと答えたのだ。父兄のうち反対派が多ければ、広島行きを止めるとして、それがまちがっているとは思わない。広島でのショックから障害児たちが良い変化をあらわしたというのが本当ならば、昨年の旅行が立派な教育であったことを疑わない。しかし軽症の子供らはともかく、重症の子供らに対して核兵器の悲惨をどう説明したのか、かつはかれらにもたらされた良い変化というものをどう読みとったのか？

障害児は、核兵器をつくりだし行使する側には立たぬ者らである。かれらの手が核兵器について汚れていないことはあきらかである。しかもかれらの住む都市が核攻撃にさらされる時、もっとも被害に斃《たお》れやすい者らでもあろう。かれらには核兵器に反対する権利が正当にある。僕は現に広島での反・核の集会に車椅子に乗った障害者たちが参加しているのを見て、かれらを助ける学生のヴォランティアに対してともども、深い印象を受けた。

　その上でのことではあるのだが、と僕はイーヨー個人に思いを戻してみたのだった。一発の核爆弾で都市がひとつ焼きつくされ、その瞬間と数箇月の間に十数万人が死に、さらにより多くが傷ついたという悲惨を、死について敏感なイーヨーは理解するかもしれない。死者や傷ついた人びとの写真が、かれにショックをあたえもしよう。自分のうちにある死への恐怖と連動させてイーヨーが大きな死の影のもとに追いつめられている自分を見出すことも、おおいにあるだろう。そしてイーヨーが変化する。しかしその変化は、父親にも決して回復させてやれぬ傷を、つまり肉体の一部が壊死するような経験をこうむることであるかも知れない。

　――あーっ、十四万人もの人間が、爆弾ひとつで死んでしまいました。それからも死にました。蒸発してしまった人もいました。光が人間のかたちを石段にうつしたほどでした！　あーっ、恐しいことだなあ！　そんなに多くの人が死んでしまいました！

　イーヨーが口癖《くちぐせ》のようにもそういいたてはじめるとすれば、かれの心の働きをあらためて陽性の方向へ転換させることができようか？　父親の僕自身、核兵器の現勢の展望に、なかば打ちひしがれているではないか？　そうしたことを僕は考え、かつは話した。そして障害児に悲惨な現実を見せるとして、そこから受けるはずのインパクトを、希望の側へ転換する装置をよく考えた上で、そうするのでなければなるまい、と女教師たちを説きふせようとしたのである。正常な頭脳の子供たちならば、自力でその装置を考えだしうるとみなしてよいだろうが——それでもなおそうしえぬ者は、子供のみならず大人にもいるのであるから——重症の障害児にそれだけの作業を期待するのは、困難すぎる荷をかれらに担《にな》わせることではないか、と。

失望した女教師たちは、ついには黙りこんで立ち去って行ったが、僕に提示された問題は生きたまま残っている。僕自身が、核兵器をふくむ戦争の惨禍について、悲惨の認識を、希望への見通しにつなぐ装置をよくつくりえていないのではないか？ つまりはイーヨーに、かれの受けるショックを陽性の方向へ転換しうるよう、定義してやりえていないのではないか？ その懸念が、戦争の惨禍を避けるための弱者たちの協力という主題の音楽劇に僕をうながすようであったのである。

僕はその週のうちに『ガリヴァーの足と小さな人たちの国』という台本を書いた。施設の体育館に舞台はしつらえられるが、あらかじめ空間の上半分を幕で仕切る。残された下方の空間の中央に、片方だけ、それも踝《くるぶし》のすぐ上で幕にさえぎられる巨大な足の張りぼてが置かれる。足の周りに、車椅子に坐ったままの子供らもふくめて、障害児たちが合唱団《コロス》を構成する。巨大な足の主、つまりははるかな高みのガリヴァーの声は、幕の裏に吊されたスピーカーから響いてくることになる。

Ⅰ　海ぎわ、小さな人びとが手に手に鍬《くわ》や棒切れを持ち、巨大なガリヴァーの足もとで嘆いている。隣国から軍船が攻めてくるのらしい。天上から落下してくるガリヴァーの声が尋ねる。こうした危難は昔からあったのか、そういう場合どうしたのか？　人びとは答える。自分らはこれらの武器で身を守りつつ、山にこもって侵略者が立ち去るのを待った。それでも小競合《こぜりあい》ごとに、双方とも死者や負傷者が出たのは当然である。もっともこの所、平和の時期は長かった。この貧しい国を占領して利益になることはないとわかっていた様子でもあったのだ。いまあらためてどうして隣国は攻めてくるのか？　かれらも戦争に苦しむのであるのに……

Ⅱ　都から王様と大臣たちがやってくる。王様はガリヴァーの足に梯子《はしご》をかけさせ、幕のなかに消える。その間、大臣たちは人びとに説明する。王様はガリヴァーに、敵の軍船に丸石を投げて沖合いで全滅させてくれ、と依頼に来たのだ。あるいは紐《ひも》をつけて軍船をすべて捕えてくれ、と。

Ⅲ　ガリヴァーが王様に当の戦術を思いとどまるよう、説得する声が聞える。いったん戦争に勝利しても、隣国民の憎悪は深まるのみではないか？　自分にも隣国の小さい人びとを皆殺しにはできない。戦争はまた起るだろうし、その際おそらく自分は居ないだろう。むしろこれまでのように山へ逃げこむ方策をとれ。そのための運搬の仕事なら喜んでやろう。

Ⅳ　立腹した王様は、梯子を降りてきて人びとに演説する。ガリヴァーは恩を知らない。かれの大食いのために国は貧しくなったのに、非常時になっても働かぬ。お前たちガリヴァーと親しい者らが嘆願して、ガリヴァーに出撃させよ！　そういって王様と大臣たちは立ち去る。

Ⅴ　小さな人びとは仕方なく、ガリヴァーに戦ってくれるよう呼びかける。ガリヴァーは王様との会談よりもさらに当惑している様子。

Ⅵ　隣国の民衆の使いがやって来る。ガリヴァーがこの国の王様と協同して隣国へ攻めてくるのではないか、それを惧《おそ》れて隣国の王様は、むしろ先にこちらへ攻めよせようと国民に呼びかけているという。

Ⅶ　ガリヴァーは、戦争に参加することはないと確言する。隣国からの使いをスパイとして逮捕するため、王様と大臣たちが戻って来るが、人びとは協力して王様と大臣とを追い払う。

Ⅷ　隣国からの使いは、国に帰って戦争態勢を解消すると約束する。小さい人びととガリヴァーは、海へ去るかれらを見送る。

台本をイーヨーに委《ゆだ》ねるにあたって、舞台の見取図を書きながら説明したが、僕がなにより困惑したのは、かれが次のようなことをいいながらも、実際は物語をよく理解しているかどうか疑わしかったことだ。芝居そのものについては、中学校の特殊学級でやった

『大きいカブラ』の経験がある。したがってそれを媒介《ばいかい》に、大きい足の張りぼてを説明したりもしたのだが……

――ああーっ、大きい足です！　立派な足ですね！　これはパパの足でしょうか？　このように長い話では、僕にはなかなか作曲できません。これは大作ですねえ！　難かしいですねえ！　僕にはむりなようです！　僕はなにもかも忘れてしまいますから！

そのイーヨーを、妹とT先生とが作曲に向けて督励した。妹がやったことは、音楽劇の筋書きを細かなシーンに割って劇画に描くことだ。イーヨーはガリヴァーの足を父親の足に同一視したが、妹はガリヴァーの顔をイーヨーそっくりに描き、あきらかにそれがイーヨーに具体的な興味をおこさせた様子なのだった。

T先生はイーヨーの作曲のなかから、はっきりしたメロディーをとりあげ分類するようにして、在庫目録のようなものをつくられた。そして音楽のレッスンごとに、台本と言葉と組み合せられそうなメロディーを選んで、音楽劇のものにつくりあげてゆく。その仕方は、二人並んでピアノを弾きながらメロディーをつくり、調音もふくめてかたちがととのうと、次の授業までにイーヨーが五線紙に書きこむのである。僕は作曲についてひとつだけ注文をつけた。自分の通う青鳥養護学校の名にちなんで、最初の体育祭のためにイーヨーは『ブルーバード・マーチ』という行進曲を作曲した。ゆっくりはじまったメロディーが、区切りめに三連音を用いた急調子になって、緊迫感がある、この曲にあうように、僕は王様の演説を作詞した。そして行進曲を短調になおして、あてはめてもらうよう申し出たのである。思ったとおり、王様の威勢の良いような、押しつけがましい泣きおとしのような、独特の調子はうまく出た。イーヨーの作曲がはじまってすぐから、僕はしばしば妻が台所で王様の演説を歌っているのを聞いたものだ。

〽ガリヴァーがあんまり大食いするので
　われらの国土は疲弊《ひへい》した……

音楽劇の完成のために、一家じゅうが参加していたのである。イーヨーの弟は長すぎる僕の台詞を、論理的な骨格のみ残るよう削ってゆくのに意見をのべた。また書庫から舞台美術の本を見つけて、十日ほどもかけながら装置模型を作りあげた。『ガリヴァーの足と小さな人たちの国』はこのようにして完成したが、いったん群馬の施設へ送った後、子供たちの能力と上演時間の問題もあって、全体に単純化するようにという要請が来た。そこであらためてT先生の手をわずらわせて、定稿がつくられたのである。イーヨーに改稿の必要性を納得《なっとく》させることはできたものの、かれはどうしても編曲のやりなおしに乗り気にならなかったので。そこでわれわれは音楽劇の作曲がイーヨーにとって音楽的な創作であり、その本質に由来する楽しみと集中があったのだということを知ったのであった。

音楽劇が上演されるクリスマス・イヴに二日さきがけて、イーヨーと妻は山小屋に向った。今年最終のレッスンに来られたT先生は、出発に向けて勢い込んでいるイーヨーに、音楽劇を上演する子供たちは障害を持った子供たちであり、かつは音楽を専門に勉強してはいない、したがってテンポがみだれたり、音程がはずれたり和声がバラバラであったりしても、決して怒ってはならないと念をおされた。イーヨーはオーケストラの演奏のみならず、指揮者の練習風景をテレヴィ中継で好んで見る。中学の特殊学級で自分の合唱曲を指揮しながら、指揮棒で台を激しくたたいてやりなおしを命じ、同級生の母親たちからクレームがついたこともある。T先生が、今回は作曲者として練習に立ち合うのであって、指揮するのではないと繰りかえしいわれると、イーヨーは納得したしるしにリュックに入れていた指揮棒を取り出しもした。母親を独占して二人だけの旅行に、イーヨーが上機嫌であったということでもあるだろう。

東京の家にイーヨーの弟妹と僕だけで残り、あらためて気がついてみるとイーヨーと妻が一緒に家を開けて夜をすごすのは、ここしばらくなかったことだ。早めに夕食が終ってしまうと、娘は食卓に残って宿題をし、弟は部屋にひきあげてゲーム機械のピーピーいう音をしのびやかに響かせるのみ。家はいかにも制度的な秩序のもとにあるようだった。イーヨーの、赤んぼうのように野放図に四肢《しし》を伸ばした大柄な肉体が、日頃この家をいかにおびやかしているか、それをあらためて認めぬわけにはゆかない。当のイーヨーがそこいらに横たわっていないのがガランとしてうすら寒い気持を幾度も意識させるのであるだけに……

この日、僕は「一読者」からという手紙を読み棄ててしまうこともできぬ引っかかりとして脇に置き、さきに書いたアードマンのおもに社会的、政治的な視点によるブレイク評伝を読み進めていた。つまりはなにやら沈鬱な気分が、留守番の家族みなを覆《おお》うようであったのだった。自分らの言論はマス・コミから抹殺されているから、個人あてに書くとする匿名《とくめい》の手紙がこのところ続いていた。被害者式の情動に根ざしている、かつは強者の論理をしのばせてもいる手紙だが、この日、山口県三隅のスタンプで届いたものは、僕が核状況に反対する学生の集会と、障害児の親の会で話した記録をおさめている講演集に反撥しての手紙だった。

——国家、社会に責任を持つ者らはアメリカ、ヨーロッパ、日本を問わず、巨大核シェルターにたてこもって核戦争を生き延び、ソヴィエト潰滅《かいめつ》後の世界を再建しなければなりません、と手紙の主はいうのであった。平常時においては娯楽も必要でしょうが、非常時には、作家は社会に寄生する無用物であり、障害児はさらにそうでしょう。実際の話、作家と障害児とで、核戦争後の世界を再建できるでしょうか？　家一軒、建てられないのではないでしょうか？　無力感を持つ者は敗北主義におちいります。そのような者たちが、ソヴィエト独裁ファシズムとの、絶対に避けることのできぬ核対決に日々献身している、貴君の自由陣営の働き手に向けて悪声を放つのですか。これ以上世に害毒を流さぬよう、貴君の障害児とともに、自殺とはいわぬまでも沈黙なさってはいかがでしょう?

　僕がこの手紙の書き手の論理を、正当に押し返しえぬと思ったのではなかった。むしろ手紙の論理そのものはやがて意識から離れて、核戦争後よく生き延びえたとして、僕がイーヨーと二人、迫ってくる黒い雨を避けるための仮小屋を建てようとする、というイメージが固着していたわけなのだ。この夜、留守番の三人ははかばかしい挨拶《あいさつ》もかわさぬ具合にして眠った。そして当初われわれには音楽劇を見に行く予定はなかったのに、翌日、またまその日が終業式である土曜の学校が終った二人と駅で待ち合せ、イーヨーと妻を追いかけることにしたのだった。

　群馬県の山小屋の周囲はダケカンバも白樺もすべて落葉していたし、今年は夏はじめの台風が高原を通過して、熔岩礫《れき》を覆う浅い土壌に伸びすぎていた松を、すべて根こぎにしたので、山小屋は剝《む》きだされている具合だった。夕暮に山小屋についたわれわれが、大きい夕陽に落葉の散りしいた地面が焦《こ》げたような赤さの微光を発している斜面を、深い谷をはさんで向う側の斜面にある施設へ向けて歩いて行くと、霧を発して昏《く》れなずむ渓流からの、曲りくねった昇り坂は異様なほど見晴しがよく、五百メートルほども距離が開いているのに、こちらへ戻って来る、うつむいてよりそったイーヨーと妻の姿が見てとられた。

　――呼んで見ようか、とイーヨーの妹がいうのを、

　――なにか悪いことが起ってやってきたのかと思うかも知れない、と弟が制している。

そのようなつねに潜在している危機感のようなものを、子供たちがいだいているのだ。この種の日常生活を家族に課しているわけだと僕は考えたが、子供らは屈託なく考え方を転換して、オリエンテーリング部に入って練習するようになった弟と、もともと仔馬がはねるような仕方でたくみに走る妹とは、山道を駈《か》け降りて行ったのだった。ついに四人が一緒になってこちらをあおぎながら歩いて来るのを、僕は前日からの鬱屈のつづきで、――父親が居なくなったとして、かれらはあのように、一番躰《からだ》の大きいイーヨーを囲み、保護して、なんとか暮してゆくわけか、と夢想した。しかし妻たちは元気よく歌いながら山道を昇っていたのであって、すぐにも僕は、

〽ガリヴァーがあんまり大食いするので
　われらの国土は疲弊した……

という歌声を聴きつけたのであった。

山小屋に戻ってから妻の話したところによれば、この朝早く舞台稽古に立ち合ったイーヨーは、そもそもの序幕の、戦争の不安に憂い顔の小さな人びとの合唱を聴くうちに、両《りょう》肱《ひじ》を脇に高だかとかかげ、頭をかかえこみ、深く上躰を曲げて、

――あーっ、びっくりいたしました、これは困りました。ママ、どういたしましょう?

といったというのだ。

もっともイーヨーはかつてのように権高な指揮者の怒りを発するというのではなく、ひ

たすら当惑している具合なのだった。外目には自分のあやまちを恐縮しているようにすら見えただろう。それでも鋭敏そうな小柄な躰つきの音楽の先生が、楽譜を片手に舞台から降りてきて、イーヨーに説明してくれた。練習の過程で子供らの合唱の能力にあわせ、さらに編曲を単純化したこと、かつはいくつもの独唱部分を、朗唱として進行させるようにしたこと。傍で聞いている妻の危惧は高まったが、思いがけぬことにイーヨーはあっさり納得した。

――よくわかりました！　演奏家が繰りかえしをはぶいて演奏する場合がございます、えーと、グレン・グルド、またモノラルではリパッティがそういたしました！

つづいてイーヨーは再開された練習を見ながら、自分でもあわせて歌っていたが――歌う時はことさら、声がわり前の少年のように澄んでヴィブラートのないきれいな声になるのだが――ピアノを弾きながらの音楽の先生のきっかけに、舞台上の進行が少しずつ遅れること、歌い手がかわると最初の音程が不確実になることには、ひかえめながら頭を振りつづけている。先生もそれを意識していられる様子で、しかも上演の当日は舞台脇にピアノを引っこめなければならぬ以上、イーヨーと共有する問題点がさらに気がかりでもあるのらしい。

そこで妻が発案して、午後からの稽古《けいこ》にイーヨーをプロンプターにしてもらったところ、それがじつにうまく行ったのだ。イーヨーがどこに陣どってプロンプターの役割をはたすか、明日の本舞台のお楽しみ、と妻はいったが、装置模型をつくり、それが実際の舞台づくりに参考にされていることを知った弟は、
——僕はどこかわかるように思うよ、といったのであった。
僕は夏のはじめに台風で倒れた松の、まだ生《なま》がわきの薪《まき》を苦心して燃やしつけ、しかしイーヨーと二人台風のなかを伊豆に行った際とはちがう充足感とともに火をつくりつづけ、家族はその火を半円形に囲んで、横川駅の釜飯を食べていた。さらに話しこんでいるうちに、イーヨーが気に入った行為をおこなう際の、例の眼を見張る機敏さで立ちあがり、谷の側の窓を大きく開いた。高地の雪の前のシンとした大きい冷気が押しかぶせてくる。しかしイーヨーが芝居がかった合図をしながら、
——シーッ、さあ、皆さん、お聴き下さい！　というのを聞いて、震えあがりながらも僕は窓を閉じるようにいう声をのみこんだのだ。
〽軍船がちかづく
恐しいことがおこる
みんなはどうなるかガリヴァー
僕らはどうすればいいか？
谷を越えた斜面の施設から、無人の別荘村の静寂をつらぬいて、歌声がわずかに聴えているのである。これは音楽劇を合作することをきめてすぐ、まず僕がつくった歌詞に最初

にイーヨーが作曲した合唱曲である。楽譜も最初のかたちで印刷しておきたい。

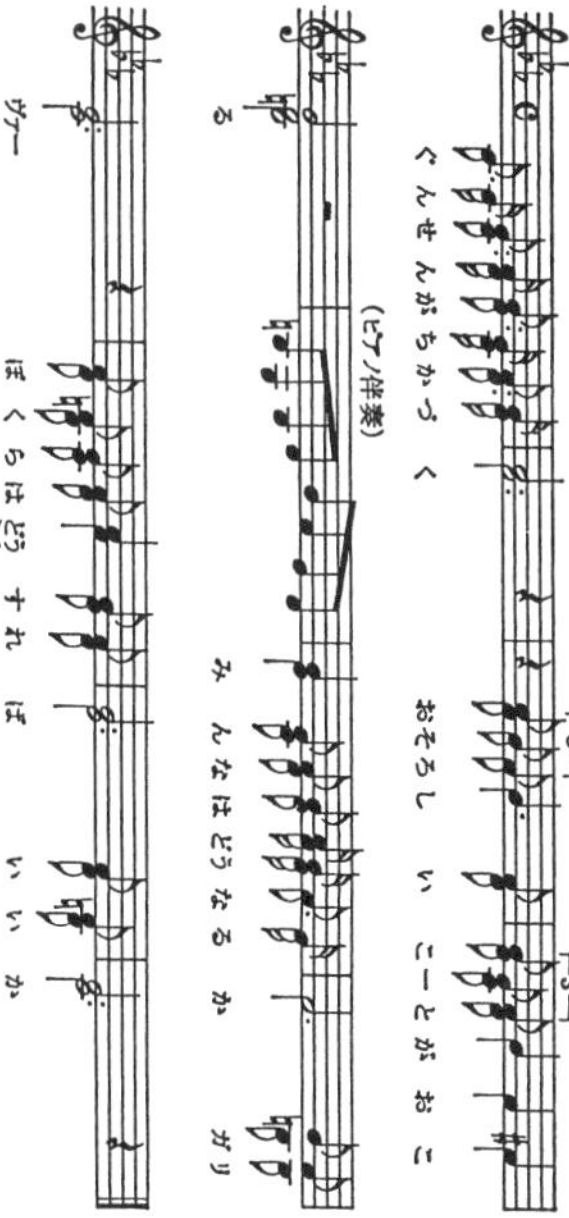

実際に上演された、施設のクリスマスの『ガリヴァーの足と小さな人たちの国』については簡略に書くにとどめよう。音楽劇を企画し、障害のある子供たちを練習させ、公演にまで持っていかれた施設のM先生が、僕とイーヨーへの依頼にさかのぼる準備期間からの記録を発表されるはずであるから。僕が書きとめておきたいのは、上演にあらわれた施設の人びとの個性として印象に深かったことおよび、当日のイーヨーのふるまいについてのみである。

M先生は小さな人たちの国という設定を、直接に障害児たちの集まりと解釈して演出された。ヨーロッパ中世の農民風の衣装をつけてではあるが、障害を持った子供らは自分らのおのおのの障害を前面に押し出すようにして――車椅子の子も松葉杖の子も、床に坐るというよりへたりこんだまま動けぬ子も、そのまま舞台に出た――日常どおりのふるまいに演技をかさねるようだったので、むしろ施設の定例のお祭りを見ているという印象があったのである。障害のある子供らがそれを克服して元気にふるまう生活の現場には、集団であればさらに、異様であるゆえに深く人間らしい、勇ましいほどの勢いがあるものだ。ここでも障害のあるみんながそれぞれの自然さで――自力で困難を越えつつの自然さで――舞台の上を動きまわり、あるいは静止しておこなう合唱には迫力があった。

子供らが、自分の障害にどう取りくんでいるかということを示すのに、音楽劇は役立てられている。そのひとつのしるしに、王様の配役があった。ダウン症の茫洋《ぼうよう》とした愛らしさのある、肥《ふと》った丸顔の子供が演じている。このあたりの枯れた灌木《かんぼく》の茂みで、いかにもふんだんに見つけられる、ノバラやサルトリイバラの朱色の実を、王冠はもとより肩から胸にいっぱいまとって輝やくように華やかに。この子には梯子《はしご》を昇る作業が、なんとかやってのけることができるようになったばかりの大事業なのらしい。王様がガリヴァーの足にかけた梯子を昇る場面では、舞台上のみんなが声をかけて励まし、丸っこい注意深げな足がついに幕のなかへ消えると、劇は中断されて拍手が行なわれた。したがって、いったん人びとに追い払われた王様が、隣りの国の使いを送るフィナーレで大臣らともども群集にまじって手をふっているのも、自然な眺めなのであった。

ついでカーテン・コールがはじまろうとする時、舞台脇の、近くから伐《き》り出した大きいモミの木のクリスマス・ツリーの蔭でピアノを弾いていたM先生が立ちあがり、

――作曲者を紹介します、さあ、出て来てください、とガリヴァーの足の張りぼてに声をかけられた。

体育館の前半分に並べられた椅子をうずめている、低学年の障害児ら、正月の休暇にかれらを迎えに来たのでもある家族たち、また近隣の開拓農家の大人たち、子供らが期待に静まるようだった。足の張りぼてのなかでプロンプターの役割をやりとげた、イーヨーの登場を待ちかまえて。僕の脇に一列に並んだ妻もイーヨーの弟と妹も、久しぶりに陽性の昂揚をあらわして、イーヨーが出て来るのを待っている。足の張りぼての後側は開いているのだから、その気になれば表へ廻るのはなんの造作もないことなのだ。M先生があらためて、

――さあ、急いで出て来てください、と声をかけられた。

しかしガリヴァーの足のなかからは、イーヨーの確信のこもった大声がこう答えたのである。

――**僕は足のなかにいようと思います、ありがとうございました！**

湧きおこった大きい笑い声は、好意的なものであった。僕も妻もイーヨーの弟妹もおな

じ笑いをわけ持ったのであったから。やはり笑いながら困ったように頭をふって、しかしM先生がピアノに戻られ笑いが静まったきっかけをつかんで、イーヨーはもう一度だけ大声で申しのべた。はじめは舞台の上の仲間である障害児たちに向けて、残りは会場全体へもっと声を高めて。

——**カーテン・コールは、はじめの悲しい合唱を歌います！　つづいて元気よく、最後の合唱へまいりましょう！　その後は、「きよし、この夜」！　父兄の皆さんも御一緒に！**

そして湧きおこった合唱が転調するのとあわせるように、ガリヴァーの足の張りぼてへあてられていた照明が消され、舞台のうしろから、揺れ動く手持ちの照明がともされて、材木の枠組を竹竿《たけざお》で囲み紙を張った、大きい足のなかの模様が浮びあがった。そこをすっかり埋めるほどのイーヨーの躰《からだ》が、出演者たちとおなじく、高くかざした右腕を、左右にゆっくりふって歌っている。拍手はイーヨーの影法師に向けて一段と高まった。舞台の上の小さな小びとから、隣国へと使いの去って行く海に見たてられている観客席いっぱいに……

僕はこれまでイーヨーのために、事物や人間について定義することをめざしてきたが、いまは逆にイーヨーがブレイクの『ミルトン』の一節を、はっきりしたヴィジョンとして提示している、これは父親のためのイーヨーによる定義だ。そのように感じながら、僕は大きい足のなかで腕を振る影法師のイーヨーへ拍手していたのだ。《それからはじめに私は見た、天頂から落ちる星のように垂直にくだってくる、つばめのように、あるいはあまつばめのように素早く／そして私の足の跗骨《あし》のところに降《くだ》り、そこから入りこんだ》。このヴィジョンには、しかし私の左足からは黒雲がはねかえってヨーロッパを、つまり同時代の世界を覆《おお》ったのだという、切迫して不吉なイメージがつづくのであるけれども、僕はむしろその不吉に立ちむかう勇気をふるいたたせられるようにして、声をあげて歌いはじめもしたのだった。

鎖につながれたる魂をして

イーヨーが世田谷区でやっている障害者のための福祉作業所へ、職業訓練を受けに通うことになった。養護学校に在籍しながら、二週間、実際に仕事をしに行くのである。それに先だって自宅で練習しておくために、割り箸《わばし》を紙袋にいれる宿題があたえられた。学校から戻ったイーヨーが、学習鞄《かばん》から大量な白い木片と紙袋の束をとり出すと、浄か穢《じょうえ》か禁忌の領域のものが、日常生活の場に持ちこまれたという気がした。イーヨーは再生装置のふたつのスピーカーと適当な距離をとり、うしろから見るとセイウチが横たわっているように、大きい尻の脇に両足を出して坐る。そして膝もとの花茣蓙《ござ》にひろげた木箸を、念入りに時間をかけて紙袋に入れてゆくのである。それも紙袋に入れる前、仔細に眺めまわした木箸に欠損部があるのを見出すと、慨嘆にたえぬように、

――**ああ、残念でした、この箸は頭の部分が欠けております!** といって立ちあがり、

台所の屑籠へ恭《うや》うやしく「葬むり」にゆくのだ。

百本たまると、あらためて数えなおした上で、こちらは妻が、どこから見ても紙袋の印刷された表面が見えるように揃《そろ》え、ラベルを巻き、サランラップで包みこむ。最後の仕上げは難しいが、大人であるなら急速に熟達しうる技術でもあるのらしい。家族でスーパー・マーケットに行くと日頃は素通りしてきた棚の間で、妻がやにわに立ちどまる。そこには同じく百本まとめた割り箸の包みが置かれている。妻は専門の職人のような眼くばりで、表装の具合を眺め、あらためてゆったりと歩き出す……

さて職業訓練センターに出て行くことは、息子が生まれてはじめて、まがりなりにも社会生活に参加することである。それについての僕の思いはあり、妻もまた僕と似かよった方向づけで考えることがあったのらしい。センターの入所式の準備を終えた深夜、妻がそれまで彼女の脇で本を読んでいた僕に、

——Fさんからいただいた憲法のパンフレットを、イーヨーの作業衣に入れておくわ。そのようなことをFさんにいわれたことがあるから、といった。

僕は立って行き、死者について戦後文学者の使った言葉を用いれば、身ぢかな先輩、仲間のうちの、敬愛した先行者にちなむ品物をしまってある書斎の戸棚から、もう二十年も前にアメリカ軍政下の沖縄県教職員組合の発行した小冊子をとりだして階下に戻った。先行者にちなむ品物と書いたとおり、この小冊子の贈り主、沖縄出身のFさんはすでに

死者となっている。今年はじめ郷里伊江島で、沖縄の民俗行事として大きい意味のある十三年祭が行なわれたのでもある。Fさんは施政権返還運動の活動家で、やはり運動のために投宿したホテルの火事で死んだ。Fさんは大酒家で、火事の際にも泥酔して深く寝こんでいたため逃げるどころではなかった。しかし僕との共同の仕事のなかで、Fさんが酒を飲んであらわれるということはなかった。そこでFさんの死後かれが酒を好んだ、また酔うと他人にからみもしたという話を聞いて意外に思ったのだが、ただ一度だけ酒とむすんで納得しうるFさんとの出会いがあった。そのシーンにイーヨーも登場してくるのである。まだ幼なかったイーヨーと僕が、豚の足を食べることに熱中していた一時期があった。イーヨーが透きとおった、リンリン鳴るような声で、——豚足《トンソク》に辛子《カラシ》味噌《ミショ》、と注文していたのを、まだ耳にのこしている。イーヨーを様ざまな場所の朝鮮料理屋へ連れて行って、そこ独特のわずかながら豚の蒸し具合や味噌にちがいのある豚足を食べさせることを僕は楽しみにしていた。一箇の足が二つ割りになって皿に盛られてくるのを、厚い皮から肉、ゼラチン質の腱《けん》、という具合に順をおって食べてゆきながら、イーヨーは関節ごとにひとつずつはずした骨をテーブルに並べてゆくのだが、ある日かれが、——？　という表情で、小さい骨一箇の置き場に困っている。受けとって調べてみると、それは脱けおちたイーヨーの乳歯なのであった。幼ないながらもイーヨーは、はっきりした法則性にもとづいて豚の足を食べ、すべての骨を整然と並べおえて終る、という手順であったわけである。

ある冬の夕暮、このようにして豚足と冷麺を食べさせて——夏場よりほか冷麺を出す朝鮮料理屋がまだまれであったので、店を選んで遠方まで行ったのを思い出すが——三軒茶屋の飲食店街を歩いて帰ろうとしていた。沖縄料理店というより泡盛《あわもり》屋から、小柄ながら頭と胴が嵩《かさ》ばり、足のみじかさがきわだつ男が出てきて、くたびれた童顔をこちらに向けた。かれの眼はやはり肥満している上に着ぶくれた僕とイーヨーの、よそめには奇態に見えるはずの二人組を認めたにちがいないのだ。

——Fさん、と僕が声をかけようとするのへ、棒立ちに立ちどまっていたかれがベソをかいたふうになり、出てきたばかりの暖簾《のれん》の奥へ逆戻りしてしまったのである……

死んだFさんの仲間が提唱した、軍政下の沖縄で胸ポケットに憲法のパンフレットをいれているという運動。当のパンフレットを、社会生活に一歩足を踏みいれるイーヨーの作業服にしのばせるという案は、日頃演出めいたことをすることのない妻の考えとして、障害児をつれて歩いている知人を見るだけで傷ついてしまうほどの、Fさんの心優しさと生涯への思いがあってのことだっただろう。

妻が娘との寝室に引きあげてから、僕は褪色《たいしょく》した紙表紙のパンフレットを食卓に置き、寝酒を飲みながら、自分はイーヨーのために憲法を自分の言葉で語りなおすことをふくむ、障害のある子供向きの、この世界、社会、人間についての定義集をつくることを計画し、しかし実現していない、とあらためて考えたのであった。あれは実現することが困難すぎるというのではなかった。それでいてやりとげなかった。あれが作家の表現活動として面白くないというのですらなかった。それでいて自分は計画を口にしただけで、実際には手をつけもしなかった。いま、障害のある子供にも理解できる言葉のという条件づけは外して、一連の短篇を書きつづけ、定義集にかえようとしているのではあるが、それはやはりはじめに考えたのとは別のものだ……

現にそのように考えが進んで行く、具体的な理由はあったのである。ケインズ編以後の代表的なブレイク・テキストの編者であり、かつ注釈を加えた他に、僕もずっと利用してきた『ブレイク・コンコーダンス』の造り手のひとりデイヴィッド・V・アードマン。このところ僕はアードマンの『ブレイク、帝国に真向う予言者』を読んできた。ブレイクと同時代の新聞やパンフレットの類に調査を徹底させ、ブレイクの預言詩《プロフェシー》のいちいちの語句を、英仏戦争を軸に時代と社会に直接むすんで解釈する本で、僕は新しい刺戟《しげき》をうけつつ読み進んできたのだが、始まってすぐアメリカの独立宣言の思想を、ブレイクが預言詩《プロフェシー》『アメリカ』でどのようにかれ自身の詩の言葉にしているかの指摘をとくに面白く思ったのである。

アードマンの読みとりのままに両者の対比を訳出すれば、次のようである。二つ折本、十八枚の彩飾《イルミネイション》版画によってなっている『アメリカ』の、六枚目の絵――墓からよみがえった若者が、確信をこめて空を見あげている絵のページの、以下の詩行が、独立宣言の主張に対応するとアードマンは分析している。

まず「生命《ライフ》」。

《朝が来る、夜はしりぞく、見張りは持場を離れる。／墓は破られ、香料は散らばり、木綿の布は巻きあげられている。／死者の骨、覆《おお》っていた土、ちぢみこんで乾いていた腱／それらは再び生きかえって震え、息をついて動き、呼吸をし、眼ざめ、／枷《かせ》と格子が打ち壊された時の、解き放たれた俘囚《ふしゅう》のように跳《おど》りあがる。》

そして「自由《リバティ》」。

《粉碾《ひ》き臼を廻している奴隷をして、野原に走りいでしめよ。／空を見上げしめ、輝やかしい大気のなかで笑い声をあげしめよ。／暗闇と嘆きのうちに閉じこめられ、三十年の疲れにみちた日々、／その顔には一瞬の微笑をもみることのなかった、鎖につながれたる魂をして、立ちあがらしめよ、まなざしをあげしめよ。》

それに「幸福追求《パスート・オブ・ハピネス》の権利」がつづく。

《――鎖はゆるめられ、城塔の扉は開かれている。／そしてかれらの妻と子供らをして抑圧者の鞭《むち》のもとより帰還せしめよ――／かれらは一足ごとにふりかえり、それが夢であるかと疑う、〝陽の光から翳《かげ》りはさり、みずみずしい朝が見出された〟と歌いながら……》

全体は、圧制をくつがえすことが権利であり、義務であることを歌ってしめくくられる。

《そして明るく晴れわたった夜に、美しい月が喜びをあらわす。／なぜなら帝国はいまやなく、獅子《しし》と狼は戦いをおさめるだろうから。》

この詩句を情動の昂揚をあじわいながら読む者と、「独立宣言」のイデオロギーを装飾過多の韻文につづりかえたものにすぎぬとする者は分れるだろう。われわれはブレイクの同時代の雰囲気とも、聖書の神話的メタファーとも無関係に生きている。さきの二者のうち、後者がむしろ自然であるかも知れない。しかし僕はこの詩句に深く揺り動かされる側に属している。

そして僕の感じ方は、戦後すぐの変動期と――むしろ戦時から戦後にかけて、という方が妥当であるかもしれないが――ピークをなす新しい憲法の出現とに少年時の僕が受けた強い情動のおののきと響きかわすものだ。評論、エッセイのかたちで、僕は当の経験について書いてきた。それらはいわゆる「戦後」を疑う論客から、標的ともされてきた。新憲法の公布から施行にいたる期間十一、二歳であった者にとって、どうして憲法の抽象的な条文が感銘をさそう契機だったか、と。

僕がイーヨーのために、憲法を出発点に置く定義集を書こうとしたのには、片方でこの種の批判ないしは嘲弄《ちょうろう》に答えたいとする気持もあったにちがいない。しかもなかなか当の仕事にとりかかれずにきたことには、ひとつには果たしてあの少年時の昂揚をよくつたえうるかという危惧があったのだと、認めるほかにないのでもあろう。この仕事は絶対に不可能というのでなく、文学的な営為としても面白いはずのものであるが、気軽に取りかかるのを怯《ひる》ませる確実な困難はあると、予感していたからだと……

深夜の食卓に載せた沖縄の憲法パンフレットを眺めながら、かつは眠るための量から逸脱してきた酒を飲みながらそのように僕は考えていた。そのうち僕はいままで記憶の表層から消えていたシーンをくっきり思い出して、妻の唐突なようでもあった言葉の、よってきた所を了解したのである。奇態な出会いから二、三箇月たって、Fさんが沖縄の米軍政下はじめての主席選挙応援を依頼に来られた。三軒茶屋での出来事を、Fさんがまったく無視した態度なので、あれはやはり見まちがいだったかと僕も思いなおすようだったのだが、われわれが話合っている応接間にイーヨーが入ってくるたびに、Fさんがビクッとする仕方で緊張を示すので、納得しうるところもあった。

この日Fさんに簡単な夜食を出した。僕がすすめるウイスキーをかれが強く拒否して、ビールだけいくらか飲んだことも思い出すが、給仕をする妻にもと教師だったFさんが、お宅のお子さんの障害は見たところ重いとは思えない、沖縄でなら普通学級にいれるだろう、とやにわにいいだしたのだった。たまたまその前後気を滅入《めい》らせていた妻が、自分ら障害児の親はこの子より一日でも永く生きて面倒を見ることができたらと、家庭でもPTAの集りでも、基本的にはそう考えています、と話した。それに対して、Fさんは老人のペニスのように黒く柔かそうな、やつれている童顔を突き出して、といったのである。

——奥さん、そのような考え方は、だめですよ。敗北主義ですから、だめですよ、というふうに聞えたのだが、沖縄の人間が共通語を話す際の発音の癖というよりも、あれはFさん固有のものだったといまは思う。（敗北主義デシュカラ、ダメデシュヨ、このの憲法パンフを胸ポケットに入れさせて置いてですね、困ったことがあれば、障害児がハイといってこれを出す。それだけで、すべて解決。そういう社会をですね、実現しなければ、だめですよ。それをめざさないかぎりは、みな敗北主義ですよ。

Fさんは沖縄の施政権返還すらがなしとげられぬうちに、活動の根拠地だった日本青年館の火事で死んだ。そしてあの夜Fさんが置いて行ってくれた憲法パンフレットを、妻はイーヨーがはじめて社会参加の訓練に出る日、作業服の胸ポケットにしのばせることを思いついたのであった。もとより妻にしても、Fさんが死んでさらに十年以上もの時がたったのではあるが、障害児が困ったことにあう際、胸ポケットから憲法パンフを出せばすべて解決などという事態はおとずれていないのを、身にしみて感得しているのである。ただおそらくは、あの過労と大酒から皮膚のこまかな網目に黒い脂《やに》のようなものがこびりついていた、肥満した小人のようなヨチヨチ歩きの歩き方をする、しかし断固として敗北主義に反対したFさんの思い出のためにのみ……

僕がさきに引用したブレイクの、政治的な信条をキリスト教的なシンボルにないあわせた詩句。それがふくまれる預言詩《プロフェシー》『アメリカ』は、ブレイクが政治的な主張を直接的に語っている点で、のちの預言詩《プロフェシー》とはちがっている。アメリカの革命がフランスに飛び火し、ついにはイギリスでも革命が成就する。《そして明るく晴れわたった夜に、美しい月が喜びをあらわす。／なぜなら帝国はいまやなく、獅子《しし》と狼は戦いをおさめるだろうから》という事態は、しかしおとずれることなく反動期に入り、ブレイクは鬱屈《うっくつ》を深めて、政治を正面から語ることはなくなるのである。

政治的なブレイクの現世の対立者の、中心に坐る最大の相手は、ジョージ三世であった。それでは同時代がブレイクにもたらす鬱屈の深まるまま、逆にジョージ三世は、しだいに陽性の心を回復していったか？　僕はいま大学受験の世界史の準備のために読んだ英国史から、大ピットや小ピット、そしてネルソン提督の栄光と挫折を思い出しては、あらためてその脇にブレイクを位置づけつつ時をすごしもする。しかしこの小説のなかで英史のおさらいをすることは妥当でないだろう。ブレイクを介して、僕はすぐにも自分の息子を語る所へ戻ってゆかねばならぬのだから。それでもひとつだけ歴史の挿話《そうわ》を書きうつしたい。植民地アメリカを失ったショックで発狂したとつたえられたジョージ三世が、一八〇一年二月十三日、再び狂気の兆候をあらわす光景を、アードマンは、『アメリカの最後の王』という魅力的な題名の書物から紹介している。礼拝中、やにわに立ちあがったジヨージ三世は、狂った心によくなじむ言葉であったらしい詩篇九五を大声に叫んで、教会をみたしている人びとを驚かせた。《われその代《よ》のためにうれへて四十年を歴《ふ》、われいへりかれらは心あやまれる民わが道を知らざりきと。》この年、ジョージ三世は在位四十年目にあたるのでもあった。王がエホバと自己とを同一視していることに注意せよ、とアードマンはいう。つづいて王は跪《ひざまず》くと永い間祈りつづけ、つめたい床石と冬の大気に骨まで震えあがってても止めなかった……

出来事の噂《うわさ》はブレイクにもつたわって、幾たびも書きあらためられた『四つのゾア』の、この時期の加筆に反映する。理性によってすべてを統御《とうぎょ》しようとする王ユライゼンは、ブレイクの神話世界の代表的な存在だが、狂気を発したジョージ三世がユライゼンの面影にしのびこむのである。《かれの王冠の廃墟たる氷の石の上に躰《からだ》を伸ばして／おののく四肢を激しく揺さぶり、ユライゼンは頑丈な洞窟を震わせた》。

あらためていうならば、僕にとってブレイクにひきつけられる根本の動機は、この詩人がキリスト教から秘教的なものにいたる伝統に立ち、独自の神話世界をうちたてながら、そこに展開をもたらす契機として同時代の動きをみちびきいれた——むしろみちびきいれずにはいられなかった——ということである。

それは同時代の政治問題、国際関係をモティーフとしながらも、ブレイクが固有の神話世界をくぐりぬけさせて、時をこえた表現としたということでもある。結局はひとつのものである、これら二つの側面をつうじて、僕はブレイクに牽引《けんいん》する力を見出すのだ。

ブレイクの預言詩《プロフェシー》を読みはじめてすぐ湧きおこってきたのは、これは確かに壮大かつ濃密な神話世界だが、この厖大《ぼうだい》な量の詩行を日々書きすすめさせた具体的な力はなにだったのか、という疑問である。実際に書肆《しょし》から刊行されたのは『フランス革命』の、それも構想では七巻にわたるはずだったものの第一巻のみである。その理由からブレイク自身の刻版によって印行される、比類ない彩飾版画《イルミネイション》の秀作が残されることになったのであるけれども。

つまりは書肆からの誘いはなく読者の反応もなく、改稿をかさねてブレイクがひとり長大な詩を書きつぐ。それも検閲を配慮して、真意を読みとられることを惧《おそ》れ、韜晦《とうかい》をかさねるようにも神話的な構想に錯綜をきわめさせる。それは直接、ジョージ三世の政府の弾圧をおもんぱかってのことだが、しかも当のジョージ三世への批判精神が預言詩《プロフェシー》の詩行の森の、日々の彫琢《ちょうたく》にとかれをかりたてつづけたのでもある。アードマンはそのありようを、ブレイクの同時代の資料の読みときをつうじて説得的に再現してみせているのである。

そこに立って考えることだが、終生忠実にしたがう伴侶《はんりょ》であった妻キャサリンとの、個人生活の場では、ジョージ三世の治世への、激越ですらある批判の言葉が吐かれつづけていたのではなかっただろうか？　その思いにかさねて僕は、ブレイクが裁判にかけられることになった名高い挿話について、もうひとつの真相をかいまみるようにも考えるのである。

ブレイクは一八〇〇年にロンドンを離れて、かれ自身「大西洋岸での三年の眠り」と呼ぶ海浜の家での暮しをした。詩を書く裕福な実力者、ウィリアム・ヘイリイの経済的庇護のもとに、自己の神話世界とは無縁である挿画や、細密肖像画の制作にしたがった三年間。しだいに不満がつのりもしたフェルパム寓居の終りがたに、ブレイクは告発された。裁判の進み行きによっては、叛逆罪として死刑に処されかねなかったのである。アードマンが引用している宣誓調書を軸に、事件を要約すれば、ブレイクはある日、自宅の庭に入りこんでいる見知らぬ兵士を発見した。ブレイクにとって庭は、妖精が草かげで葬式をいとなむのを幻視した神聖な場所であり、兵士はこの墜《お》ちた世界の野蛮、酷《むご》たらしさ、獣性の象徴である。力ずくで兵士を押し出すのだが、恨みに思った兵士は、ブレイクが国王と民衆、兵士を呪詛《じゅそ》する叫び声を発したとして、朝憲紊乱《ぶんらん》の告発をおこなった。四季裁判所で結局ブレイクは無罪となる。しかし宣誓調書の次のような部分に、僕はあるリアリティーを見出すように思うのである。

兵士との押し合いのさなかブレイクの妻もあらわれて夫を励ます。のみならずキャサリンは、自分の体に血が一滴でも残っている限り戦うつもりだ、ともいう。ブレイクが問う、愛しい者《マイ・ディア》よ、おまえはフランスに対して戦うというのじゃないだろうね？　もちろんですとも、私はボナパルトのためにできるかぎりのことをします……

ブレイクの数種のスケッチに見るかぎり、キャサリンは大柄で豊かな躰《からだ》つきの、穏和なおもだちの女性である。ブレイクと結婚する際には、署名のかわりにバッテンを証書に書くしかない無教養な女性であった。しかし晩年にはブレイクが版画を彩色して刷り出すのを手伝うほどに進歩もした。ブレイクもキャサリンも、兵士の証言そのままの粗野な言葉を使いはしなかったろう。しかしかれらに帰せられている言葉の内容と、両者共有の思想は不思議なほど合致している。宣誓調書を見せられたブレイクは愕然《がくぜん》としただろう、ひそかに書きつづけているジョージ三世批判の預言詩《プロフェシー》を、謎のようなメタファーでみたして、どこからか見張っているのらしいスパイを警戒する必要を感じもしたろう、とアードマンはいう。そして晩年までつづくブレイクの永い沈黙への転換点を、この事件に置くのである。

僕が想像するのは、ブレイクと妻との会話はおそらくそのままの内容で発せられた、ただ兵士の耳が野卑な荒あらしさの言葉づかいに聞きとったのではなかったか、ということである。この時期まだ皇帝に就任していないナポレオンは、ブレイクにとって、フランス革命の光を背おっている解放者であった。フランス革命の力がイギリスにも波及して、解放をもたらすという未来図は、ブレイクの希求そのものであった。すぐにもブレイクはナポレオンに幻滅し、憎むべき圧制者のひとりに数えることになるけれども……

四季裁判所が、兵士の告発に対してブレイクに無罪を宣告したのである以上、なおも兵士が語ったところを信じる根拠は僕にないが、凡庸《ぼんよう》な詩才の田紳《でんしん》の庇護を受け、志とはあいいれぬ仕事をつづけねばならず、絵よりもさらに理解者を探しがたい預言詩《プロフェシー》を——ヘイリイは狂気じみたものとして嘲笑しすらした——書きつづけることで同時代を批評しているブレイクが、四十代半ばでなお兵士を排除しうる体力を持ち、かつ兵士のいうとおりに、妻もまたブレイクを励まして過激な志に立つ言葉を発したとするならば、僕には感銘深いことに感じとられる。実際には兵士を押し出すブレイクと、夫を案じるキャサリンとが、ともに黙っていたのだとして、しかしかれらの魂は兵士のつたえた当の言葉を沈黙のうちにかわしていたはずであり、排除される兵士は沈黙の声をよく聴きとったのである。

ブレイクの暴力的な挿話をめぐり様ざまな方向へ思いをはしらせるうちに、幼・少年時の光景のひとつがよみがえってきもした。よみがえりへ向けて、やはりブレイクの頻用《ひんよう》する言葉が力を発したのである。光景は戦時に死んだ父に関している。当の父の死について、僕はこれまでも幾度となく——直接にではないにしても、あきらかにその反映を——書いてきた。しかし今度はじめて、忘れていた光景がくっきりとよみがえり、戦時の具体的な権力への幼・少年としての無念の思いから、父の死、さらには敗戦の受けとめへと、ひとつながりの脈絡に光があたえられて、自分の生に新しい発見をするようであったのだ。ブレイクを媒介にして僕がみちびかれている経験は、まことに不思議なほどのことのように感じられる……

農家から三椏《みつまた》の粗皮束を買いあげ、あらためて水に浙《か》し柔かくして、表皮とそれにつづく黄色の甘皮をこそげとり——工程はヘグルとよばれ、その単純な工具をヘグリ機械として貸し出していた——靭皮《じんぴ》を真白に干しあげる。この工程もやはり農家に依頼して、あらためて集荷したものを小さな束にし、大きい直方体に成型した後、内閣印刷局に紙幣の原料としておさめる。それが戦前から戦中にかけての家の生業であった。

子供の僕は、四十代なかばの父親がほとんどつねに沈黙して、それぞれの過程をとりしきる姿に、ことなった局面の父の内部が露出していると受けとめていた。もとより父親への無邪気な思い込みがあってのことだが、農家と交渉する父親には、統率者、族長の印象があった。黒く冷たく光る切り出しを持って、靭皮に残っている表皮をこまめに剝《は》ぎとった上、束にしてゆく、板の間に正坐した父親には職人の印象があり、いま紙に文字を書いて仕事をする自分の日常にもっとも近いものを感じる。工程最後に、県道をはさんで別棟の倉庫の、暗い土間の奥にある三椏束の成型機械で作業をする父親には、工場労働者の印象があったのである。荒あらしい内部からの力をよく制禦《せいぎょ》して方向づける父親の、大人の肉体という存在を、僕はそこでもっともよく認識するようであった。

成型機械は、樫材を櫓《やぐら》のように組んだ両端へ、十センチ直径の螺旋《らせん》を切った鉄軸二本をうめこみ、枠組の上辺を下辺に向けて移動させる、歯車つきの把手《とつて》をつけたものだ。機械の両側で二人が把手を時計廻りに押し――三椏束のしめつけられるギュッ、ギュッという音が響く――向う端まで押しきると歯車の歯止めをカチ、カチ、カチと鳴らしつつ把手を戻して、再び圧縮の工程にかかるのだ。直方体の格子でさえぎられたなか、上下の枠組のなかの三椏束は、五分の一の嵩《かさ》に圧縮され、強靭な三椏縄で固定された後、大きい音をたてて、そこだけ頑丈につくりつけた板床に落ちてくる……

成型機械は、僕の犬が蔭で仔を生んだほど暗い奥に置かれていた。僕はブレイクの用いる歯車《ウィール》とか車仕掛《ミル》け、また葡萄搾《ぶどうしぼ》り機、粉碾《ひ》き臼という、それぞれ負の意味づけをはらんだ言葉を見るたびに、この成型機械がたてた様ざまな音を思い出すのだ。ブレイクはユライゼンがその頂点にある、人間に錯誤をもたらす理性の体系を、歯車とか車仕掛けとか呼ぶ。また直接に、さきに引用した『アメリカ』の詩行にあきらかだったように、もともと楽園にあった人間にふさわしくない労働のシンボルとして、葡萄搾り機や粉碾き臼を置く。ブレイクを読みつつ、これらの言葉に出会ううちに、僕は死を翌年にひかえた父親の、三椏成型機械に関わる出来事を思い出してゆき、それがブレイクの暴力的な挿話と通底しているのを見出しもしたのであった。

森の奥の谷間の村に、かつてなかったことだが、県知事が視察に訪れた。戦時の「銃後増産運動」という種の宣伝活動のなかの、地場産業の奨励という、国策的な身ぶりでそれはあっただろう。前もって村役場から父親に連絡があったことのように思われるのは、当日の父親がかつて見たことのない、ゴワゴワと板のように角張っている新品の厚司《あつし》を着て、異人の印象があったからだ。その恰好で父親は——思えばいまの僕の年齢であるのだが——作業場にすでに成型された三椏束が柔かい金色にあかるんでいる脇で、暗がりの成型機械を背に木椅子に腰かけ、思い屈したような顔を伏せて待ちうけていた。僕は道端から微光のなかの父を覗《のぞ》き込んで、すでに不安の思いをかもしていたのである。

川下の製材工場、醬油醸造所と順を追って視察してきた県知事とおつきたちとが、村長と隣町の警察署長に先導されて県道を昇って来た。ついに一団は父の作業場の前に到り、県知事を中心に群がって、村長から村の三椏生産について歴史に立つ説明を受けている。群《むら》がりから背後に排除されながら、僕はおなじく家の軒先まで後退して透かし見る具合に作業場を覗いている母親の、躰全体にあからさまな心配の、直接の理由に気づいたのである。村長の話につづいて、成型機械の実演がはじめられる手筈《てはず》なのだろう。現に成型機械の枠組のなかには三椏の小さい束が積みこまれている。しかし機械の両側から二人で把手を押さねばならぬ、父親の仕事相手は、十日ほど前に出征してしまった。代りの人間はいま呼びよせられていないのである。ただ父親のみ、県知事たちがそりかえった恰好で顎《あご》の向うに見やっている作業場の薄暗がりに、硬く立った厚司の衿に首を埋めて俯《うつむ》いている……

──オイ、コラ！　という声が、その父にかけられたのだ。警察署長の権高《けんだか》な声は、父親に対してはもとより誰に対しても、家畜に対してすら、森の中の谷間で発せられたことがないと感じられた。父親が一瞬だけ、声の主へ向けて顔をあげた。僕は脇の母親ともどもビクリとおののいた。しかし父親がまた顔を俯けるのへ、一歩進み出た警察署長が、──オイ、コラ！　早くやってお見せせぬか、と叱責の言葉をあびせるのである。ゆっくり父親は立ちあがって、成型機械の一方の把手にとりつき、ギュッ、ギュッと締め、カチ、カチ、カチと歯どめを鳴らして後退した。誰も見物人は居ぬように、把手の前の空間を見つめて作業を繰りかえす。水平軸の片方だけ下向してゆくのだから、すぐにも成型機械の全体が歪《ゆが》みはじめているようである。鉄棒の構造が樫材の台からはずれれば、把手は逆に空廻りして父親を弾きとばすだろう。僕が怯《ひる》む。そのある段階で、父親は歯どめを戻しおえた把手を離し、成型機械の前を──つまりは県知事や警察署長らの前を──もの静かに廻って反対側の把手へ向った。その時、僕の脇の、いまの妻より十歳ほども若かった母親が、喉に叫び声をのみこむような、悲しげな音をたてたのだ。いわば異人の軍服のような厚司の腰に、成型を終えた三椏束の硬く張りつめた紐を切りそろえる鉈《なた》がくくりつけられている。父親は穏やかに、思いめぐらすようにして歩きながら、鉈の柄は肱《ひじ》をこわばらせて握りしめているのだ。しかし父親は片方の把手にとりつくと、はじめは困難とともに、そしてしだいになめらかな勢いで、ギュッ、ギュッと締め、カチ、カチ、カチと把手を戻す作業を続けたのである。そのうち県知事らは、ゾロゾロと川上の栗集荷場へ向けて移動して行った。その後も、父親はしだいに片側での作業を短かくしつつ、把手を交互に押して、ついに成型をやり終えたのだが……

つづいての僕の記憶は一年後の、つまり敗戦に先だつ春のはじめの、父が真夜中に怒り猛っている大声を発して死んだと、母が二階から降りてきて報告した、その朝早くにはじまる一日の記憶である。中間の記憶はスッポリ欠落しているから、いま思いかえすかぎり県知事らの前での屈辱の日に、怒り猛った声を発しての死の夜がつながっているかのようだ。僕が父の死の日について覚えているのはわずかなことである。そのひとつは隣組の組長が葬儀の段取りを相談に来て、この一年は酒びたりの毎日であったから、と悔《くや》みの言葉にまじえたのに対し、消えいるような涙声で応対していた母が、ぐっと背筋をそらせ妙に野太い声になって、

——主人は、毎晩大酒《たいしゅ》をいたしましたが、朝は皆さんが眠っておられる間に本を読み、昼は仕事をいたしました。酒びたりとはちがったのやありますまいか？　といったことである。

もうひとつは、この永い一日僕の頭をずっととらえていた恐しい思いだ。いまブレイクの挿話からの照射にかさねながら整理してみると、それは次のような思いであった。警察署長に犬を叱るように催促されて、僕の父は車仕掛けの機械にとりつき、労働した。ひず

んだ圧力に機械は爆発しそうであったが、むしろ父親の肉体のなかでこそ、暴力的なものが爆発寸前であったのだ。その圧力をやわらげるためには、暴力的なものを肉体の外側へ解放しなければならない。あの日の父親の、母親にはよく読みとれた身ぶりと表情には、相手が警察署長でも村長でも県知事でも――たとえ「天皇陛下」であれ、この着想には後にのべる根拠もあるが――理不尽なものには怒鳴りかえしてやるという、成型作業用の鉈《なた》をふるってすら貫徹してやるという、含意があったのではあるまいか？　それゆえに母親は、厚司《あつし》の腰に鉈をつけた父親が機械正面に歩み出た時、怯《おび》えてしまったのではなかったか？

しかし父親は警察署長の犬を叱るような声に屈伏して、機械に無理のかかる成型作業をひとり行なった。機械こそ爆発しなかったが、むしろそれゆえに、一年たって父親の肉体の機械が、出口を失った暴力的なものの発現によって破られた。父親は怒り狂っている大声をあげて死んだ。一年前、県知事らに鉈をかざして怒鳴りかえしたとしたら、父親はその場で警察署長に殺されたか、監獄で拷問《ごうもん》されて殺されただろう、と幼ない僕は考えた。いったん警察署長、村長、県知事に向けて威嚇《いかく》の身ぶりをしてしまえば、相手は次つぎに立ちはだかってきて、ついには「天皇陛下」にいたるほかないのだから……　はっきり言葉となってではないが、父の死の一日、僕の心に湧きおこったアブクのような思いをつづりあわせると、このようであった。そして僕は乗りこえようのないジレンマに鼻をつきあわせたのだ……

敗戦の日、父親が死んでから世の中におこることで良い知らせはなにもないと、新聞も読まずラジオも聞かなくなった母親が、遅くなって天皇の終戦の放送があったことを聞いてくると、頬を昂奮に赤くし、熱っぽい息を僕の耳に吹きかけるようにして、

——お父さんのいっておられたとおりになりましたが！　上のものが下になる、下のものが上になる。そのとおりですが！　といった。

数日後のことだが、どういうわけか自分よりほか誰も水に入っていないばかりか岸にも遠方の橋の上にも子供らがひとりも見あたらぬ、昼さがりの川に僕は隠れていた。（あらためて状況の特異さを思えば、これは夢からの記憶かも知れぬのだが。）そして奇怪な思いにとりつかれたのだ。県知事が民情視察に来た日、警察署長が父親を叱って見世物の労働にとりかからせた、あの瞬間、谷間全体にラジオが鳴りひびいて天皇の終戦宣言をつたえたのであったならば……　つづいて厚司姿の勇ましい父親が右腕に高くかざした鉈の指令により、警察署長と県知事が成型機械をギュッ、ギュッと押し、カチ、カチ、カチと把手を戻すことになったのではないか？　それも次の次の次くらいには終戦宣言した天皇が、白手袋をはずしながら労働の順番を待っている……

もっともこの日からさらに十日ほどたったある日、『少国民へ告ぐ』というラジオ放送があるということで、母親の公認のもとに茶の間にラジオを運び出すと、「天皇陛下」を

頂点におく秩序は、かれをして三椏《みつまた》の成型機械にとりつかせるまでひっくりかえったのではないと感じとられたのである。やはりこの放送を聞いた同年輩の教育学者Kさんの戦後教育史に、当の放送の記録がおさめられているので、右の印象を僕にきざんだところを書きうつしておく。

《天皇陛下の有難いことを悟つてその仰せによく従ひ、思召《おぼしめ》しのまゝに動くことです。今度のやうな戦のやめ方は他の国では真似の出来ないことで、如何に昨日までみんなが一心不乱に敵と戦つても、一度び天皇陛下の御仰せがあつて戦を已《や》めよと仰れば、みんな文句なしにやめてひたすら陛下のみことのりに従ふ、これが日本の国柄のよいところでありま す。今後どんな苦しいことがあつても国民がこのやうに天皇陛下の思召しに一筋に従ふといふことがある間は、この国は大丈夫であります。またかやうな立派な天皇陛下をいただいてゐるわが国としては、外国とつき合つても他の国を苦しめたりこれと争つたりすることをしないで、国々が互に力を併《あは》せ一緒になつて共に楽しむやうに努むべきでありま す。》

これらの経験を介して自分の生に刻みつけられた、暴力的なものについての本質的な定義がある。それがいまブレイクを契機に、あらためて自覚されるのである。肉体のなかに、暴力的なものがたくわえられる蓄電装置に似たものがある。それがあまりに大きい電荷を担《にな》いこんでしまうと、機械としての肉体はひずみをつのらせて、ついには内側から破壊される。歪みの増大を制禦《せいぎょ》しようとするならば、時には外側に向けて暴力的なものを放電する手だてを講じなければならぬ。僕が若い時分からの呼び名のまま跳《リーブ》ぶと呼んでいる現象は、まだ電荷の低い水位での、その予行演習の身ぶりではなかっただろうか？　いままでのところ僕も、あるいは父がやってしまったかもしれぬ、厚司《あつし》を着た腰から鉈《なた》を引きぬいて県知事らに怒鳴りかえす、そうしたふるまいをおこなう、ということはなかった。それならば僕もまた、憤怒の声を大きくあげたまま、内側から肉体の機械が破壊されるにまかせる、そのような先ゆきに向けて進んでいるのか？　すでに僕は父が死んだ年齢に一年をあますのみなのだが。先だって軽い発作をおこし、疲労と熱から赤黒い顔になってソファに横たわるイーヨーに、僕は父親の面影とかよいあうものを見出した。誘われる思いがして自分も鏡を覗《のぞ》くと、息子の顔だちに発見したものをなかだちに、兄弟たちのうち自分だけ父親に似ていないと思っていたのが、鏡の映像のなかには、県知事視察のしばらく後にとった、父の生涯最後の写真の特徴を見出したのだ。

しかし暴力的なものによって内側から破壊されず、外部に向って粗暴な解放を強《し》いられるのともまたちがう、第三の道の達成もありうることを、敗戦の夏の、あるいは夢だったかもしれぬ、誰ひとり他の子供らの眼に入らぬ川で、僕は想像のうちにとらえたのではなかったか？　ほかならぬ当の思い出の情動に言葉をあたえるならば、それこそ先に訳出したブレイクの詩句がふさわしい。《粉碾《ひ》き臼を廻している奴隷をして、野原に走りいでしめよ。／空を見上げしめ、輝やかしい大気のなか笑い声をあげしめよ。／暗闇と嘆きのうちに閉じこめられ、三十年の疲れにみちた日々、／その顔には一瞬の微笑をも見ることのなかった、鎖につながれたる魂をして、立ちあがらしめよ、まなざしをあげしめよ。》そして、《——鎖はゆるめられ、城塔の扉は開かれている。／そしてかれらの妻と子供らをして抑圧者の鞭《むち》のもとより帰還せしめよ——／かれらは一足ごとにふりかえり、それが夢であるかと疑う、〝陽の光から翳《かげ》りはさり、みずみずしい朝が見出された〟と歌いながら……》

イーヨーは福祉作業所に日々通って、新宿の中村屋から提供されている「月餅《げっぺい》」用の紙箱を組立てる仕事に従事した。イーヨーは指導員の先生方や、大人の障害者たちから声をかけられると、ゆったりして正確なものいいで丁寧に返事をする。休み時間に、おなじく障害を持つ女生徒が、娯楽室でピアノを弾いたり歌ったりすると、熱心に聴いて拍手をする。また指づかいや和音のまちがいをわかりやすくなおしてやって、そのうち頼りにされるようにもなった。そうした生活の側面を見た上で、担当の先生から、妻が問いただされるということがあった。いくつかの点でよく気がつき、熱心につとめもするのに、作業の終りの掃除の際、イーヨーがかいがいしく箒《ほうき》やモップを持つまではよいが、そのままじっと立っている。そして結局なにもせぬのは、怠けているのか、実際にそうしたことはなにもできぬのか、と?

驚いた妻はイーヨーに、家の内外を掃除する実地訓練をおこなった。僕も脇からそれを眺めて、巨漢といっていい身長と躰《からだ》の嵩《かさ》をそなえた息子が、庭石に引っかかった落葉をどうしたものか頭をひねったり、いったん片隅にあつめた落葉を、箒で庭じゅうに撒《ま》き散らしたりするのを認めざるをえない。自分らが家庭で息子の能力訓練のためにやってきたことの、外部から指摘されるだけで判然とする、あからさまな欠落部分に気づかされたわけなのであった。

ある日、僕は風邪と歯痛で文字どおり唸《うな》っている妻と交替して、福祉作業所前のバス停留所までイーヨーを迎えに行った。早くつきすぎたが、夕暮の、それも寒風が吹きとおしの路上で立ちどまって待つわけにもゆかず、その一劃を行ったり来たりしていた。もうひとつバス停の標識の脇に立ちどまりにくかった理由もある。すでにそこには僕よりも十五、六は若い頃合いの、肥満して顔色の悪い女性が、厚ぼったいオーヴァの衿に顎《あご》をうずめ、オーヴァ自体肱《ひじ》でぐっとふくらませて立っており、やはり作業所に子供を迎えに来た母親とわかるだけに、挨拶をしかけにくい、閉鎖的な鬱屈をあらわしているのであった。

このところ二人の障害児たちが、イーヨーの養護学校で死んでいた。ひとりの子供は運動会のあと、太子堂の祭りに父親とみこし見物に行き、焼肉を食べ、父親に添寝してもらって眠り、翌朝ずっと静かに眠りつづけているので、登校の間ぎわまで寝かせておいて、起しに行くともう冷たかった。この子の最後の晩の、父親との穏やかな団欒《だんらん》と、その死の、かそけさとすらいいたいほどの印象を、養護学校の校長先生が報告された文章を僕は感銘を受けて読んだ。もうひとりの子供は、自分で頭をモヒカン刈りにしてしまった様子を僕も愉快な印象で覚えていた子だが、ひとりで風呂に入れるようになったということで勇んで入浴しているうち、癲癇の発作で水死した。

二人のうちどちらかの子供の死が養護学校につたえられた時、妻はバザーの準備に行っていた。どのようなかたちで弔問《ちょうもん》に行くかという相談になると、一緒に働いていた若い母親が、

——希望者だけ行くことにしましょう、おめでたいことなんだから！　といったというのだ。

この母親も、すすんでバザーの準備に加わっているのである以上、自分の障害児を育てるために力をつくすのみならず、障害児仲間にも気をくばっている人にちがいないのである。繰りかえしぶりかえす絶望的な思いの瞬間があり、そういう時の言葉であっただろう。当の言葉を発してしまったことについて、彼女自身、聞いた誰よりも永く覚えているにちがいないが、できることならば忘れてしまったほうがいい、そのような言葉だと、僕はいった。若い母親への批判の感情をもってというのでなく、共有するある傷ましさの思いとともに、この言葉を頭のなかで旋回させているのらしい妻に。僕は理由もなく、バス

停の標識にもたれかげんの、嵩《かさ》ばる重そうなオーヴァの母親を、その人ではないかと感じていた。

福祉作業所の前を幾度目かに通りすぎる時、僕は鬱屈した母親よりさらにひと廻り若い、チームでも結成しているような三人の女たちが、作業所の門からまっすぐ本棟へ向う通路を覗きこんでいるのに出くわした。彼女らはそろってスエードのコートに、赤っぽい茶のブーツをはいている。やはりそろって赤く染めた髪を盛りあげるようにまとめた、精気ある女たちなのだ。僕は脇を通りぬけながら、通行人の第三者にも聞かせて世論を形成するという具合に、しかし仲間うちの話として、——立派すぎるわよねえ、あんまり立派すぎるわ、と勢いこんでいうのを聞いた。

そのまま福祉作業所の前を通りすぎて十字路まで歩き、横断歩道をわたって向う側の舗道へと、ひとめぐりのコースを辿りながら、僕はいま聞いた奇妙ないい方のことをぼんやり考えていた。そのうち、奇妙でもなんでもない、身も蓋《ふた》もない意味の露出に気がついたのである。彼女らもまた障害児を入所させる心づもりで、見学に来た母親だと漠然と思っていたから、立派すぎるという感想を不思議に感じた。しかし彼女らは都なり区なりの福祉政策に批判をいだいていて、それを運動化する一端として、まずは施設を見に来たということではないのか？　それならば、聞えよがしの批判の言葉は、剝《む》きだしの意味をつたえてくる。実際、世田谷区の福祉作業所は、イーヨー自身によりも妻に、とくに喜びをあたえたほど、立派な建物である……

僕は向う側の舗道を歩きながら、たまたま作業所の門のところまで出て来たイーヨーが、さきの女性三人組に囲まれて、素ぶりからするかぎり例の丁寧きわまる応答をはじめるのを見た。いったん福祉所前を通りすぎて信号のある横断歩道を渡り、ひと廻りするコースを、僕はとくに足を早めもせず歩いて、なりゆきを見まもっていただけだが。そのうちイーヨーが頭をゆっくり振って話していた、その仕草を止めた。ぐっと肩を張り胸をそらせて、壁のようにとりつくしまのない恰好になり、頭だけうなだれて黙りこむ様子なのだ。それでも取り囲んでいる三人の女たちが口ぐちに問いかけるので、歩き出すことはできない。他にも福祉作業所から出てくる障害児たちがいるのだが、イーヨーのみが質問のターゲットに選ばれているのである。

僕は足を早めたが、それよりさきにバス停の標識の脇から、あの鬱屈した母親がバタバタ靴音をたてて、イーヨーと三人の女性の所へ駈けよって行くのである。性急な調子の短いいい合いがあり、その間も嵩ばるオーヴァの母親が大鴉《おおがらす》のようにイーヨーの肩をかかえ、囲んでいる女性らから救出しようとする動きもあった。そこへ急ぎ足に近づく僕を見て、パニックにとらえられた具合に、女たちは小走りに遠ざかって行ったのである。昂奮から顔をドス黒い赤さにした母親は、片腕をイーヨーに、もう片腕はやはり福祉所から出て来た女の子の肩に置いて、

——あんたはどうして観察ばっかりしとるとですか？　と僕を睨《にら》みすえるのだ。あんたが同級生の父兄じゃなかったら、私らは許さんとですよ。

イーヨーも、救出してくれた友達の母親のいうところに心から同意するふうに、謹直な面持《おもも》ちをして僕を見かえしてくる。僕は頭をさげ礼をいい、やっとのことで自分の息子をさげわたしてもらうという具合であったのだ。

バスに乗ってから、イーヨーにあの女性たちからどういうことを聞かれたのかと質《たず》ねたが、かれはなお険《けわ》しい顔つきで黙ったままである。その僕に、同じバスに乗り込んできていたさきの母親が、乗り合せている人びとみなに聴き耳をたてさせるほどの語調で説明した。

——あの人らは自分のマンション脇に福祉作業所ができるので、反対しておるとですよ。それで今日はこちらまで偵察に来たとですよ。ずっと工事妨害はするし、子供の遊び場を奪うなと新聞に投書をするし、この間は、金を一千万出す、身障者のヴォランティア活動もする、とまでいいだして、本当に馬鹿にしとるとですよ。マンションの脇に作業所を建てさえしなければ、そうしたことをしてくれるとです。私らの子供を汚ないもののように見ておるとですよ。

帰宅して、僕にあわせ妻から問いかけられても、この日三人の女たちがなにをたずねたのかをイーヨーは決していわなかった。あの三人が、福祉作業所に反対する運動のなかからやって来ていたのであるのかどうかも、さだかではなかったのである。四、五日たって、夕暮のテレヴィ・ニュースをイーヨーともども家族で見ていると、問題の建設現場が映し出された。作業再開ということで、マンション側の運動のメムバーに急を告げる鐘が鳴らされ、主婦たちが非常階段を駈けおりてくる。子供らも加えて金網ごしに市の作業員へ抗議する彼女らの顔つき、躰《からだ》つき、身のこなし、みなに滲《にじ》み出ている、ある高さの生活水準。それらはイーヨーに作業所前で話しかけたスエードのコートと皮ブーツの女性たちの、ふだん着姿というふうにも感じられたのだが。当のイーヨーはアナウンスを聞いて、

――**あーっ、作業所建設に反対ですか！　これは、困りました！**　といっている。そこでもう一度、この間作業所の前で三人の女の人たちからなにを聞かれたのかと、あるいはなにをいわれたのかと、きみは怒るか困るかしてじっとうつむいていたじゃないか、と質ねると、

――**もういいよ！　止めましょう！**　とイーヨーは強くいって顔をそむけてしまったのだ。

おなじテレヴィを見て、妻もやはり微妙に僕の視線をさけるふうにしながら、次のようにいっていた。

――私らの子を汚ないもののように見ていると、若いお母さんがいわれたそうだけれども、私は、この人たちがなにか恐しいものに攻めてこられると感じているように思う、と

妻はいったのだが。Yさんが使われる言葉でいえば、恐しいものに自分らの生活が「侵犯」されると、マンションの人たちは感じているように思うわ。親がそうならば、子供たちにもその感情は移ってゆくはずでしょう？　現にいまのテレヴィでそのようだったでしょう？　怯《おび》えた子供たちが石を投げる、というような進みゆきになれば、イーヨーの頭のプラスチック板が心配だわ。十年前のようにヘルメットをかぶせて、作業所へ通わせることになるかもしれない。イーヨーは卒業したら、建設中のこの作業所へ行くのだから……

僕は『ピンチランナー調書』という長篇小説を書いた際、主人公に小学校の特殊学級でのアクシデントを契機にして、障害のある子供らの自衛のための訓練を主張させた。それは喜劇的な、あるいはグロテスク・リアリズムのイメージ・システムにそくしての小説の基調から、いかにも誇張した語り口での演説となっているが。

《卒業して社会に出て行く子供らにむけて、教師がしてやることのできる本当の援助は、きみたちの生きてゆくこの現代社会は、こういうものだと教えてやり、こういうところに気をつけてやってゆけ！　といってやることだと思うがね。それは可能ですか？　そういうことをわれわれの子供らにむけて教師たちはやってくれるのだろうか？　いまここで教えられていることは、われわれの子供らが将来、隅っこの社会で、いくらかは手のかからぬバカとして暮せるように、自分の手足の始末のしかたを教えることじゃないだろうか？

未来社会ではそのシステムが合目的化されて、われわれの子供らは、手足のみならず自分をまるごと始末するしかたを、すなわち、ha、ha、自殺するしかたを学習することになるのじゃないか？　本当にわれわれの子供らのことを考えるならば、未来社会におけるそのような淘汰《とうた》する力をはねかえすために、われわれの子供らが、独自に武装して自衛することを教えねばならない！　というのも現代世界が汚染されつづけてゆく以上、われわれの子供らのような子供の数は飛躍的に増大せざるをえず、いったんそのように増大してそこいらじゅうに眼につくようになったわれわれの子供らは、未来社会のダウン・ビートの先行きの象徴として、民衆的憎悪の対象になるよ。弱小民族、被差別階級がその脅威《きょうい》のもとに生き延びねばならなかったような、不当な憎悪の対象に！　そしてついに立ち上った民族・階級もあるんだが、この学級はわれわれの子供らに自己防衛の手段を指導したことがあるか？》

この小説の、やはり誇張された語り口の導入部には、東京駅で障害児が迷い子になる挿《そう》話《わ》もあるのだが、動顚《どうてん》して子供を探しまわる父親の内面を、僕はブレイクを引用しながら書いたのであった。迷い子を探す、駅構内の大群集のなかに、父親が自分こそ見棄てられている者のように感じる。《オ父サン、アナタハ僕ヲ見棄テテ、イッタイドコヘ行ッテシマッタノカ》とかれはつぶやくのだ。《そしていったんそうつぶやいてみると、おれは誰か正体のわからぬ他者に向けて、（ha、ha、オ父サンに向けてか？）救助をもとめている無信仰者のようでね、その場かぎりの祈りの声をあげてしまった。Father! father! Where are you going? O do not walk so fast. ／Speak, father, speak to your little boy. ／Or else I shall be lost. そしておれは自分を棄て去ろうとする者に追いすがろうと息せききって、しまいには駈け出さんばかりの早足で、東京駅構内をグルグル廻っていたんだよ、ha、ha、逃げさる father を追いもとめて？》

この長篇を書いていた当時、実際の出版から二、三年ほどさかのぼる、イーヨーが十歳の冬に、ここに書いたと似た出来事が起っていた。現実においてはイーヨーは、単純な迷い子であったのではなく、ある人物に連れ去られ、かつ置き去りにされたのであった。僕が事件をそのまま小説の構想のうちにうつさなかったのには、当の小説を読む人びとのうちに、あらためておなじ誘拐《ゆうかい》劇を仕組む者がいるかもしれぬという、今となっては被害妄想じみた意識があった。おなじ理由から、新聞に報道されることを惧《おそ》れて、警察にとどけなかったのでもある。もちろん当の一日の終りにイーヨーを発見する、ということがなかったなら、妻が警察に電話したにちがいないが。また僕もそれを制止しはしなかったはずのものであるが。この時期、妻は僕の被害妄想じみた意識がこうじること、そしてその結果、たとえ先方がさきに仕掛けたのであれ、過剰《かじょう》防衛と判断されるほどの暴力を他人に向けて僕が発揮することを惧れていた。

当の被害妄想めいた意識について、もとより僕は責任を他者に帰するつもりはない。ただその「引き金」として、この頃までですでに四、五年つづき、さらに永く終らなかった電話と手紙による執拗《しつよう》な働きかけがあったことはいわねばならない。はじめ僕は名前も住所もわかっている手紙の書き手と、一日に五度から六度ベルが鳴って、受話器をとると黙っている、電話の主とを別人だと受けとめていた。さらに電話の掛け手を不特定の複数だと考えていたので、それは社会全体からの敵意の表明と感じられてもいたのである。その後、すべてとはいわぬまでも、沈黙の電話の大半が手紙の書き手によるものだったとわかったのだが。

いまはすでに永かった悪夢とでもいうものとして、詳細は略したいが、手紙と電話の主は、ある有名な大学の商学部の学生で、批評家となることを望んでいるといい、文壇に出るための媒介役となれ、それも机の前に何日坐りつづけても一行も書けぬ自分にペンをとらせることからはじめよ、と要求してくる人物であった。手紙の文体の一種傲慢《ごうまん》な自信は終始かわらず、むしろそれのみが救いだったが、手紙はそのうち僕のみならず妻あてにも書かれることになり、障害児を大切にしながら健全な者の要求に拒否的であるのは不当だと、憎しみが表明されるようになった。妻も僕も、しばしば一日中、当の手紙と電話に頭をしめられつくすようであったのだが、学生はなぜ自分のみが苦しまねばならぬのかといい、僕ら家族への攻撃的な言葉を書きつらねた。さらには自殺をほのめかすかれに、僕は勉強なり就職なりをするにしても、まず精神状態を健康に戻《もど》してからだし、そのためには専門医に相談するほかない、と手紙を書いた。実はそれが契機となって、沈黙の電話の主もかれであったことが判明したのだが、朝から夕方まで電話のベルが鳴り響いたあと――つまりこの学生の両親が留守の間ということになるのだろう――オ前ガセイシンビョウインへ行ケ！　とささやくようにいって電話を切る、という新しいパターンが始った。妻が電話に出て僕の留守をつげると、――最近は電車のなかで、隣りの人間に頭を兇器《きょうき》で殴られるという事件も起りますね、といったりもした。僕と妻は電話のベルが鳴るたび緊張するようになり、それはこの時期よりさらに十年ほどさかのぼっての、明瞭な政治的意図による電話攻撃の記憶とからんで、つまり僕を被害妄想じみた意識の深まりへ、さらに押しやるようであったのだ。

この頃、ひとつの出来事があった。真夜中過ぎに、家族が眠ったあとは暖房のモーターをとめるため、頭までスッポリ包むヤッケを着こみ袖口は紐《ひも》で結んで、僕が仕事をしていた。戸外でしきりに話しかけている声がする。はじめは二人の対話だと思っていたがそうではなく、かつは僕の名を呼んでいるようなのでもある。玄関のドア口から覗《のぞ》くと、門の脇に、壊れているインターフォンに向けてしゃべっている大柄な人影がある。なにか御用ですか、と僕は声をかけた。相手は酔っているのらしい若い甘やかさもはらんだ声で、――御用といわれても困るんだがなあ、という。火急の用でなければ、もう深夜だし、明日にしてもらいたい、と僕はいってドアを閉ざした。しかし門の外の若者は、なおもインターフォンに向けて語りつづけるのである。僕は仕事をつづけることができず、その二、三年不眠症の療法として毎日眠る前三十分ずつやっていたウェイト・トレーニングの体操をはじめた。その体操によって、僕の肉体は、青年時の終りの肥満が残っていたこともあり、かつてない強壮さに見えてもいたのだが。トレーニングの三十分が終った時、なおインターフォンに議論をしかけるふうに語っている若者に向けて、燃え立つ憤怒を押しとどめえぬのを感じた。もっとも武器になりかねぬ体操用具を置いてゆく分別は持っていたのだが、若者の胸ぐらをつかまえて駅の方向へ押したてて来よう、と決心していた。この時もすでにギルクリストの評伝は読んでいたブレイクの、フェルパムでの出来事に影響づけられていたかとも思う。玄関を出て門灯の光の輪に入って行く、ヤッケに頭まで包みこんだ僕の躰《からだ》を見て、悲鳴のような声が、うしろと前から起った。うしろの声は寝室から門の方向を覗いていた妻が、僕の姿にショックを受けて発したのだ。もう片方の声の主は、雲を霞《かすみ》と逃げ去っていた。被害妄想的な感じ方にむすんで、僕が過剰防衛と判断されかねぬ仕方で人を傷つけることへの妻の不安が、この頃ずっと消えなかった模様であるのには、こうしたことが根拠としてあった。

もっとも三十代なかばの僕が、外来者に対してまったく閉鎖的に暮していたのではなかったことにも、端的な証拠がある。ある日、訪ねてきた学生二人と会ったことが、かつて経験したイーヨーについてもっとも胸苦しい、それこそ自分も常軌《じょうき》を逸した行動に走ってしまいかねぬ、一日の出来事をもたらしたのであるから。

関西から出てきたという学生宇波君と、おなじ高校から東京の大学に入っている案内役の、ほとんどしゃべることのなかった稲田君。かれらとの問答を、その頃の鬱屈のままに毎日長く書いていた日記を頼りにふりかえると、かれらの訪問してきた日には、まず次のようなことがあった。遅く眼ざめて仕事場兼寝室から降りて行くと、応接間で来客とイーヨーとが遊んでいるのらしい。モーツアルトのディスコグラフィーから、ケッヘル番号を読みあげてはイーヨーが曲名と調をあてるゲームをしているのだ。たまたま僕はその遊びについて書いた短かい文章を発表したところでもあった。妻は台所でいそいそと昼食の準備をしていた。来客と家族みなとに行きわたる量の、親子ドンブリを作ろうとしているのだった。料理をつづけながら妻の報告するところでは、学生たち二人はW先生の紹介で来た。よくしゃべるひとりは「公明党の都会議員」のタイプで、もうひとりは無口で陰気である。朝がた調子が悪く学校をやすませたイーヨーを、その二人組がたくみに元気づけて遊ばせてやってくれている。どうやらひとりは、障害児の学級で教育実習をやった学生なのらしい……

妻が親子ドンブリを運ぶのを手伝って僕も応接間に入って行き、かれらと食事をしながら話をした。妻の形容どおりで微笑を誘われたものだが、長髪の流行していたあの頃に髪を短かく切り、つやのある頭の地肌をのぞかせた宇波君と、イーヨーがなお遊びたがって、母親とふたり居間に引上げるのを望まぬようであったから、妻もかれも一緒に。イーヨーの意志表明も、あの年齢の時期としてめずらしかったのだが、それは全体に陽気な気分の一環をなしてもいるのであった。訪問してすぐの短かい時間でイーヨーのみならず妻をもまた快活な話しぶりにひきこんだ宇波君の仕方に、もうひとりの、これはいかにも大学紛争の間の一タイプであった、陰性の稲田君は当惑ぎみなふうでもあったが。

学生たちとの、それも宇波君がひとり話しかけてきたこの日の会話において、演出の徹底した演技のように、記憶にくっきりしている三つの様相がある。食事の後、妻とイーヨーがまだ一緒にいた間、宇波君はいかにも自分を愛してくださっている先生方の近況をつたえる、という様子で幾人もの高名な学者たちの話をした。それは僕が二人を紹介してこられたW先生について、お宅ではどういうお話をしたのかたずねたのにはじまる。数年来、先生は大学紛争中の研究室から、学生の一部が書物をかつぎだして古本屋に売るというような事件のかさなりがあり、かならずしも学生運動家たちを信頼していられるのではなかったからだ。

宇波君は、訪ねて行くとW先生が冬の陽だまりの半畳ほどの池の脇で、板の簀《す》の子にペンキを塗っていられたといい、能舞台のある家に住む京都の仏文学者より格段に生活が質素であるのに印象を受けたといった。また bricolage をやっていられるのも好ましいと、まだ翻訳の出ていなかったレヴィ＝ストロースの『野生の思考』を読んでいることをさりげなく示しもした。

さて宇波君は話に出た京都の仏文学者の紹介によってW先生のところへ行ったというのだが、目的はほかならぬ僕の卒業論文の、フランス語のレジュメのコピイをとりたいということと、マッカーシー旋風の吹き荒れた時代の終り、カイロで自殺したカナダの外交官かつ日本史学者のハーバート・ノーマンを介して、W先生とも親交のある政治学者M教授への紹介をいただく、ということであった。W先生の返答は、M教授は病身でいられることもあり、紹介しがたいが、僕の論文ならば、それは本人に直接たずねてみよということであった……

したがって宇波君のいうところを注意深く聞くと、紹介を受けたといってもあいまいなところがあるのだったが、ともかくもこの学生は、関西から上京して数日の間に、多くの学者、作家、批評家に会っていた。それもいわゆる戦後民主主義をアカデミズムやジャーナリズムで支えてきた人びとに——むしろ僕は青年時からそれらの人びとの影響のうちに育った者に属するのだが——会っているのであった。

——われわれがお会いしたのはね、いま闘争している連中や、周辺のシンパの連中から、民主主義の形骸《けいがい》化の責任を問われている人たちですね。むしろ破産を宣告された、先刻克服された人たちですよ。打ち明けた話をすれば、ああいうイデオローグを批判して、ついでにね、英語でいえばlaughing matterとして、あなたのエッセイを引き合いに出すのが、われわれの議論のパターンですから。しかし、われわれはこういう闘争には揺り戻《つ》しが来ると見ていますよ。その晩には、いまわれわれが絶縁したと、おたがいの間の吊り橋を爆破したと考えているね、向う側の人間に対して、なんらかの修復をおこなう必要がでるかもしれない。そのための試案をわれわれが提出してみたらば、京都でいまもわれわれとつきあいのある先生方からね、いまのうちからそういう暗い先行きを考える態度は進んでいると、そういわれましてね。紹介状が集まったんですよ。

宇波君の言葉、話しぶりについて、僕の日記は、Ⅰ、Ⅱ、Ⅲとかれの態度のくっきりした変化を分節化する記録をするなかで、右のようにⅡのはじめに書き記している。これは妻がイーヨーをうながして居間に去り、僕のみが学生たちふたりと話をつづけることになってすぐのものだ。それまでの宇波君は礼儀正しく先生方の話をし、僕自身についての学生仲間の評価について、これほど正直なことをいいはしなかった。

——われわれがあなたのエッセイをlaughing matterとしていることにしてもね、まずそれは事実ですよ。しかしあなたは政治理論とは無縁な人だし、政治的な行動家でもないしね、教条的な批判は、そもそも前提がまちがっていると思います。しかし、われわれがあなたの生きざまについて苛《いら》いらするのはね、あなたが大学闘争の現場にいる者から冷たいことをいわれ、笑いものにされもしてもね、このところあまり発言しないことは確かだけれども、自分の立場というか、持場というか、それを動かさないで、われわれが高校生であなたのものを読みだした頃からおなじことを書いている、ということなんですよ。つまりね、われわれの論理と行動にイブリ出されるようにして、現実主義者の方向へ移行することはしない。だからといって戦後民主主義の幻影から踏み出してね、年寄の冷水《ひやみず》といわれるにしても、われわれと共闘する、そのようなこともしない。もしかしたらこれから十年たってすらね、あなたの考え方はこれまでと同一なのじゃないか。そこがなんともカッタルイと、われわれは苛立《いらだ》つんですよ。いつまでもこんなふうでいていいと、あなたが思いこんでいる、それはどういう根拠があってのことか？　それをね、あなたの側に立って考えてみてね、われわれが辿りついた結論はね、あなたに障害児がいるということですね。われわれの運動に近いところにね、障害児を普通学級に、という運動があります。知っているでしょう？　けれども、あなたはそれに加わって来ない。障害児を隔離して教育する学級にあなたは子供をたくしている。差別に協力する側だと、差別を再生産する側だと、われわれが批判をつきつけるとして、あなたはまたカッタルイことをいうんですね。いろんな障害児の生き方がある。普通学級に行く障害児もいてくれなければ困る。しかし自分の子供は特殊学級が向いている、というんでしょう？　ともかくも自分らはこの息子を生活の中心にすえている、その上での経験に立った判断だというわけだから、外部の人間としては、批判するだけ骨折り損ですよね。あなたの『洪水は……』に読みとれるけれども、社会の体制がどう変っても、障害児は自分らで面倒を見てゆくほかないと、あなたは覚悟しているのでしょう？　そういって運動の方に出てこない。そこがあなたのなんというか、妙に腰の坐っているところなんだなあ。われわれからいえばカッタルイところですよ。

宇波君が反応を見るようにいったん言葉を切った際、僕は黙ったままの稲田君に聞いてみた。

——かれがわれわれという時、それはきみをふくんでのことですか？　われわれと宇波君がいう時、きみも同意見ですか？

——同意見です、われわれの考えですから、というのが、この日稲田君の発した、ほとんど唯一の言葉であった。

僕として応答のありようもなかった。ただⅡと分類して日記に書きとどめた宇波君の論及は、しかし僕のあの時期の生き方について手のこんだ嫱しがらせを仕組んでもいたように、いまは思う。そのうち宇波君はⅠ、Ⅱの話しぶりから劃然《かくぜん》とあらたまった、生ぐさいほど挑発性のあるものいいに転換したのであったから。

——あなたは「被爆二世」の組織に原爆関係の本の印税を寄付したでしょう？　かれらはそれで全国遊説のための車を買うと新聞に話したけれども、じつは五分の一の額でね、ボロ車を買いました。それが出発前日に事故をおこして、修理費がないと、これもあなたのところに取りに来たでしょう？　残りの金はどうしたか、セクトの上部組織に行ったと思いませんか？　この間は、東京にデモに来た仲間の学生らが逮捕されるかも知れぬから、飛行機で逃がすといって、あなたとH大学の総長代行に頼みにゆくといって、結局あなたが全部払ったのでしょう？　対立党派からゲバルトを仕掛けられるのを惧《おそ》れて、羽田から自分らの上部組織のお膝もとに逃げたわけですよ。あなたがムダ金をつかうのは、一見自由のようだけれども、対立組織の方はどう思いますかね？　そこでの話ですが、連中の車に出す金があるのなら、独自な運動をやっているわれわれに車を寄付しませんか？　われわれは小型バスに短波発信装置をつけてね、どんどん移動しながら自由放送をやるプランを持っていますよ。政府や財界の悪いやつらが、国会の証言席に引きずりだされてもなかなか白状しないでしょうが？　自由放送の小型バスには拷問《ごうもん》装置をつけてね、訊問《じんもん》の現場からそのまま放送しますよ。政治家でも実業家でも、官僚でもね、取っ摑《つか》まえてきて拷問して、証言をそのまま放送しながらね、東京じゅうグルグル廻りますよ。この車の費用はね、あなたが「被爆二世」に出した程度の金じゃなくて、大規模なものです。あなたも手はじめにいくらか出しませんか、ということだけれども……

　あらためて問いただすまでもなく、稲田君がわれわれの意見として宇波君のいうところに賛同している様子であるのを見て、僕は話をつづける気持を失った。宇波君は奇態なほど事情通であり、かれが知っていることには僕に連絡に来た当事者しか知らぬところがあって、それらはむしろ宇波君の意味づけではじめて納得《なつとく》したのでもある。ところがそうした事実に立って話をしかけながら、自分の提案をまともに僕が受けいれるとは考えていない。ただ挑発するのみの話しぶりに、僕はムッとしてもいたのだ。ただどういう仕方で学生たちに引取ってもらうかを思案している僕を、話が永びく気配に、妻が気にかけていた過剰防衛的な方向への移り行きを心配して顔を出した。

ところがお茶を持って入ってきた妻と、あとにしたがうイーヨーを見ると、突然宇波君は最初の愛想良い態度に戻り、次のようなことをイーヨーに話しかけて、実際すぐ帰って行ったのだ。

——奥様、永居《ながい》してあいすみません、われわれはすぐおいとまいたします。イーヨー君ね、いま先生とお話しながら策を練っていたんだけど、最後にね、もう一問、これは難問よ、大難問。ケッヘル五二二番はどんな曲でしょう、ヒントはオナラです、ふっふっふ！

——なにかな、なにをいってるのかな？　この番号は「音楽の冗談」、へ長調ですけど、なにかな！

この時期は、妻が朝イーヨーを校門のところまで連れて行き、下校時は僕が自転車でむかえに行く、という仕方で日々を送っていた。イーヨーは八歳で小学校へ通うことになったのだから、特殊学級の三年生だったわけだ。家から校門までずっと親がつきそっているのでは、いつまでもひとりで登校する能力をつくりだすことができない、と担当の先生方から工夫をもとめられるようになっていた。そこで同じ小学校にかよう子供らで道路が占められ、歩道橋もふくめて脇道にそれる可能性がないはずの区間を、すこしずつ距離を伸ばしながらイーヨーにひとり歩きさせてもいたのである。成城学園の高台から降って世田谷通りとまじわる一帯は、片側に東宝撮影所の敷地が囲いこまれている、交通量の多い場所だが、歩道橋を渡ったところにある学校から学童たちが帰るコースはよく考えてある。高みの電報電話局の前に自転車を駐《と》めて待ちうけていると、家の中で見るよりも小さく感じられるイーヨーが、のんびりしているようでもあり一心不乱であるようにも見える、独特な歩きぶりでゆっくり坂道を昇ってくる。それを見つけだすのは、日々新しく胸の高鳴る喜びだったものだ。僕はイーヨーの進んでくる歩道のへりに――かれは教えられたとおり車道と反対側のへりにそって歩いてくる――立って待っている。まだ検眼が不正確なままの眼鏡をかけていたイーヨーは、三メートルへだてるのみの近さにいたってはじめて、僕の待機に気がつく。イーヨーはさしてあらたまった感慨もないという澄まし顔で立ちどまるのだが、躰の全体から緊張が蒸気のように雲散霧消して、戸外にさらしておくのがはばかられるほど柔かな生きものに戻るのである。僕はイーヨーを自転車のハンドルに取りつけた金具の椅子に乗せ、かれの背なかに胸を重ねる具合にして漕《こ》ぎ戻る……

この日も僕は電報電話局の前で待っていたが、イーヨーは坂道にあらわれない。僕の脇を通りぬけてゆく小学校低学年の子供らの群がしだいに稀薄になる。イーヨーよりも年長の、しかし同じ特殊学級の女の子が手をつないでやってきたので、不意撃ちにならぬよう注意しながら声をかけたが、二人はビクリとして、荒あらしいほどの力で引っ張りあい黙って通り過ぎてしまった。僕は自転車を車道に乗り出すと、なおもやってくる子供らを見渡しながら歩道橋まで降って行った。そこに自転車を駐めて、歩道橋から学校入口のトンネルと階段そして校庭を横切って特殊学級の教室まで急いだのである。教室に残って記録をつけていられた女の先生によると、イーヨーは三十分前に教室を出たという。僕はいま来たコースを走りながら取ってかえし、いつも自転車で家まで戻って来る道のりを、周りを見まわしながら急いだ。家について妻にイーヨーが戻っていないことを確認する。それからは妻がイーヨー探しの中心となったのである。

妻はすぐさま担任の先生に電話をしてイーヨーが迷い子になったことを報告し、かつクラスの誰かれが見あたらなくなった際に緊急連絡して三人ずつの捜査《そうさ》グループをつくり活動をはじめる母親たちの連絡網に、申しおくりもした。その上で妻が、自分も学校を起点にしてイーヨーを探すために出て行くまで、僕として作業を手伝うことはできなかったし、妻が連絡網の母親たちと協同して動くほうが効率良いはずである以上、こちらは家に残って、幼なかったイーヨーの弟妹の面倒を見ながら、母親たちや先生からの連絡を待つ役割を引受けたのであった。

妻が出て行ってすぐ、電話のベルが一度だけ鳴って止んだ。電話機に向けて腰をあげた恰好のまま時計を見あげて、午後三時ちょうどであるのに、なんとも情けない思いと憤激を同時にいだくようであったのを思い出す。ヤレヤレこんな時に、夕暮まであれが繰りかえされるのか、と思ったことも覚えている。一日じゅう幾度も電話をかけてきては、最後にひとこと罵《のの》しるまで、黙って受話器を置くことをつづける——批評家志望の学生の電話のルーティンがあらわれていたからだ。かれは硬い鉛筆で薄く書いたその手紙が斜めにして光をあてなければ読めぬものであるのにもあらわれている、粘着的な気質の人間であった。電話は二時あるいは三時にかけはじめて、三十分ごとに繰りかえす。そのうちこちらも電話がかかってくるはずの時間の区切りめに支配されはじめて、ベルが鳴る一瞬前の、喉《のど》がつまる気配のような音を電話機がたてるのみの時すらも、それに気がつかずにはいられない。永くつづいた電話攻勢で、相手は僕をやはりそのような気質に訓練したわけなのであった。

しかしこの日は、黙ったまま切られてしまう電話が二度目にかかり、切れた直後、カッと顔じゅうに血がのぼる悔《く》いの思いが僕をとらえた。当の電話の主が、イーヨーを連れ去っているのではないか？　かれこそは僕ら夫婦が障害児にかまけて自分に助力しないと告発する手紙を書き、知恵遅れの子供を育てることで他者への義務をはたさず平気でいる生活は特権的だと、非難を重ねている男ではないか？　かれが僕の家の周りをうろつくことがあるのは、二、三週前、信用金庫他の就職試験不採用通知を、僕の家の郵便受けに入れて行ったのでもあきらかだ。いま沈黙している電話の相手に問いかけつづければ、自分がおまえの息子をつかまえている、釈放には交換条件としてこれこれだと、口を開かせることができたのではないか？　いまの電話を最後に、かれが僕への呼びかけを止め、たびたび手紙で主張してきたおぞましい思想を実践にうつしてしまったらどうするか？

電話の主の住所ならば、大量の手紙を保存してある紙袋を取りだしてくればすぐにも判明することである。しかしどのようにして、その疑惑を警察に納得させうるだろう？　電話機の前に立ったまま、僕は次の三十分を忍耐した。そして四時、ベルが一度鳴るとすぐ、受話器をとりあげて自分の名をなのったのである。向う側で、息をのむ具合の沈黙があった。モシモシ、モシ、モシと僕が言う。一瞬あって、稚《おさな》いほどの穏和な青年の声が、――はい、と答えて黙ってしまう。僕は言葉をさがす。しかしその前に青年は、――オ前ガ、セイシンビョウインへ行ケ！　と暗い憤りの声音を発すると、受話器を置いた。青年は家にこもったまま通例の電話攻勢にたずさわっていたにすぎないわけである。僕がこの青年からの電話に解放感をあじわったのは、これがはじめてであり、かつは終りだったが……

六時を過ぎて、まだ春は遠くすっかり昏《く》れていたが、妻から依然としてイーヨーが見つからぬ、という連絡があったのち、僕は稲田君からの電話を受けた。あの雄弁だった宇波君と訪ねてきた際にはずっと黙っていた方の学生が、――一応、報告しておいた方がいいのじゃないかと思いますので、と陰気な語り口ながら罪悪感などは持たぬ様子で、次のように申しのべたのである。

友人の宇波がひとりで計画し実行したことだが、かれは奥さんに聞いた息子さんの送り迎えの手順を検討し、今日の午後、息子さんを自分の管理下においた。宇波はあなたが、実際の政治行動に参加せぬ、文筆だけの反体制文化人でありながら、障害児を持っているためにそのような自分のあり方に大義名分を見出しているのに腹をたてている。そこで障害児の息子さんを始末すれば、あなたを非行動について弁明できぬ場所に突き出すことができると、あるいはあなたに息子さんを無事戻す条件で、なんらかの行動への約束をさせることもできる、といっていた。障害児の息子さんについて、あなたが最終的にどういう態度をとるか、息子さんを自分の管理下におきながら交渉をはじめる計画であった。ところがいま宇波から連絡を受けたところでは、あなたのところに電話をしてもうまく通じなかったので、そのうち嫌気がさし、息子さんを東京駅構内で解放して、新幹線で関西へ帰るということだ。自分は直接関係ないが、一応報告しておいた方がいいのじゃないかと思いますので……

学校周辺でのイーヨー捜索を母親仲間ともどもいったん切りあげ、一時間休息して食事もすませることにした妻が、戻って来たところだった。まだ乳幼児だったイーヨーの弟妹の世話を、父親がよくなしえずにいることへの心配もあったわけだ。僕は稲田君が電話のはじめとしめくくりにいった、一応、報告しておいた方がいいのじゃないかという言葉に、カッとしてくる自分を抑制しはしたが、降りはじめた雪を髪や肩につけ、鉱物質の冷えた匂いをただよわせて僕の脇に立っている妻に、いま聴いたところを伝えようとすると、われながら声は破れ鐘さながらに響いて、胸奥に黒ぐろと湧きたつものの瘴気《しょうき》があわせ吐きだされるようだった。

——この前やって来た学生の、よくしゃべった方が、イーヨーを連れて行った！　僕を実際行動へ突つき出すために、イーヨーを始末するか……イーヨーを始末するか、なんらかの交換条件をつけて戻すかと、つまりは誘拐して強請《ゆす》るということをしようとした！　ところが途中で嫌気がさして……途中で嫌気がさして、新幹線で帰って行ったというんだ！　イーヨーは駅に置きざりにして！　途中で嫌気がさして、というんだよ！

僕はすぐさま東京駅へ向おうとした。ところが妻は、イーヨーの弟と妹について、お向いの、とくにつきあいが深いのでない家の若奥さんに世話を頼み、一緒に東京駅へ行くという。その際僕は気がつかなかったのだが、もし宇波君が引きかえしてくれれば、僕がかれを——殺しはしないまでも——傷つけるにちがいないと妻は惧《おそ》れていたのであった。そこで妻ともども東京駅構内を歩き廻ってイーヨーを探したわけだが、到着後なお三時間も探しつづけることになり、はじめに引用した『ピンチランナー調書』の一節のような内的経験もしたのである。十時過ぎて人影もまばらになった新幹線「こだま」のプラットフォームで、僕がイーヨーを見つけた。売店脇の窪んだ所にスッポリ躰《からだ》をはめこみ、体重を売り台の端にかけて、イーヨーは穏やかに線路へ降りしきる雪を眺めていた。ズボンを濡らして流れた尿をふたつの長靴いっぱいにためて。脇にしゃがみこんで覗きこむと、イーヨーはやはりあらたまっての感慨はないという様子で僕を見かえしたが、顔からも躰からも緊張にこわばっていたものが蒸発して、いつもそのようにしてあらわれる柔かなものがいまは紅く輝くほどの勢いで、眼のまわりからひろがった。つもりはじめた夜の雪のなかをわれわれはタクシーで家に向ったが、新しいズボンと長靴を買ってはかせたイーヨーの、まだ尿に濡れている古い長靴のなかに僕は嘔《は》いて、怒り叫ぶような声を発した。妻はさきにも書いたように、イーヨーを探す間、僕が宇波君への傷害事件をおこして「監獄にいれられる」こともありうると思い、しばしば貧血するようであったと、嘔き終ってぐったりしている僕に話した。

今年の正月休み明けの日、早朝の路上で、京都周辺のベッド・タウンに住む塾教師と市役所の吏員が、鉄パイプで殴り殺された。その新聞報道を、たまたま広島まで旅行した僕は関西版で読んだ。東京版の新聞を読む妻は、記事のスペースの関係もあってのことだろうと思ったが、事件に気をとめなかった様子なので、僕は黙っていた。記事によれば、被害者はかつて学生運動のセクトに属していた、宇波三吉および稲田彰という、ともに三十歳の人物であった。記事を読んだ日から三日後の、僕が体育クラブのプールに泳ぎに行っていた午後六時すぎ、京都から長距離電話がかかってきた。――十年前にお宅にうかがって、宇波と申した者ですと、いかにも如才《じょさい》ないものいいで、電話の主は名乗りをあげた。

かれがまず電話をかけて来た目的としてあきらかにしたのは、五日前に起った、昔の内ゲバの後遺症のような事件で――黙っていたけれども新聞記事に気がついてはいたのだと、電話の内容をつたえながら妻ははじめていったのだが――被害者の名が宇波、稲田であったことについて、われわれ夫婦が誤解しないようにしたいからだ、というのだった。宇波、稲田の二人が殺されたと新聞で読み、十年前に息子を連れ出し置きざりにした者らへ「天罰」がくだったと、胸のつかえがおりた気がするか、二人とも殺されたのは「天罰」にしても行きすぎだと、寝ざめのよくない思いをしているか。どちらにしてもあやまった思いこみを訂正してやりたいのだ。われわれはあなた方の家を訪ねた際、敵対する党派の活動家の名前を名乗っていた。今回殺された二人は、かれらなりにシコシコ活動をつづけてきたか、実際には休眠状態ながら昔の腐れ縁をたちきりえないでいたのであろう、宇波、稲田本人たちなのだ。われわれはいま、それぞれに新しい方向にそくして働いている。現在の自分は小説などに縁はなくなっているが、あなた方もまた息子さんも、健在のようだとは察してきた……

それまで我慢していた妻は意を決して、あなたが自分らの子供にしたことは、本当にひどいことだったのだと、もしプラットフォームから落ちていたら、あるいは東京駅発の長距離電車のいずれかに乗り込んでしまっていたとしたら連れ戻すことは難かしかったはずなのだと、遅ればせながら糾弾《きゅうだん》した。ところが宇波君という名でわれわれの記憶に無惨な傷を残している男は、

——正直にいえば、その方が良かったのじゃないですか、と切りかえしたというのだ。奥さんも十年間お子さんに束縛されることがなかったわけだから、若くていられたはずですよ。御主人はいまも、われわれが十年前に指摘したとおり煮え切らないことを書いているが、そこから出ることができていたのやなかったですか？　シビアに考えれば、いうまでもないことやけど、頭に障害のある子に生産性はないですよ。社会の物質代謝のやね、一環たりえないですよ。ところがそんな子供を免罪符にしてやね、御主人は社会の波風に直接に立ち向ってはゆかないのや。十年たっても御主人はなんにも変っておりませんよ。このまま哲学的な成熟なしに年とって、いったいどうするのかと、批評家にいわれておったじゃないですか。御主人は息子さんと二人で生きているつもりやが、お互い甘えあってね、二人とも一人分生きる苦労すら免除されてるのやないですか？　われわれは政治、社会の波風つきぬけてね、次の段階にいたっていますよ。私は宗教集団で、青年部をリードしております。人間の魂をどう救うか、躰をはって活動しております。御主人がいまの私

の年齢の時に、ソウイエバ救済トイウモノガアルとか、カッタルイこと書いていましたね。しかし御主人はひりつくほど救済をもとめているのじゃなくて、こちら側で、安穏《あんのん》に不安がっとるのが趣味なのやないかなあ。魂の救済ということへのわれわれの努力はね、十年前の政治闘争以上にきついですよ。死ぬか生きるかですよ、しかも魂の救済なしでは、死んでも死にきれんのやからね。私はそういう苦しみを苦しみぬいておる連中の、責任をとっておるわけですよ。しかしまあ直接御主人にいうことですわ、十時には帰って来てられますやろ？　夕方から毎日水泳に通うと、去年だか夕刊で読みましたよ。それでは十時に、もいちど電話させてもらいます。

　僕は夕暮れから体育クラブのプールで千メートルをクロールで泳ぎ、帰って来て眠るための酒を飲みはじめる。もう七年ちかく日課としてそうしている。しかし今日もそれをやれば、十時までには酔っぱらってしまうことになろう。イーヨーの弟と妹は、寝室にひきあげてもなおしばらく起きているだろうから、酔った父親の怒声を聞くことになるにちがいない。それは避けたい。僕はソファに横たわり、新しいページを読みすすめる集中力は持てぬまま、すでに書き込みをしてあるアードマンの本をひろい読みしていた。妻がさきの電話について僕に報告するのを、弟妹ともども聞いていたイーヨーも、九時には寝室へ上って行った。時計を眺めながら電話のベルを待っているありようが、十年前を頂点に永くつづいた電話攻勢を思い出させ、肥大した被害妄想めいた感情と、それに立つ攻撃性の潜在まで、まるごと自分によみがえらせるようだった。

僕はにせの宇波君がおこなったイーヨーの評価にはくみせぬが、この十年、いや誕生以来の年月を考えればこの二十年、イーヨーの存在に妻ともども縛《しば》りつけられてきたというならば、それはそのとおりにちがいない。《粉碾《ひ》き臼を廻している奴隷をして、野原に走りいでしめよ。／空を見上げしめ、輝やかしい大気のなか笑い声をあげしめよ。／暗闇と嘆きのうちに閉じこめられ、三十年の疲れにみちた日々、／その顔には一瞬の微笑をも見ることのなかった、鎖につながれたる魂をして、立ちあがらしめよ、まなざしをあげしめよ。》僕はブレイクの詩句を、自分がいま暗がりのなかで鎖につながれたまま読んでいるように感じた。イーヨーが障害から自由になり、ひいては母親とともに障害という抑圧者の鞭《むち》のもとから、幸福な帰還をおこなうことはありえぬわけなのだ。《かれらは一足ごとにふりかえり、それが夢であるかと疑う、〝陽の光から翳《かげ》りはさり、みずみずしい朝が見出された〟と歌いながら……》地上に現出する自由、解放についての、ブレイクの喜びにみちた確信も、やがて幻想にほかならなかったと自覚され、詩人を永い沈黙へとみちびいたのだが。

神経をやられた具合になり、早くからベッドに横になっていた妻が、十時二分前、居間に入ってきた、と僕はそう思った。そこで本から眼をあげると、喉《のど》もとから足首まで、鎌倉や室町の絵巻に出てくる下級兵士のように寝巻で覆《おお》ったイーヨーなのだ。

――お薬をのみ忘れたかい？　だったら早くのんで寝なさい。

僕が声をかけると、イーヨーは素直にしたがって台所に向っていた。しかしゆったり間をとっての躰《からだ》の動かしように僕がかれの意図を読みとった時、電話のベルが鳴りはじめていた。僕が立って行った時には、イーヨーが電話の前に陣どっており、受話器に腕を伸ばそうとする僕の肩口へ、

――ウム！　という唸《うな》り声をあげて、体当りを喰らわせてきたのである。

水泳の後で機敏になっているはずの躰のバランスを一挙に崩《くず》されて、僕は後ずさりに食卓にぶつかった。その間、寝室から起き出した妻が、イーヨーの大きな暴力にはじきとばされる様子を、怯《ひる》みこむ眼つきで眺めるのに気がつきもしたのだが……

――**はい、はい！　……そうです、僕です。……はい、はい！**　とイーヨーは受話器を耳に強くあて、かつその頭を僕と妻の視線を避けて壁に押しつけつつ、電話に応えていた。しばらく間があった。つづいてイーヨーは、日ごろよりもさらに強い力をこめてこういったのである。**あなたは悪い人です！　どうして笑っているのか？　もう話すことはできない！　ぜんぜん、なんにもできません！**

つづいてイーヨーは鈍器で殴りつけるように受話器を置いた。そのまま頭を壁にもたせかけて、躰の内奥に湧きおこったものの通過を待ちうけるようである。倒れこんだ食卓の椅子にそのままかけている僕の脇に、うろ寒げに立っていたパジャマ姿の妻が、悲鳴をお

しころしてのような声でイーヨーをなだめた。それは腰に鉈《なた》をとりつけている父親の一瞬の動きに母親がたてた声、また僕が深夜の玄関先に走り出たのを見て妻がたてた声を思い出させたのだ。

——そんなに怒ると発作が出ますよ。イーヨーはあのことを覚えていたの？　十年前のことで、そんなに怒っているの？

そんなに怒ることができるの？　あなたは覚えていることで怒る能力を持っているの？と僕の耳には聞きとれもした、その言葉につづけて、妻は怯《おび》えをさらに深める具合に、僕へ向けて訴えた。

——心配だわ、こんなに怒るのでは、発作が起るかもしれないし、ひとを傷つけるかもしれない。……どうしてこんなに怒っているのか……あのことを覚えている以上、もう誰かに連れて行かれることはないわけだから、その点はいいけれども。あの人になにをされたか、なにもいわなかったけれども、覚えていて怒っているのね……

イーヨーが壁に押しつけていた、そして後頭部の傷あとを見せていた頭を剝《は》ぎとるように起すと、われわれをふりかえった。寝巻を着て降りてきた際の、いま思えばどこか異様だった緊張はほぐれたふうで、かれが妻に向ける声音には、確信にみちた慰謝の響きすら感じられたのだ。

——**僕はずっと覚えていました！　あの人は悪い人でした！　しかし、ママ、心配はい**

りません！　もう僕は怒らないですよ！　もう悪い人はぜんぜんいませんから！

たとえ幻想であるにしても、人はおのおの幻想をいだく権利があり、それに強い表現をあたえもする権利があろう。《そして明るく晴れわたった夜に、美しい月が喜びをあらわす。／なぜなら帝国はいまやなく、獅子《しし》と狼は戦いをおさめるだろうから。》

新しい人よ眼ざめよ

障害を持つ長男との共生と、ブレイクの詩を読むことで喚起される思いをないあわせて、僕は一連の短篇を書いてきた。この六月の誕生日で二十歳になる息子に向けて、われわれの、妻と弟妹とを加えてわれわれわれの、これまでの日々と明日への、総体を展望することに動機はあった。この世界、社会、人間についての、自分の生とかさねての定義集ともしたいのであった。その短篇群をしめくくるにあたって、さきにやはり一連の短篇の主題とした「雨の木《レイン・ツリー》」がよみがえり、息子とブレイクとをむすぶ輪に加わるのを見出す。僕がまだ「雨の木《レイン・ツリー》」小説の構想も持っていなかった頃に、ジャワ島で書いた「『雨の木《レイン・ツリー》』の彼方へ」という詩のようなものを媒介《ばいかい》にして。「雨の木《レイン・ツリー》」小説を一冊の本にまとめて出版した際の批評に、ここにはひとつの宇宙論的なメタファーが提示されているにしても、当のメタファーが深まってゆく、第三者に納《なっ》得《とく》のゆく仕方で構造づけられてゆく、ということはない、というものがあった。自分は「雨の木《レイン・ツリー》」を宙空にかかげた、ときみがいう。それは認めよう、音楽家のTさんにメタファーは伝達されて、豊かなこだまが返ってきたともきみは書くのだから。しかし肝心の「雨の木《レイン・ツリー》」が地上から失われた後も、当のイメージに対峙《たいじ》しているきみはいつまでもおなじだ。つまりはきみのヴィジョンの「雨の木《レイン・ツリー》」は進化せず展開もしない。ついに死の時をむかえるまで、しだいに古びてゆく「雨の木《レイン・ツリー》」のメタファーを、きみは護符《ごふ》のように持ちつづけるつもりなのか？

すでに連作としての「雨の木《レイン・ツリー》」小説は終了していたから、僕はこの批判について沈黙しているほかなかった。そのうち僕は小説に書かなかった、もうひとつの「雨の木《レイン・ツリー》」に思いがゆくのを感じることがあった。実在する「雨の木《レイン・ツリー》」。僕はその大きい木立の下で案内係が説明する声に、「雨の木《レイン・ツリー》」という言葉を聞きとり、チラリとふりかえるようにした。つづいて直接イーヨーとむすんで、当の場面での僕の行動が決定された。そこに、先にいった詩のようなものの成立もあったのだ。

僕がそのような仕方で「雨の木《レイン・ツリー》」を遠望したのは、ボゴール植物園においてであった。もしイーヨーを連れてインドネシアを再訪することがあれば、僕はすぐさま植物園を訪れて、当の樹木を、ほぼ確実にサマン属サマンの木だと認めるだろう。アメリカガフクワン、アメリカネムノキ、降雨木ほかの通名が日本でもおこなわれている、この木の、アメリカでの通名が、モンキー・ポッドにあわせて rain tree なのである。
そのことを確認するのに用いた、上原敬二著『樹木大図説』の記述をうつしておきたい。サマンがギリシア語の小腸に由来し、モンキー・ポッドという通名とおなじく莢《ポッド》の特色あるかたちによることは、属の説明の段階ですでにのべられている。
《落葉喬木、高二十m、枝の開生著しく、一株で六百坪を被《おお》うものあり、葉は二回羽状複葉、大羽片は二〜六双、小羽片は二〜七双、小葉は卵形、倒卵状長楕《だ》円《えん》形、下面有毛、長二〜五cm。花は頭状花序につき黄色、弁端紅色、花冠は稍漏斗状《ややろうとじょう》。莢《さや》は通直、広濶、時に拳状に曲る、長百〜百五十mm、幅二十mm、果肉は甘味、飼料とする。生のまま輸出する、南米産、西印度《にしいんど》に生じ重要な林木、庭樹、庇陰《ひいん》樹、飼料植物である。家畜の体外に排泄《はいせつ》されるものから実生で各地に分布する。セイロンには一八五三年、フィリピンには一八六〇年に入る。》
問題の木はやはり rain tree という通名を持つアメリカネム属アメリカネムかもしれぬのだが、この属自体、サマネアというのであるから――もっともこちらは同書でスペイン語サマンの転訛《てんか》としてあるが――きわめて似かよった樹木であるだろう。日本にも渡来しているアメリカネムより、僕がサマンをとりたいのは、アメリカネムが降雨の前、葉を合着させるという記述に頭をかしげるからだ。僕のイメージの「雨の木《レイン・ツリー》」は小説に書いた言葉を引けば、次のような特性をもつが、葉を合着させてしまうのでは水滴をふくみこみえぬのではないかと疑うのである。

《「雨の木《レイン・ツリー》」というのは、夜なかに驟雨《しゅうう》があると、翌日は昼すぎまでその茂りの全体から滴《しずく》をしたたらせて、雨を降らせるようだから。他の木はすぐ乾いてしまうのに、指の腹くらいの小さな葉をびっしりとつけているので、その葉に水滴をためこんでいられるのよ。頭がいい木でしょう。》

ボゴール植物園で僕がひとり三時間をすごしたのは、友人たちとバリ島を旅行しての帰り道においてであった。バリ島の風土、地形、神話的な民俗芸能という、それぞれめざましいものにふれて、また現地に生きる人びとに血脈としてあきらかな宇宙論感覚に、通り過ぎる者としてながらふれえたことに喚起されて、僕の精神と情動は新しい乗り越え運動とでもいうものをあらわしていた。久しぶりに十日間別れて暮してきたイーヨーへと、深いところでつながって行く思いなのでもあった。とくにバリ島へ向う道筋のボロブドゥルの仏教遺跡でと、到着してからの「死の寺院」プーラ・ダレムで、魂を一撃されるようであった事柄にそくして。そのように旅の出来事のかさなりのうちに醸成《じょうせい》されていたものが、仲間と別行動していたボゴール植物園で燃えあがるように顕在化《けんざいか》し、僕にひとつの選択をおこなわしめたのである。永い間見ることを望んできた「雨の木《レイン・ツリー》」が、すぐそばに立っているのを知った瞬間、逆の方向の、多様な樹木が整然とつくりだす迷路へ向けて歩き出すという選択を僕はしたのだ。

ボゴール植物園で、案内図のリーフレットもないまま、植物園の全体を見わたし、かつは想像するようにし、この方角に自分の見たい樹木があるだろうと、かんを働かせる具合に小道を辿《たど》っていた。熱帯の島の自然な茂りとは異質な、英国の庭園めいた明るさと広さのある一劃で、僕はバオバブの樹の前に立っていた。左斜め前に、アメリカ人の観光客らしい麻のスーツの男たちと、女性は白い夏服の、品の良い一団がたたずんでいる。訛《なま》りのある英語の、しかしこの仕事に誇りをもっているらしい昂然とした語り口の案内人が、

——有名な「雨の木《レイン・ツリー》」です、とそこだけくっきり告知するようだったのだ。

ジャワの陽光のなかで、僕は悪《お》寒《かん》におののいた。太陽を直視する具合に一瞬だけ眼をあげて、こまかな枝の大きいひろがりが落葉して風とおしのよい喬木をあおぐと、うつむいて逆の方向に遠ざかった。「雨の木《レイン・ツリー》」はイーヨーと見るのでなければならない、イーヨーを置きざりにして自分ひとりで見ることはできない、と僕は考えたのだ。それはやがてイーヨーを後に遺《のこ》し、自分ひとり安息の世界へと立ち去るという思いにかさなっていたが。あわせてイーヨーが傍《かたわら》にいて支援してくれるのでなければ、「雨の木《レイン・ツリー》」をよく見ることに耐えられぬという思い、病気になってジャカルタで待つ旅の仲間に迷惑をかけるだろう、という思いもからみ、僕の足どりを蹌踉《そうろう》とさせるようであったのである。

僕のうちに当の感覚を準備し、思いがけぬ「雨の木《レイン・ツリー》」という言葉に顕在化させた旅の経験。さきにそういったものを、記述しておくことにもしたい。ボロブドゥル仏教遺跡

の、石の山を埋める数知れぬ石像と山自体が修復中で、遺跡に建築現場が並存する勇ましさの印象を受けた僕は、長い石段を降りた。そこで一息ついていると、もっとも良い場所に露店をひらいて、小柄な老人が——あるいは僕と同年齢ほどの、しかし熱帯の陽と雨風にさらされての戸外生活が、皮膚はもとより躰《からだ》つきまで疲弊《ひへい》させていたのかとも思うのだが——濃い茶と紫じみた銀色の、紙と土でつくった蛙を売っていた。蛇腹《じゃばら》になった蛙の頭を粘土の底から引きあげれば、旅の間しばしば聞いたインドネシアの蛙の声がする玩具。洗いざらしのジャワ更紗《さらさ》の長袖シャツの左袖口から、蹴爪《けづめ》のように凶々《まがまが》しい六本目の指が見えかくれしている。その指を持つことによって、とくに見ばえもせぬ男が、ジャワ島一、二の遺跡において、最高の露店の場所を確保しているのであろう。僕は六本指の手から紙と土の蛙を一箇と釣銭を受けとって、タマリンドの木のわずかな日陰に入りこみ、イーヨーがジャワ島に生まれて育ったとしたならば、蹴爪のような指のかわりに、頭蓋《ずがい》にくっついていたもうひとつの頭の力によって、やはり遺跡最高の露店の場所をかちとったのではないかと夢想した。インドネシアの民衆の、そのような社会共同体を懐かしいものに感じながら。

バリ島の出来事の舞台となった、「死の寺院」プーラ・ダレムの、島民の民俗における宇宙論的な意味づけを、われわれの旅の仲間の中心に位置していた哲学者Nさんが、わが国に紹介した文章がある。その大筋を要約すれば、僕がいったいどのような場所の内庭に立っていたのかが、共有の認識となろう。バリ島のすべての村に、三つの寺院が一組をなしている。バリ島での場所《トポス》のとらえ方では、負の価値をおびた海側が、正の価値をもつ山側に対立する。プーラ・ダレムは海側にあって、死者の魂が浄《きよ》められる前、つまり葬式の前に属する寺院である。ついで浄められた死者の魂は、もうひとつ別の寺に祀《まつ》られる。さらには村の共同生活をリードする第三の寺院がある。プーラ・ダレムの守護霊、魔女ランダは様ざまなものにとり憑《つ》く。また魔術を使って病気をなおしもする。バリ島の民俗に発して、しかし独自にNさんの展開する思考が、もっともよくあらわれている一節を直接に引用する。《……このような魔女ランダの性格づけのうちには、邪悪なものや人間の弱さをただ切り捨てたり抑圧したり無視したりせずに、むしろそれらを顕在化させ、解き放ちつつ祭り上げることによって〈パトス〉（受苦、情念、受動）から自己をまもるとともに、文化に活力を与えるバリの文化の絶妙な仕組みが隠されていそうである。》

　ひとつの村のプーラ・ダレムに、われわれは入って行った。たまたま小さな祭りの日にあたっていたのだろう、通り雨に濡れた地面をはだしで踏み、花かざりをした娘たちが、バナナの葉にのせた供《そな》えものを、高い石の門の奥に運ぶ。中庭の草ぶき高床式の納屋《なや》のような建物から、胸に赤い布を巻いた童女たちが見守っているのでもある。われわれが寺院の地所内のそこここに立って、空間配置をはかるようにしている間に、夕暮方であったこともあり、娘らも童女たちもしだいに姿を消して行った。しかし最後に残ったひとりの娘とその家族らしいふたりの子供らは、いつまでも立ち去ろうとしない。彼女らはわれわれをふくめすべての他人らが立去ったあと、プーラ・ダレムの奥へ入りこんで特別な祈りをささげようとしているのらしい。ある瞬間、われわれはみなそれに気づいた。われわれはあきらかに寺院の空間に影響づけられているしめやかな気分で、低声に話し合いながら山側へ向けて歩いて行った。ところが僕はさきほどの草ぶきの家の堅固な床に、ノートを置き忘れていたのである。ひとり取りに戻ると、花嫁のように化粧した娘と弟妹らが中庭に降りて、翳《かげ》って塔のような石の門にむかうところだった。そして僕が眼にしたのは、娘のこちらに見せていた美しく愛らしい顔だちの、鼻梁《びりょう》から向う側が、生まれついての畸型《きけい》らしく恐しいほどにも歪《ゆが》んでいることなのだった。しかもその畸型をふくめて、娘はやはり優雅な身のこなしと、弟妹らの敬虔《けいけん》かつ親しげなつきそいぶりもあいまって、しっとりした自然さをかもしだしている。子供の時分、神社の境内をひとりで通りぬけねばならぬ時そうしたように、僕は寺院の建物はないこの囲いのなかの、空間そのものに、恭うやしいお辞儀をして引きさがった。僕の胸うちには、イーヨーがバリ島で生まれていたならば、われわれは夕暮ごとにプーラ・ダレムへ詣《まい》って、魔女ランダに祈願することを、懐かしくしめやかな生活の慣習にしたはずだと、深いところで信じる思いがあり、励まされ、そそられるようでもあったのだ。

ボゴール植物園からジャカルタのホテルに戻り、旅仲間との夕食の席に出るまで、バリ島への旅でただ一度だけあじわった身の始末に困惑するほどの寂寥感《せきりようかん》のなかで——食前酒を早めに飲んでやりすごすことができるようなたぐいではなかった——僕は一篇の詩のようなものを書いて「『雨の木《レイン・ツリー》』の彼方へ」と名づけたのである。

「雨の木《レイン・ツリー》」のなかへ、「雨の木《レイン・ツリー》」をとおりぬけて、「雨の木《レイン・ツリー》」の彼方へ。すでにひとつに合体したものでありながら、個としてもっとも自由であるわれわれが、帰還する……

この短い一節が、永年の友人であり師匠《パトロン》でもある音楽家Tさんの影響をこうむっていることには、後になって気づいた。「『雨の木《レイン・ツリー》』の彼方へ」というタイトル自体、その頃Tさんが作曲中で、構想について話を聞いていたのでもある、ヴァイオリンとオーケストラのための曲『遠い呼び声の彼方へ！』に直接もとづくのである。また僕はこの詩のようなものを遠い出発点にして、「雨の木《レイン・ツリー》」連作と呼んでいる短篇をつづけて書くことになったが、長い時間のかかる改稿の過程においてなど、自分を励ます具合に、Somewhere over the raintree way up high／there's a land that I heard of once in a lullaby, と歌ったり、またSomewhere over the raintree blue birds fly／birds fly over the raintree, why then, oh why can't I? と歌ってみることもあった。メロディーも歌詞も、Tさんがギターのために編曲した "Over the rainbow" によって。バリ島への旅にTさんは同行しなかったが、われわれに先がけてバリ島を訪れ、ガムラン音楽の深く澄明な美しさについて語ることで、むしろ旅の下地をつくってくれたのはTさんだったのである。したがって僕はバリ島での夜、幾本もの石柱に空へ向う構造が強調されて、樹木もみなおなじ構造づけをおしたてるような寺院の庭の、暗い空の高みの星のもと、ガムラン音楽を聴き王室の舞踊に眼をうばわれながら、ふと脇にしゃがんでいるTさんの静かな声の響きにふれているようでもあったのだ。僕が「雨の木《レイン・ツリー》」のメタファーを提示する短篇を書き、はじめに引いたその一節を媒介《ばいかい》にTさんが作曲した室内楽「雨の樹《レイン・ツリー》」を、めずらしく妻と一緒に聴きに行って、それが「雨の木《レイン・ツリー》」連作を書きつぐ契機になったしだいについては、当の小説のうちに書いている。

さて、「雨の木《レイン・ツリー》」小説のためのノートとしてもっとも古い日付のものが、いまの『雨の木《レイン・ツリー》』の彼方へ」であるが、僕はついにそれを連作に使うことはなかった。つづけて短篇を書いてゆく勢いのなかで、僕の「雨の木《レイン・ツリー》」はすぐさま炎上してしまったから。それでもなお「雨の木《レイン・ツリー》」の再生を達成しうるものとして、僕は「雨の木《レイン・ツリー》」長篇の草稿を書きついでもいた。しかしそれは廃棄することにして、「雨の木《レイン・ツリー》」が失なわれたままの状態で、連作を終えることにしたについても、最後の短篇に次のように書いている。

《僕はいまも毎日のようにプールに通って、やすみなくクロールで泳ぎつづけながら、暗喩《メタファー》としてであれ、失われた「雨の木《レイン・ツリー》」を再び見出す日がいつくるものか、見当もつかない。それでいてどうしてこの草稿を書きつづけてゆけば、「雨の木《レイン・ツリー》」の再生を書く終章にいたることができると、思いこんでいたのだろう？　なぜ僕はそのように、アクチュアルなものでなくフィクショナルなものによって、現実の自分を励ます力が保障されるはずだと、憐《あわ》れな空頼みをしたのだろう？　ことの勢いとして小説は終章にいたるにはちがいないが、そこにはにせの「雨の木《レイン・ツリー》」が現出するのみのはずではないか？　そのようでは、現実の僕自身、精根つくして泳いだにしても、それをつうじて、病んでいる自分を越える、真の経験をかちとることはありえないだろう……》

ところがいま息子との生の過程とブレイクをかさねての短篇群を書きつづけて、そのしめくくりの作品を、息子の二十歳の誕生日に向けて完成しようとして、僕は四年前にジャワ島で書いた詩のようなものの——ブレイクにならって、ボゴール植物園の樹木の魂に口《こう》承《しょう》されるまま紙に書きつけたのだといいたい気もするが——内奥《ないおう》に横たわっている意味を、はっきり自覚したと感じるのである。なんとかブレイクの神話世界をひとめぐりした今、このようにして入門《イニシエイション》をはたしたブレイクを、今後は小説の表層に書きしるすことはないにしても、自分の死の時のいたるまで読みつづけるにちがいないことを思いながら。

いうまでもないが、当の自覚はブレイクを媒介にしている。ネオ・プラトニスムをふくむブレイクの秘教的な側面について学ぶ必要を、僕はしだいに強く見出していたが、そのような折、バリ島へも同行して民俗芸能にあらわれている神話的な宇宙論をレクチュアしてくれた文化人類学者Yさんから、キャスリン・レインの『ブレイクと伝統』を借りることができたのである。この大著はまさに、ブレイクについて僕が詳細に知りたいと考えていた側面についての論考であった。さらにそれは、バリ島へ行く前日に完成したことを思い出す『同時代ゲーム』最終章の、僕が森のなかの谷間で夢想し、実際に夢に見出した光景からのシーンを、意識化してとらえなおすことを扶《たす》けた。しかも僕が「『雨の木《レイン・ツリー》』の彼方へ」のヴィジョンの意味を納得《なっとく》することをもあわせて。むしろブレイクの秘教的な思想を「雨の木《レイン・ツリー》」のメタファーによって表現しなおしたのが、あの一節だったと思いなされるほどに。

したがって僕がいま書いているこの短篇は、ブレイクと息子についての小説であるとともに、「雨の木《レイン・ツリー》」小説のしめくくりをなすものとなりうるかもしれない。「雨の木《レイン・ツリー》」のなかへ、「雨の木《レイン・ツリー》」をとおりぬけて、「雨の木《レイン・ツリー》」の彼方へ。これらの言葉を書きつけながら、僕はほかならぬ自分とイーヨーとの死について考えていたのだ。すでにひとつに合体したものでありながら、個としてもっとも自由であるわれわれが、帰還する……　僕とイーヨーがそのようにして死の領域に歩みいり、時を越えてそこにとどまる。このヴィジョン自体からの返照がおよんでくるように、いま現在の僕とイーヨーの共生の意味があかるみに浮びあがる。

門の木扉が、他の家族の誰の開き方でもない、ガクッという音をたてて開く。大きい靴底を地面にひきずりながら歩いてきて、玄関のドアをやはりガクッと開ける。叩《たた》きに仁王立ちしたまま、片足ずつ振りまわして運動靴を脱ぐ時間があって、居間への入口をいっぱいに埋めつつ、学生服と鞄で嵩《かさ》ばっているイーヨーが、舞台に登場するように機嫌よくあらわれる。それが月曜から土曜まで午後遅く僕が心待ちしては、日々期待をみたされてきた、ほとんど儀式とでもいうものであった。

今年はじめのある日、ソファに横たわり脇の木箱——それはイーヨーが中学の特殊学級で、一年をかけてオレンジ色に塗りあげたものだ——の上に辞書と鉛筆、赤鉛筆を置いてキャスリン・レインの新しい論集『ブレイクと新時代』を読んでいた僕を、いつもの仕方で居間入口に顔を出したイーヨーが、困ったような、かつはしみじみとしたような眼で見おろすと、——お帰り、イーヨー、よく帰ってきたね、という僕の挨拶《あいさつ》にはうなずいただけで、食堂を急いで横切り台所へ入って行ったのである。そして妻に次の報告をした。

——寄宿舎に入る順番になりました！　準備はできておりますか？　来週の水曜日に入ることになっております！　つづいてかれは、こういいもしたのであった。**しかし僕がいない間、パパは大丈夫でしょうか？　パパはこのピンチを、またよく切りぬけるでしょうか？**

洗いものをしながら妻がつい笑い声をだしながら答える。その取りなしに、僕は思いがけない一撃をうけたふうで、半分ベソをかく式の笑い顔になっていたはずだが……

——相撲のアナウンサーが、そういう言葉づかいをするねえ。若乃花が連敗した時とか…… それよりイーヨーがしっかりしなければ。このところ遅くまで起きているから、朝、発作がおこるでしょう？ 寄宿舎では、毎朝眼がさめたらすぐにお薬をのむのよ。

イーヨーの養護学校では、一学期ずつすべての生徒が校内にある寄宿舎に入る規則である。今学期にイーヨーの寄宿舎入りがあることは以前からきまっていた。イーヨー自身、それを気にかけて緊張しているということもあった。正月休みに、家族そろって遅い朝食をとっていると、食事についてはたいてい機敏なイーヨーが、しだいしだいに緩慢《かんまん》な動作となる。食事を終えるには終えたが、立って行ってソファに横たわった顔つきは、面がわりしたというほどのこわばりを示している。一挙に中年すぎの、しかも古風な顔だちの男となったようだ。僕はW先生が死の床につかれた際、原日本人のといいたいような荘重さの面だちになられたのを思い出したりしていた。そのうち眼の周りの皮膚は充血し、眼は琥珀《こはく》色の光をやどして、かれ自身にも理解しえず、したがって言葉にして訴えることもできぬ苦しみをあらわすのだ。大きくしっかり張った額《ひたい》に手をのせると、じんわり発熱している。抗てんかん剤をのみ忘れたための発作なのである。イーヨーが癲癇《てんかん》でないといいはる妻に対して、僕としてはこの種の発作もまた、広く癲癇のうちにふくめられるらしいという、書物で仕入れた知識をいいだすこともしなかったのだが……

寄宿舎の入舎日がきまったこの日、セーターとコーデュロイのズボンに着がえて脇にやって来たイーヨーが、新聞はさみこみのFM放送の週間プログラムを検討しているのへ、かれが母親にいった言葉の背景にあるものを、僕はたずねてみようとした。

——イーヨー、きみは僕がピンチをまたよく切りぬけるか、といったでしょう？　この前のピンチは、いつだったと思うかね？

なかば僕としては、——いやあ、忘れてしまいました！　というかれの定まり文句を予想していたのだ。しかしイーヨーは紙面から顔をあげて、内斜視の宙をにらむような眼をすると、明確な返答をかえしたのであった。

——それはHさんが、白血病で亡くなった時でした！　サクちゃんは、小児癌だったし！　ああ、恐しかったものだなあ！　パパはよく切りぬけました！　ご苦労さまでした！　三年前の、一月二十五日前後の、一週間のピンチでございました！

サクちゃん、イーヨーの弟は結局のところ小児癌ではなかった。子供ながら自分で気づくほどの血尿が出て、かかりつけの医院の検査では、なお数日にわたって尿に血液反応が見られたために、東大病院に通いはじめていたのである。各種の検査がつづけられて、担当の医師の言葉を用いるなら、なかなか「無罪放免」とならなかった。膀胱鏡《ぼうこう》による、大きい苦痛をともなう診察もあったが、イーヨーの弟はよく耐えた。むしろ病院に付きそって行く僕の方が、しだいにまいってきていたのだった。

お茶の水で国電をおり、橋の上のバス乗り場から東大構内行きのバスに乗る。バスを待つ間に見あげる向う岸正面の病院に、二十年ほど前おなじ場所で一緒にバスに乗りこむのがつねだった同級生のH君が、白血病で入院している。それもいったん回復のきざしを見せながら、年末に脳内出血の発作をおこして、意識不明のまま横たわっているのであった。検査のかえりに、イーヨーの弟をこちらの病院の外来待合室に残して、友人を見舞うこともあった。看病やつれし殺気立っているような夫人と立話をするのみで、頭をたれて待合室に降りてくるほどのことであったが。

ついにH君が死んで、葬儀の責任者の役割を僕は引受けた。通夜の客に挨拶する、寒風吹きさらしの縁側に坐っている僕の頭には、なお検査のつづいている息子のことが片方にあり、通夜に来てくれた先輩の作家が、——あいつの子供たちの兄の方がでなくて、今度は弟が病気だというのが気の毒だ、といっていたという、その言葉も気にかかっていた。それは正直にいうほかないが、意識の底の方にあった、弟のかわりにイーヨーがという、一瞬の酷《むご》たらしいひらめきのような思いを、鋭敏にとらえて串刺しにし、僕につきつけてくるものであったから……

——きみの腎臓《じんぞう》に病気があるのかもしれなくて、検査をした時だけれども、と僕はこの夜の夕食の際、イーヨーの弟にたずねた。もし腎臓を摘出しなければならないなら、僕かママかイーヨーの腎臓を、ひとつきみに移植する相談もしていたけれど、きみ自身はどう思っていた？　誰の腎臓をもらうつもりだった？

――そうだねえ、と一拍置くようにしてものをいうイーヨーの弟は、さらに考えつづけながら答えた。イーヨーは「ヒダントール」をのんでいるからね。

僕はムッとしたのだ。そういうことをいうのか、それはエゴイスチックな選択というものじゃないか？　先方の臓器の性能で判断するのか、確かにやむをえぬ考え方であるにしても？　と僕は胸のなかに湧いてくる言葉をなんとか捨象して、次のように尋ねたのである。

――イーヨーの腎臓は、悪くなっていると思うかね？

イーヨーの弟は、また一拍置くように考えこみ、みるみる真赤になった。かれは父親の誤解における自分の像を恥じたのだ。

――イーヨーは「ヒダントール」をのんでいるから、とかれは正確をめざして繰りかえした。抗てんかん剤というようなものは、有害な成分もふくんでいると思う。それを処理するためには、腎臓がふたつなければ無理じゃないの？

僕はあやまった。そしてイーヨーの弟の配慮の適切を認めたのである。食事の後、寄宿舎へはカセットを持ってゆくことが許可されているので、まだカセットに入っていないレコードを早めに録音しおえるよう、選んでおけという僕の発案に、こたえるつもりのイーヨーがとまどっている。レコードの山の前に正座したまま、一時間たってもなにひとつ選び出せないのだ。イーヨーに妻が、——能率よくしなければ、寄宿舎でみんなに迷惑をかけるよ、と注意している。そのうち、イーヨーの妹がこういった。

——イーヨーには全体が音楽なのだから、なにかそこから選ぶということはできないのじゃない？

——そうです、そのとおりですよ！　ありがとうございました！　とイーヨーはいった。

僕もイーヨーの妹に、きみの観察は正しい、といったのである。眠る前に、子供部屋で妹と弟が話している。妹は自分が賞められたことを、弟に向けて確認したいのらしい。例の一拍の間があって、イーヨーの弟の答が聞えた。

——よかったね。今夜は僕も賞められたよ。

寄宿舎入りがまぢかということもあり、両親の関心がイーヨーに集中している。イーヨーの弟と妹は、とくに父親から無視されていると感じるところがあったのらしい。僕の忸《じく》怩《じ》たる思いを代弁する具合に、なおレコードの前で正座しているイーヨーが、ひとりごとをいっていた。

——いやあ、まいりました！　本当にまいりました！

H君が白血病で入院し、はじめの危険な状態から、わずかに快方へ持ちなおした際、僕は幾たびか見舞って話をかわした。夫人をふくめ周囲はかれに病名を告げていなかったが、僕としてはかれが承知しており、また自分が知っていることをさりげなく信号のようにして、僕につたえたように思う。入院してすぐの逞《たく》ましいH君は、躰をおおいつくしている出血斑《しゆつけつはん》を僕に見せた。またしばらくすると放射能治療のせいであろう、頭髪がすっかり脱け落ちて、剝《む》き出しの立派な頭蓋に、金色の光沢を持った剛《かた》い白毛がまばらに生えているのみとなった。そしておそろしく透きとおっている眼を、妙にキョロキョロさせるようにして（付添いの夫人が席をはずした短い間に）こういうことをいったのである。

――人間が生きる過程で、他人を傷つける、あるいは他人に傷つけられる、ということがあるね。それをやはり生涯のうちに、貸借なしとする。他人につぐなう、他人にはそれなりのつぐないをさせる。そうやって清算を終えて、そして……　ということを、学生の時分から将来に向けて考えるようだったんだがな。しかし、生きてるうちに清算がつくという問題じゃないね。結局のところ、自分が傷つけた他人には許してもらうしかないし、こちらはもとより他人を許す。そのほかにないのじゃないかと思ってね。イエスが罪を許すだろう？　あの考え方は、ギリシア以来のヨーロッパ思想で、キリスト教がはじめて発明したものだというけれど、きみ、こんなことについて考えたことあるかい？

――僕はキリスト教を知らないからなあ、と僕は自分の腑甲斐《ふがい》なさに自責の思いをいだきながら答えたものだった。ブレイクを読むかぎり、もっと徹底していて、この世の罪はすべて人間の総体がそこに墜《お》ちている、理性の専横の反映だから、そいつを糾弾《きゅうだん》したり報復したりするのは無意味だと、イエスによる「罪のゆるし《フォーギヴネス・オブ・シン》」がなにより大切だとそういっているね。

——「罪のゆるし《フォーギヴネス・オブ・シン》」かい？　そういうふうに考えられれば、楽かもしれないな。他人におかした罪も、他人から罪をおかされたと、いつまでもいだいている遺恨もさ、苦しいからね。

H君は病気に倒れた直後、夫人に向けて、——僕はきみの人生をメチャメチャにしてしまったね、といったとかれの死後に聞いた。その際、僕はこの日の対話を思い出したのである。やはりかれの死後、逆に当の夫人がH君の生涯を歪《ゆが》ませたと思い込んでいる、H君のよく通った酒場の女主人が、飲みにきた未亡人にそのことをいい、取っくみあいの喧嘩になったという噂《うわさ》を聞いた時も、やはりこの日のH君との対話を辛《つら》い気分で思い出した。

もうひとつの対話の記憶は、H君がはっきり恢復にむかうようで、頭髪ももとに戻っていた、発病の年の秋の終りのことだ。僕が永く書いてきた『同時代ゲーム』を出版しえたのを知って、H君はすぐ読もうといってくれた。しかし担当医から読書をひかえるようにいわれていたし、この重い本をあおむけに寝ながら読むことでの、体力の消耗を思いもし、僕は年が明けたら装本をほぐした軽い分冊を作って届ける、と約束していた。ところがある日、見舞いに行くと、H君は夫人に本を買いにやらせて、読み終っているのだった。H君はもうキョロキョロしなくなったが、あまりに澄明すぎるためにやはり異様な眼に微笑をうかべて、親切な感想をのべた。その最後に、僕にはその場でどうしても腑《ふ》におちなかった学生時分の出来事を、思い出として話したのである。

――きみがさ、砂川闘争の支援に行くバスのなかで、自分は警棒で頭を殴《なぐ》られて死んでも平気なんだと、子供の頃にした「魂の離陸」の練習という話をしたね。バスじゅう、誰もが笑ってさ、僕はきみのことを、ただ滑稽なだけのやつかも知れないと思ったくらいだよ。……どうしてきみはあの挿話を小説からはぶいたの？　この年になって考えてみると、滑稽なというより懐かしいような、切実な話なのにね。

僕がH君の話した内容にはっきり思いあたったのは、かれが回復のみこみのない重体になって、その日もイーヨーの弟を東大病院に連れて行って家に戻ったあと、お茶の水にトンボがえりして病室につめていたさなかであった。H君は激しい頭痛を訴えて意識を溷濁《こんだく》させ、その状態が数日つづいたのち、いまは腎臓の機能がとまってしまったのに――そう説明されると、思いはまたイーヨーの弟に行ったが――リンゲル液は注入されつづけているので、全身が水ぶくれの状態にあった。かつは解剖して判明したことだが、頭のなかも肺のなかも血管が破れ、行きどころのない血液がたまって、そこいらはグチャグチャの重い血の袋のようであったのだ。しかし日比谷高校のラグビー部で鍛えた心臓は、高く盛りあがった胸のなかで動きやめず、素人の手仕事でこしらえたような、硬いゴム弁と柔かいゴム蛇腹の人工呼吸器が、鞴《ふいご》のような呼吸音をたてさせている。

そのようなH君を見守っているうち、つい二週間ほど前にかれが話した言葉の意味が、つながりをあきらかにしたのだ。僕は確かに砂川へ行くバスの友人たちに、「魂の離陸」の練習の話をした。しかしそれは子供の時分に一連の定型をなしていた夢のつづきで見た、ひとつの夢の思い出であったのである。森のなかの谷間の子供らが集められて、そこの坂道でグライダー滑空のように地面を走っては、空中に飛びあがる練習をする。死の時がいたった際に、魂が首尾よく肉体から脱け出してゆけるように、その「魂の離陸」の練習なのだ。魂は肉体を離脱すると谷間の宙空に飛びあがって、脱けがらとしての遺骸《いがい》が家族や知人らによって始末される様子を眺めながら、グライダー滑空をつづけている。それからさらに大きく輪を描いてのぼり、谷間をかこむ森の高みへ着地するのだ。魂は森の樹木のなかで永い時をすごす。あらためて新しい肉体に入るために、グライダー滑空して谷間へ下降する日まで……　この死と再生の手つづきを円滑ならしめるための、谷間の子供らが坂道で、両腕を脇に伸ばしブーンと声に出しながら駈ける、「魂の離陸」の練習。

この夢のことを『同時代ゲーム』に書かなかったのは、白血病の病床にあるH君ほどに、あの長篇を書いていたさなかの僕が、死と再生について切実に考えていなかったからではないか？　H君は生涯最後の僕への批評として、それを指摘したのだ。

『同時代ゲーム』には、神話学や民俗学、文化人類学から借りたイメージ、シンボリズムが頻出《ひんしゅつ》する、という批判をしばしば受けた。むしろ実際にその著作から教えられることがもっとも多かった文化人類学者のYさんから、小説の核心のイメージ、シンボリズムは、なによりきみの個のうちに自発するものだと指摘されたが。そして僕自身も小説を書きすすめながら、谷間での幼少年時の暗い夢の倉庫から、手がかりを引き出しつづけたと自覚するのである。その上で個人の夢が、様ざまな国の様ざまな地方の神話的なものへ根をつなげているらしいことに、文学表現の面白さを見出すのでもある。

『同時代ゲーム』で描いた神話世界の、究極の核心をなすイメージ、シンボリズムは、夜の森をさまよっている発熱した僕＝少年の夢想として、同時に現実の森に見てとるのでもあるヴィジョンとしてあらわれる。戦時の村に疎開《そかい》してきている天体力学の専門家ふたりに、僕＝少年はこういう発想を語ったことがあった。銀河系宇宙にあわせてありとある宇宙すべてを一望のもとに見わたすなら、空間×時間のユニットとして世界はほとんど無限にあり、いま自分らが唯一無二と信じているこの世界の進みゆきは、それと似てわずかにことなるヴァリエーションともども、じつは空間×時間のユニットの総体のなかに、いくらでも見出せるものではないか？　つまりは任意なかたちの歴史の進みゆきを、ゲームのようにして神のごときものが選びとり、それをわれわれのこの世界に提示しているにすぎず、われわれはゲームの仕組みの一要素にすぎないのかも知れぬと、僕=少年は道化めかして話したのだ。

この発想は、天文学ファンであった僕の、幼少年時からの固定観念である。また次の一節に、僕=少年のなかば眠りなかば眼ざめている、熱に浮かされた頭で見たシーンとして、「妹」に語りかけられるものも、僕が森のなかの谷間で見た夢の、それを時をへだててわずかなヴァリエーションを繰りかえし見た夢の、統合された記述に他ならない。

《そして妹よ、道化て天体力学の専門家たちに話したことが、あの六日間に経験した森のなかに、現実としてあるのを僕は自分で見たのだ。バラバラに解体された**壊す人**のすべての破片を覆《おお》うために歩いていた僕の眼の前に、分子模型の硝子《ガラス》玉のように明るい空間がひらき、樹木と蔓《つる》に囲われたそのなかに「犬曳《ひ》き屋」の犬や、シリメがいるのが見えた。そのようにして僕は次つぎにあらわれて来る硝子玉のように明るい空間に、ありとあるわれわれの土地の伝承の人物たちを見たのだった。それも未来の出来事に関わる者らまで、誰もかれもが同時に共存しているのを。僕はそれらを見ながら幾日も歩きつづけているうち、銀河系宇宙の外にまで探しに行くことはない、アポ爺、ペリ爺の二人組のいったとおり、実地調査できるこの森のなかにすべてがあると納得した。ここにいま現にあるものこそ、自分が道化て口に出した、ほとんど無限に近い空間×時間のユニットの、一望のもとにある眺めだと。それもこのような言葉によってでなく、次つぎに眼の前にあらわれるヴィジョンの総体が、自然な仕方でそれを教えてくれたのだが。しかもそのようにして森のなかにすべてが共存している、村＝国家＝小宇宙の神話と歴史こそは、それら自体が巨人化した**壊す人**をあらわしているのだ。僕が森のなかをくまなく歩きまわってヴィジョンを見てゆくのが、バラバラに解体された**壊す人**を復原する行為であるのは、そのためなのだ……》

H君の感想を頭におくことで、いまあらためて気づくのだが、ここに僕は誕生と死をめぐってなにも書いていない。**壊す人**の、バラバラになっているが汚れもせず腐りもしない、死体についてのべているのみだ。しかしこのイメージの原型をなす幼少年時の夢にさかのぼると、それはつねに誕生と死に直接結んでいたのだった。森の奥の暗い樹木のかさなりに浮ぶ、内側を微光が明るませている分子模型のような硝子玉、そのなかにわれわれの村＝国家＝小宇宙の、過去から現在、未来にかけて、かつて生き、いま生き、やがて生きるすべての人間がふくまれている。僕自身も、サナギのような有機体の静止状態で繭《まゆ》のなかにいる。村＝国家＝小宇宙の谷間の、現実世界へと生まれ出てくる人間は、ただ繭のなかから谷間へ降りるだけでよいのだ、グライダー滑空の仕方を用いながら。死に際しては、やはりグライダー滑空して森の繭のなかに戻るのである。永い時がたってまた繭から出て谷間へと、再生は幾たびも行なわれる。しかもわれわれの村＝国家＝小宇宙の、すべての歴史に属する人びとを、つまり森の硝子玉の繭の総体をあわせると、**壊す人**になる。

熱にうかされつつ森全体を歩きつくそうとした僕＝少年は、その行為によって**壊す人**をよみがえらせようとした。そしていったん**壊す人**がよみがえれば、かれひとりのうちにふくまれている村＝国家＝小宇宙の過去、現在、未来のすべての人間は、そろって新段階に入るはずであった。その大いなる成就の予感は、僕が見ることを繰りかえした夢のうちに、強い惧《おそ》れをともなう渇望としてつねにあった。『同時代ゲーム』において、僕＝少年は、あたうかぎり成就に近づきつつ、ついに達成しえなかった試みについて次のように語る。それが小説の事実上のむすびともなっているのだが。

《妹よ、僕が救助隊の消防団員たちにとり押えられた後、いつまでも泣き叫んでいたのは、その**壊す人**の肉体を復原する仕事、僕に試練としてあたえられたその事業を、そこまでで放棄せざるをえなかったからだ。森のなかにある村＝国家＝小宇宙の神話と歴史の、空間×時間のユニットすべてを歩きとおし、その働きをつうじて、僕は**壊す人**の、バラバラになったすべての肉、骨、筋、皮膚、そして眼や歯に体毛のすべてまでも復原しなければならなかったのに。しかもあらかたそれをなしとげようとさえしていたのに。試練の成就を断念せざるをえなくなった悲痛の思いに、僕は泣き叫びながら谷間に運びおろされ、それからは「天狗のカゲマ」として嘲弄《ちようろう》されつつ、森の外で生きることになったのだ……》

さて僕の幼少年時の夢に起源を持つこのヴィジョンは、ブレイクの言葉と、ピットワース・コレクションで名高い水彩による『最後の審判』の絵とをあわせて、キャスリン・レインが分析するところにかさなってゆく。僕が自分の生の無意識に近い領域をふくめ、感じたり考えたりしたことはすべて、ブレイクのうちに予言されていたのかもしれぬと思う、当の根拠はここにもある。

（バラバラにされた**壊す人**の、死体の砕片《さいへん》というイメージは、僕の家を訪ねてきたアメリカの女子学生が問いかけてきたオシリス神話をはじめディオニソス神話、オルフェウス神話を介して、やはりレインの分析するブレイクの多用したシンボリズムにむすびつけることができる。生死の境界を越えて夜の森をさまよう僕＝少年自体、ブレイクの「失われた子供、見出された子供」のシンボリズムに属するともいいうるのだ。）

『最後の審判』で、王座についている輝やくキリストに向けて昇り、かつは地獄に向けてくだる、流れるような人のかたちについて、レインは個人の描出というより《宇宙的な生命の生の流れのなかを循環する細胞群のようだ》とする。この絵はスエーデンボルグの「大いなる人」をあらわし、かれの影響を受けたブレイクにおいては「神なる人間性」、あるいは「イエス＝想像力」を、つまりすべてのうちの唯一なる神、ひとつの神のなかにあるすべてをあらわしている、ともレインはいう。ほとんど無数の人間を微細に描きこんだ『最後の審判』が、総体として、想像力であるイエスただひとりをあらわしているとみなすのである。

ブレイクの次の言葉を想起せよ、とレインはいう。《想像力《イマジネーション》のこの世界は、永遠《エターニテイー》の世界である。それは、われわれが植物のように生じた肉体の死のあとすべて行く、神なるふところである。想像力の世界は無限であり、永遠である。けれども生殖される、あるいは繁殖する世界は有限の一時的なものだ。われわれが自然の植物の鏡のなかに反映しているのを見る、あらゆる事物の恒久のリアリティーは、かの永遠の世界にある。すべての事物は、救い主の神なる肉体のうちにある、それらの永遠の形式《エターナルフオームズ》によって理解される。救い主、真の永遠の葡萄の樹、人間の想像力、それは私に永遠なるものが確立されるように、聖人たちのなかで審判に加わること、一時的なものを投げ棄てることとしてあらわれた。そしてかれの廻りには私の想像力の眼にふさわしい、ある秩序にそくして、存在のイメージが見られたのだが……》

レインは「神なる人間性《デイヴアイン・ヒユーマニテイー》」の集団的な存在という概念が、『四つのゾア』にもあらわれているとして、《世界家族のすべてをひとりの人間として》あらわすイエス、という詩句をあげ、『最後の審判』はまさにそのブレイクの霊的な宇宙を――つまりひとりの人間によってなりたつ宇宙としてのイエスを――描きだしたものだと見ている。森のなかの分子模型の硝子玉《ガラス》の――それを細胞といいかえてもよいのであるが――無数のむらがりと、同時にその総体としての**壊す人**をめぐって、僕が感じ考えてきたことを、レインの分析につきあわせれば、まことに多くの意味が明白になる。僕のヴィジョンに欠けていたところがあるとすれば、**壊す人**つまり救い主、イエスの肉体がもとどおりになる日こそが、「最後の審判」の日だという思想のみであっただろう。

キャスリン・レインの分析を介して、幼少年時の夢をさらにブレイクとつきあわせれば、微光をはなつ分子模型の硝子玉にひそむ人間というイメージに、ブレイクの神話世界において根幹をなす、もうひとつの特質との連関を見出すこともできる。

ブレイクのもっとも美しい絵のひとつ、仮に『時と空間の海』と名づけられているテンペラ絵画を媒介にして、レインが精霊《ニムフ》たちの洞窟と呼ぶ、秘教的なシンボリズムを見る。ネオ・プラトニスムのカテゴリーとみなしうる考え方だが、永遠の生命から墜落して、生殖《ジェネレイト》され、生育《ヴェジテイト》する地上の肉体のうちに入りこみ、つまりは死すべき者となる過程が、ブレイクにおける現実世界への誕生である。『セルの書』の天上の魂は、永遠の生命から死んで一時的な世界の住人になった者らが、地上からあげる苦しみの声を聴き、どうして地上にくだらねばならなかったかと疑う。天と地をつなぐ洞窟のなかで、死すべき者となるための肉体を、機織《はたお》り機で織りだされる人間というシンボリズムは、ブレイクの詩行のいたるところに見出された。イーヨーの畸《き》型《けい》の頭をつけていた苦しげな新生児期を思いあわせて、僕はブレイクの次の一節が妻の眼にふれるのを惧《おそ》れることがあったものだ。

《私の死すべき躰《からだ》の母なるおまえは／酷《むご》たらしくも私の心臓を型づくり／いつわりの自己

欺瞞《ぎまん》の涙をもって／私の鼻孔、眼と耳を縛った。》
大学に入ってすぐの僕が、まだブレイクのものとも知らぬまま深い衝撃を受けた一節、《人間は労役しなければならず、悲しまねばならず、そして習わねばならず、忘れねばならず、そして帰ってゆかねばならぬ／そこからやって来た暗い谷へと、労役をまた新しく始めるために》という詩句は、人間の肉体が織り出される洞窟で、繰りかえし地上に墜《お》ちねばならぬ魂を悲嘆する歌だったのだ。
若かった僕は、この詩からすぐに生まれ育った森のなかの谷間を思い、自分の生の進みゆきをうらなうようであったが、その森のなかで森を舞台に、幼少年時の僕がいくたびも見た夢こそ、精霊《ニムフ》たちが永遠の魂を死すべき肉体に織りこむ洞窟と、おなじ根のものだったのである。ついに決定的な救いの時がくるまで――ブレイクのシンボリズムでは「最後の審判」のいたるまで、僕の夢と小説のシンボリズムでは**壊す人**の復活がなしとげられるまで――すべての人びとの魂は、森の樹々の間の微光をはなつ硝子玉のなかにあり、繰りかえし肉体をまとって谷間に墜ちなければならない……

イーヨーの寄宿舎に入る日が、二日後にせまった。昼の間は日常の雑事におわれている妻は、深夜までイーヨーが寄宿舎に持参するものの名ふだづけに励んでいた。抗てんかん剤を一日の分量ずつ紙袋に分けて日付けを書きいれるのにはじまって、名ふだをつける品物がじつに多様なのである。しかも名ふだは縫《ぬ》いつけなければならない。蒲団《ふとん》上下、各一、毛布一、敷布一、パジャマ一組、枕、パジャマを包む風呂敷。シャツ三、パンツ四、普段着としてのシャツ二、ズボン二、制服とそのためのシャツ二、トレパン、トレシャツ、短パン、各一、ハンカチ五、靴下五、ハンガー三、傘一、室内ばき、上ばき、ふだんばきのズック、各一。歯ブラシ、歯みがき粉、コップ、石鹸、石鹸箱、櫛《くし》、ポリ容器、洗面器大、小、シャンプー、これら各一にも、名前を書きこんでおかねばならぬ。そして、洗面タオル二、バスタオル一。

妻は老眼鏡をかけた頭をそらせるようにして、針を運んでいる。はじめてその恰好《かっこう》の妻を見るのではないが、思いがけない気持が新しくするのでもある。僕はしばしば年齢より子供じみているといわれてきた。そうしたありようが、いつまでも幼児の魂でいるイーヨーとの関係に由来するとすれば、同じことは妻についてもあっただろう。イーヨーの言動の細部に愉快なあらわれを見出しては、声をあげて笑っている妻には、かれの誕生以前から本質において変化をこうむっていない、ある若さを、僕は受けとめてきたのだが。イーヨーが寄宿舎に入ってしまうと、妻はあまり笑わず静かにしている、つまりは娘らしさをすべて年月の層の向うにへだてた人間という様子になるのではないか？　それは僕自身についてもということだがと、僕は考えた。ところが妻もおなじように考えていたのらしく、針を動かす指の速さはそのまま、こういうことを話したのだ。

——サクちゃんが、今日クラブを終えて帰ってきてすぐね、イーヨーが寄宿舎に入ったら、自分たちはあまり笑わなくなるだろう、といった。イーヨーが滑稽なことをするからみんなが笑ってきた、というのじゃなくて、なんでもないことでもイーヨーが、みんなが笑うように元気をつけたんだと、サクちゃんはそういっていたわ。

——確かにね、と僕もイーヨーの弟の説明づけに同意したのだ。われわれの家庭につねづね祝祭の雰囲気があるのは、祝祭の道化であり、かつ祭司でもあるイーヨーがいてのことだから。

——あなたのヨーロッパ旅行の際は、イーヨーの前では笑い声をたてるのもはばかられるようで、みんな息をひそめるようにして生活していたけれど……

——今日ドイツから新年の挨拶《あいさつ》の手紙が来て、ハンブルクであった作家が、イーヨーを心配しているということだった。手紙をくれたのは日本人の留学生で、かれがイーヨーについての短篇を翻訳して読ませた、というんだね。作家は、僕に対してより、きみに対してより、もっとも大きい同情をイーヨーによせる、といったそうだ。この人は暴力の発現について特別な感じ方をする作家だから、それも経験に立ってそうしている人だから、通りいっぺんのことをいっているのじゃなくてね。エッペンドルファーというんだ……

僕はこの、禿《は》げ上っているが眼もとや口もとに若い美しさを残す巨漢と、ハンブルク中央駅前および歓楽街レーパーバーンの、公共用核シェルターに降りて行った。かれを座長としてハンブルクの知識人たちとシンポジュームをおこないもした。ヨーロッパの反核、平和運動を見て歩いての旅を報告するパンフレットを僕は出版したが、そこから当の作家について紹介している部分を引用する。

《このエッペンドルファーという今年四十歳の作家について、とくに説明しておきたいことがある。それは核という世界規模の暴力と、ひとりの個人にやどる暴力とをつないで考える、その仕方について、くっきりしたイメージをつくることだから。エッペンドルファー氏はハンブルクで活動している作家だが、かれの代表作といっていい自伝的な『皮の男』によれば、青年時に、女友達があまりに自分の母親に似ているので、ついには彼女を殺害してしまった。そして十年間の独房生活をおくる。現在、同性愛の人びとの雑誌を編集しながら、作家の仕事をしている。『皮の男』が直接示すのは、全身に皮の衣服をまとったフェティシズムの人間である。かれ自身のつくった演劇版『皮の男』のカタログに、しめくくりとして書きつけてある言葉を、仏文テキストから訳出する。——自然なこととして、すべての人間はその様ざまな感情を生きる権利を持っている。しかしかれは、自分のやることを知り、それらの感情をコントロールのもとにおくことを意図し、かつそれができなければならない。それというのは、人間であることを利用するには、いくつもの制限があるからだ。ここにあなた方へ向けて提出されているのは、感情のインフレ的な展開の時代における、攻撃の地震計記録としてのドキュメント、暴力の家宅侵入の時代における、それを制禦《せいぎよ》する試みである。……

個としての暴力、情念のゆきつくところを身にしみて知る人間が、世界規模の暴力、情念の暴発に対して抗議しようとしている。そのようなかれの核状況への態度に、僕は共感を持つ。さきにのべた繁華街レーパーバーンに生きる娼婦、大道芸人のような、下積みの人びとの聞き書きをかさね、この場所全体の伝記を書くというのが、エッペンドルファー氏の現在の仕事である。かれの仕事のしぶりと、核兵器反対の市民運動のすすめ方とが、たとえばさきの市のシェルター関係の係員との問答を、テープレコーダーにとってゆく、というようなかたちで、緊密にむすびついているのを僕は面白く思いもする。》

――エッペンドルファーは暴力的なものを人間がどう制禦するかをいってるんだが、その前にね、暴力的なものにとりつかれざるをえない人間、自分のなかの暴力的なものの所在を否定しえぬ人間には、深い共感を持つ人なんだよ。かれはいまのイーヨーとおなじ年頃で、性的なものにつき動かされて、人を殺した人間でね、そのような自分を、イーヨーに潜在する暴力的なものとかさねてみたのじゃないか？

妻が名ふだをとりつける作業を中止して、老眼鏡をかけたまま僕をふりかえった。その問いつめてくる気配に僕はあらかじめたじろぐようだったのだが、妻はこういったのである。

――あなたの小説が、そうしたイーヨーを読みとらせる方向づけで書かれているからでしょう、それは。あなたがわざわざ捩《ね》じ曲げて書いているとは思わないけれど。ヨーロッパから戻ってイーヨーを見て、あなたがショックを受けた、そのとおりなのだろうと思いながら読んだけれど。……あなたが留守の間、イーヨーが悪くて困った時、イーヨーにあなたが見てとったものを、私やイーヨーの妹と弟が感じとっていたのではない、とは思ったわ。

妻が指摘しているのは、帰国した夜イーヨーの眼に僕が見てとったと書いた、次の部分だったにちがいない。《その眼が、僕を震撼したのである。発熱しているのかと疑われるほど充血しているが、黄色っぽいヤニのような光沢をあらわして生なましい。発情した獣が、衝動のまま荒淫のかぎりをつくして、なおその余波のうちにいる。すぐにもその荒らしい過度の活動期に、沈滞期がとってかわるはずのものだが、まだ躰《からだ》の奥には猛りたっているものがある。息子はいわばその情動の獣に内側から食いつくされて、自分としてはどうしようもないのだという眼つきで、しかも黒ぐろとした眉と立派に張った鼻、真赤な脣《くちびる》は、弛緩《しかん》して無表情なままなのだ。》

――むしろ私は、あの日のあなたのショックの受け方から、もう取りかえしのつかないことが起っているのかと、恐しい気持を持ったのだから。……あなたとイーヨーが和解して、そして私たちみんながイーヨーと良い関係に戻ったけれど、思い出してみると、あなたがヨーロッパへ発って、イーヨーが悪くなってという十日間のうち、あなたが帰って来た日がいちばん恐しかった……

——きみの感じとり方として、それはそうだったかもしれないなあ、と僕はほぼ一年間猶予《ゆうよ》されていた反撃に揺さぶられる心でいったのだ。いや、そうだったにちがいないね。考えてみれば、エッペンドルファーが若かった自分にかさねてイーヨーを見ているといったが、ヨーロッパから戻ってすぐの僕は当のエッペンドルファーの犯罪にかさねてイーヨーを見ていたふうでもあるよ。

ヨーロッパで経験してきたことで、もうひとつ僕の見方をつくりだす背後の力をなしていたものはあったのである。しかもそれは、直接妻に向けて話すのがはばかられる出来事でもあった。妻が自分の考えに沈むようにし、老眼鏡ごしに眉根のあたりを険《けわ》しくもして、名ふだの作業に戻るのを僕は黙って見まもっていた。それからなんとなく頭をふり、眠るための酒をみたしたコップを持って仕事場兼寝室へと引き上げたのである。息子の部屋の、いつも半びらきになっているドアの前で立ちどまり、僕は二日後にはもうそこで寝ていないイーヨーを覗き込んだ。廊下からの薄明りに、まっすぐ上を向いて横たわっているイーヨーの、鼻筋が弓なりの大きい頭が浮びあがっている。それは姿勢の良さと躰の嵩《かさ》高《だか》さということで、死にいたる床についていたH君を思い出させた。大きい償《つぐな》いがたさ、喪失の思いがあり、僕は底深い無力感のうちに落込む具合で、じっと立っていた。その僕に、頭はまっすぐ天井に向けていささかの身動きもしないイーヨーが、穏やかな声をかけてきたのだ。

——パパ、よく眠れませんか？　僕がいなくなっても、眠れるかな？　元気をだして眠っていただきます！

ヨーロッパで一年前に経験した、もうひとつの出来事。ウィーンに到着する、その空港でわれわれテレヴィ・チームは、反核、平和運動をつづけている日本人留学生とオーストリア人のグループに接触した。かれらの運動にゲストとして参加するのが、テレヴィとしての取材ともなった。次いでハンブルクに移って、さきのエッペンドルファーらとの共同作業があり、そこから夜行列車でスイス国境近いフライブルクまで南下し、「新しい選択《アルテルナテイーフ》」の若い政治家、運動家らと会った。バーゼルにもたちよってスイスの運動家らと話し、フランクフルトをへてベルリンに入る、というのが全体の旅程であった。まだ生成途上にあるテレヴィ報道のメディアに働く人びとの、かれらの仕事固有の論理と、それに立っての骨おしみせぬ動き方が、異なるメディアの僕には刺戟的で、快いのでもあった。しかしこれだけの旅程を一週間でこなしたのであったから、毎日が早朝に活動をはじめて真夜中前後に夕食をとる、という日々であったのである。

　もっとも、多忙であるゆえに気持が支えられているということもあったのだ。「黒い森」のへりの、シュヴァルツヴァルト山地斜面からライン川を見おろす、古い大学の町フライブルクで、冬らしからぬ陽光のなか、郊外のスキー客用ホテルへ昼食をとりに行った。落葉しているブナ、カシ、モミの樹林を見わたすうち、広大な森が核の大火に炎上する幻を見た。そういう心理状態で、日夜、核兵器の現状を見てまわる旅であったのだから。深夜に眼ざめると、旅の途中で買ったケインズ編のブレイクを読んでは、それに縋《すが》りつく思いもあじわっていたのだ。

ついにベルリンに入った夜も、ヨーロッパに非核地域をつくりだそうという運動を進めているベルリン自由大学のグループの会合に加わった。東ベルリンの運動ともつながりのある人びとの会合だが、大都市の住人特有のソフィスティケートされた沈着な討論が、フライブルクの熱情的な集会と対比されて面白かった。この日も深夜に、ドイツへの朝鮮人出稼《でかせぎ》労働者のための純正な朝鮮料理ということだろう、スープなしでただ唐辛子《とうがらし》をまぶした冷麵を食べ、共同作業の一日の必要な一過程である、テレヴィ・チーム全員の夕食の機能をあらためて納得して、ホテルへ戻るというふうであった。

……深夜すでに午前二時を過ぎていたが、枕もとの電話が鳴った。外国語によって暮してきた日本人が母国語で話そうとしての、妙に流暢《りゅうちょう》なところとギクシャクするところが、はじめの発語から感じとれる息づかいで、中年の女性が名乗ろうとする。その瞬間、僕は最後に会ってから二十年もたつ相手の、それもはじめて会った頃の、ハイ・ティーンの彼女の全体が一挙によみがえるのを感じた。朝鮮人であるが、当時併合されていた国の人間として改姓して東京帝大を卒業し、日本人の女性と結婚した彼女の父親が、敗戦を機に李という姓を回復したのを、その木と子を分離してキーコという渾名《あだな》で呼びならわした、当のキーコが、とくに懐かしげでもない、しかしともかくも外地でおなじ都市に居合せれば一度会わぬわけにはゆかぬ、そのような間柄を態度に示して、電話をしてきたのであった。彼女のことを意識下で考えるゆえにこそ、僕はベルリンに到着してすぐ、朝鮮料理の店に行ったのだと納得してもいたのだが。

——突然の電話で気持よくないかも知れないけれども、私はね、キーコです。現在のラスト・ネームはこの前と変っているけれど、どちらにしてもあなたには情報はつたえないドイツ名だから、と彼女はいったのだった。あなたがベルリンに来ることと、Hさんが白血病で死んだことと、同時に聞いたわ、悲しいね。ともかく今夜、会いましょう。

——今夜というのはなあ、と僕は（彼女が現に電話をかけている場所を知っていたとすれば納得したはずなのだったが、漠然とベルリン市内からの電話とのみ感じとって）女友達の昔にかわらぬ反市民性とその申し出を受けとめて、賛成はしなかったのである。明日の午前中はテレヴィ・チームと会議をして、午後から夜にかけては東ベルリンに行くのでね。明後日、オットー・ブラウン講堂で「ベルリン反核ティーチ・イン」というものをやって、その夜ベルリン駐在の公使からの招待を受ければ、それでプログラムは終るけれども……

——冷たいね。しかし積極的に会いたくない理由もないでしょう？　明後日のティーチ・インには私も行って見ます。昔のキーコの面影を残した中年女が居るかどうか、演壇からキョロキョロしてはだめよ。そしてあなたが公使とやらと食事を終って帰った時分、連絡します。テレヴィとの団体旅行では、陽気な御婦人方を探しにも行けなかったでしょう？　キーコと会えるのは便利なんじゃないの？

中間で一度再会したが、三十年ちかく前の印象がもっともあきらかな彼女に、現に話しかけてくる言葉がぴったりするように思い、また過ぎさった時間のズレをとび越えるためにわざわざ演出の声を発している彼女の、あきらかな老成というものもかぎとるふうでいたのだが……

——明日、東ベルリンに入るというのは、反核、平和運動の非公然グループと連絡をとるということ？　と訊《たず》ね、一瞬黙りこんだ僕に、キーコはそれまでの話しぶりとは変化のあるいい方をした後、自分の方から電話を切った。（その言葉の中身には、すぐにも思いあたることになったのだが。）これだけ内外に宣伝して公開ティーチ・インをやる前日でしょう？　明日の東ベルリン行きは、取りやめになるのじゃないか？　スタッフのなかには熱情家もいるだろうけど、慎重派もついているはずじゃないの。あなたのようなタイプの人間の面倒見るんだから。それじゃね、明後日を楽しみにしていますよ。

本郷の大学近辺の戦前からの下宿屋で、建て増しに建て増しをかさね、暗い廊下が斜めに上ったり下ったりして船の通路のようでもある建物の一室に、キーコは暮していた。この下宿はほとんど無限の収容能力があるかのように、そこだけ無闇に広大な玄関と、正面階段のあたりで、いつも新しい顔と出会ったものだ。キーコも死を悲しむといったＨ君と僕の、仲介役のような友人であった、現在バルザック学者であるＩ君が、当の下宿の五角形をした部屋に住み、そこはわれわれの溜《たま》り場であったのである。Ｈ君の恋人は同級の美しい人だったが、やはり同じ下宿に女子学生仲間と同室していた。Ｈ君と恋人との間に単純な行きちがいのようなことがあり――思ってみるとＨ君の生涯には、時どきそれが起って大きい分岐点をつくった――彼女は、すでに詩人として秀れた仕事をしていた大学院生のもとにはしった。こういう古風ないい方がいま僕の頭に浮ぶのは、Ｈ君の葬儀の後、かつてＨ君の恋人と同室であった女子学生が、彼女もいまフランス文学科の先輩の夫人であるけれども、――Ｈさんとの仲たがいは、あの人の早とちりだったと思う。しかしその夜から彼女は、同じ階の大学院生の部屋から帰ってこなくなったのよ、といったのにもとづく。もっとも当時の僕はいきさつにまったく気が働かず、友人の恋愛としては、Ｉ君が高校生の恋人を教育して東京芸大に入学させたのへ、好感を持っていたのみだが。僕ひとり下宿が別だったということもあるが、Ｈ君との三角関係当事者みなとつきあいがありながら、僕は子供あつかいされて、そうした局面からは疎外されていた、というふうなことであっただろう。

さて、当の下宿の、歩哨《ほしょう》がこもっている塔のように孤立した部屋に、ひとりの娘が移ってきた。朝鮮人と日本人の両親の勤務先である、ドイツの建設会社の関係でベルリンに育った娘で、日本の大学教育を受けるために東京へ戻ったのだが、外国語は寄宿制の私立学院を出て英・独ともに充分であるものの、日本語の複雑な文章については読みとり能力に欠陥がある。彼女と一緒に本を読んでやる家庭教師とならぬかと、話が僕に持ち込まれてきたのだ。ベルリンの会社は、じつは日本の大手建設会社と資本の提携関係があり、こちら側の重役である父親から、H君は彼女の世話をまかせられていた。会社の提供した外国人用アパートから、そういうところでは日本人の生活についてまともな経験がえられぬと、学生下宿に連れてきたのもH君なのである。しかしかれ自身としては、当時三角関係に奔命するさなかで、家庭教師の余裕まではなかったということであろう。

僕は二十歳でキーコは二歳年下だったが、キーコに会っての印象は、容貌から躰《からだ》つき、生まれてはじめての畳に蒲団の生活なのだという、六畳間での坐り方、それらみなのまったく釣合いがほころびている奇態さと、陽気な滑稽さだった。（十年たって彼女がドイツ人の夫と家庭を持つまま、ひとり東京に滞在した際は、ハイ・ティーンの時分にすべて外れていた関節が、これまたすべてカッチリはまって、威風堂々といいたいほどの容姿、身ぶりに転換していたのだが。）異様に多量な髪を屏風《びょうぶ》のように張りめぐらした頭、時代劇のお姫様役のような三日月型の眉、パッチリした眼、丸い鼻、それに肉の厚いおちょぼ口が、素頓狂《すっとんきょう》な間隔をあけて、顴骨《けんこつ》の張った大きい顔にひろがっている。彼女自身その目鼻立ちにあきれて、つねに苦笑を浮べているというふうなのだ。やはり不器用に間がぬけて見える大柄な躰つきの、しかも腰から下はおよそ東洋人のものでない発達ぶりの、その下肢を踝《くるぶし》までかくす厚手のスカートにくるみこみ、長い両腕で膝をかかえこんでいる。授業を受けるのもその恰好のままだ、そうでなければひっくりかえってしまうから。声はといえば、ベルリンのホテルへの電話でもすぐ思い出した、鼻にかかる甘ったるい幼児の声であるのに、話柄と論理というものは徹底して即物的である……

もっとも僕が彼女に滑稽を感じたとして、お互い様だっただろう。後年、H君があかしたところでは、友達のうちいちばん滑稽な人間を世話してほしいというのが、家庭教師選択についてのキーコの条件だったのだから、そして彼女はまず、僕がつけた滑稽な渾名《あだな》が気に入ったのでもあった。育ちのよいH君のふるまいゆえに、いま不思議なこととして思い出すのだが、かれは彼女が性的に自由な土地で育ったから、わが国の常識では考えられぬほど自由だと、挑発するような、また嘲弄《ちょうろう》しもするような文句をつけくわえた。もとよりその当時も現在も、H君に責任を転嫁したことはなく、今その意図もないが、僕がのちにとった行動は、やはり無経験な若者らしく、H君の言葉におおいに暗示をこうむっていたのだ。四月の新学期に家庭教師をはじめ、一年後には外国人留学生も多い国際基督教大学にキーコを入学させると、僕は家庭教師を辞めたが、われわれは彼女の生理期間より他は毎日ただ性交するためだけに会うという関係に入っていたから。

そして夏休みに僕が四国の森のなかに帰郷し、キーコは母が朝鮮人と結婚したことで永く義絶の状態だったという、北海道の親戚の家に行くことになった。この四十日ほどの間、別れて暮して、お互いの先行きをそれぞれに考えようと、僕が提案したわけだった。秋のはじめに上京した僕が、森のなかの谷間で読んだガリマール版のサルトルをリュックに担《かつ》いで本郷の下宿に立ちよると、彼女の部屋には、キーコのセーターを着た東南アジア系の美しい青年が、やはり坐りにくそうに、まるめた蒲団《ふとん》に背をよせかけて留守番していた。僕は心底あわてふためく具合でI君の部屋に出向き、リュックから本を一冊ずつ取り出しては講釈し、かつ批判を受けた。その上でやっと落着きを取り戻して、自分の下宿にむかったのだ。この秋から冬にかけて、若い僕は思いがけない手ひどさで苦しんだが……

個人的にはキーコとどういう関係にあったのか、結局は不明であるH君の——かれにはある種の癖のある女性への徹底した奉仕的な態度と、それに矛盾しない、掌をかえしたような無頓着との混交があり、かれの死後、やはり究極のところどのような関係であったのかわからぬ、しかし独特な懐かしみをかれによせる、幾人もの女性と出会うことになったのだが——キーコと開いたままだったパイプをつうじて、僕が知りえたこと。それによるとシンガポールからの留学生とは別れ、そのうちドイツから技術研修のために企業留学して、キーコを通訳に傭《やと》った情報工学の技師と結婚して、大学は中退しヨーロッパに渡ったというのだった。

イーヨーが畸型《きけい》の頭を持って生まれての直後、僕が混乱した低迷状態のうちにあったさなかに、やはりH君を介して突然キーコから連絡があり、国際文化会館に宿泊している彼女に会った。妻はまだ入院していた。その際キーコが思いがけず、しかし変化の筋道はすぐに辿れる、あきらかな見事さの容姿となっていたことはさきに書いた。その際キーコから受けた、性的な療法とでもいうあつかいに、僕は慰謝された。しかもその間、実の姉と性交しているのに似た、生なましい罪障感《ざいしょうかん》をいだきつづけて、かつはグロテスクな——泡鳴の言葉をかりれば——「絶望的な蛮勇気」とでもいうものをそそりたてられる思いもあった。それを媒介にして僕が了解したのは、二十一歳の自分が一夏離れてお互いを考えてみることを思いたったのは、まだ自分より稚《おさ》なく感じられたキーコとの関係に、実の妹と性交しているような罪障感があったからだということである。ほぼ十年をへだてたキーコとの性関係の回復は、『個人的な体験』に書いている、ブレイクを卒論にした同級生との性的なシーンに反映している。僕がいかにキーコの無私の献身に援護されたかはあきらかなのだが、二十代はじめただ自己本位にしか彼女との間柄を見ることのなかった僕は、二十代の終りにもエゴサントリックな性格をつくりかえることができず、キーコの右腕頸《うでくび》内側に——彼女が左ききであることも、十八、九の娘の、大柄な雛鳥《ひなどり》めく不恰好な身動きの印象を強めたのだった——剃刀《かみそり》傷があるのを見ながら、それについて彼女に聞く、つまりはヨーロッパでの十年近い歳月について訊ねる、ということはなかったのである。二週間たって、彼女が帰独した後で、あらためて二十一歳の秋から冬にかけての辛さが、不意をつくように再現したのも事実だが、……僕はここに走り書きするようにして回想しながら、自分の若かった時分の、甘ったれた酷《むご》たらしさになおよく直面しえてはいないという思いをいだくのでもある。

ティーチ・インが現に進行していた。会場から東京へ電波を送る衛星中継の、時間調整の中休みに、ベルリンに着いてすぐ会った反核地帯の運動家数人が壇上の僕に近づいてきた。かれらの話しぶりはいかにもひかえめな批判を示すのみではあったが、——あなたが東ベルリンの活動家の集りにあらわれなかったのはじつに残念だった、というのだった。教会関係の重要な人物との会談を予定し、先方には『ヒロシマ・ノート』の英訳をわたしてもおいたのだからとかれらはいい、日本の市民たちにも署名をつのってもらいたいと、東ドイツの反核、平和運動のアッピールを支持した文書を渡しながら、かれらは僕が会うはずだった人物が、障害児の息子さんの健康を祈るといっていたと、胸にこたえる伝言をつたえてくれもしたのである。

キーコが型やぶりの生活感覚とあわせもっている、世間智のアンテナを働かせて予測したとおりに、テレヴィ・チームの予定変更があり、僕の東ベルリン行きは中止されていたのだった。キーコ本人は、音楽会でであるならば最上の席であろう、正面中央の舞台と、水平な位置に、例の威風あたりをはらう様子で腰をおろしていた。会場を六分どおり埋めている聴衆は、日本大使館の広報紙によって集った少数の在留邦人の他は、西ドイツ各地の反核、平和運動の活動家たちである。かれらは生活を簡素化して資源浪費をふせごうとする運動をふくめての、いわゆる「新しい選択《アルテルナティーフ》」の人びとでもある。したがってミンクのコートを羽おって坐っているキーコは、観客席であくまでも目立ち、ティーチ・インのパネラーのうちの、西ドイツ大統領としてただひとり広島を訪れたハイネマン氏の娘である神学者が、やはりミンクのコートを着ているのと対をなしていた。金髪碧眼《へきがん》のもと大統領の娘と、あいかわらず嵩高《かさだか》に結いあげた漆黒《しっこく》の髪のキーコが、壇の上下で対峙《たいじ》しあっている眺めなのだ。しかも僕には確実に中年女となったキーコが大きい造作のはっきりまとまった風貌ながら、あらためて十八、九の彼女の、自分自身について驚きをかくしきれぬ、滑稽さの印象もあわせ示しているように感じた。眼があうと彼女は、およそわれわれの世代のものでない古風な会釈をかえした。その眼ざしには暗いといってもいいところがあり、前にかたむける額《ひたい》から鼻にかけて、なにやら大きい鬱屈が影をなすようにも思われた。もっともティーチ・インが後半に向けて高まってしまうと僕には彼女に気を配ってみる余裕などなかったのである。

ティーチ・インの終了につづいてパネラー同士の別れの挨拶《あいさつ》やら、在留邦人の聴衆の、通訳の不適当を指摘しに来た人たちとの応対があった。僕は港に入る軍艦とでもいう具合にゆったり近づいてくるキーコの気配を感じとっていたが、一応の段どりが終って見わたすと、もう彼女の姿は会場になかった。在ベルリンの公使との会食を終えて、ホテルの自室に戻ったのは十二時近かったが、すぐにキーコから電話があった。これから会おうというのである。じつは彼女は、三日前からおなじホテルの最上階に部屋をとって滞在していたのだということである。今夜は待機して十分ごとに電話をしていたといいながら、それから小一時間たってキーコは悠揚《ゆうよう》せまらざる様子で、あけておいたドアからノックもせず入って来た。朝鮮の輝やく淡緑の絹の、見おぼえのある 踝《くるぶし》 まであるドレスに、大きく開いた衿もとには蘭の花までつけて。僕はこのヨーロッパ旅行の間、連翹《れんぎょう》とクロッカスのほかいささかの花も見なかったことに、あらためて気がついたが。

靴をはいたまま横たわって本を読んでいたベッドから僕が起きあがるのへ、キーコは使っていないもうひとつのベッドに腰をおろしたので、われわれはしばらく黙ったままお互い眼ではかりあう具合だった。それからすでに酒の匂いをたてているキーコと自分のために、冷蔵庫から酒瓶《さかびん》やらグラスやらを取り出している間、キーコはティーチ・インについて、まず自分にはティーチ・インといういい方が納得ゆかないがといってから、ドイツ語通訳をめぐり彼女としての感想をのべた。通訳は、僕の発言に関しては、核攻撃の現実性を幾分ぼやかす方向づけで、かつ自民党の国会議員でもある作家のI氏の発言についてはソヴィエト脅威説を婉曲《えんきょく》にするように配慮して訳した、とキーコはいった。――そこであなた方が日本語で対立しているほどには緊迫していないものとして、ドイツ人の聴衆は討論を受けとめたと思う。それが職業的な通訳たちのバランス感覚なのだろうけれど……

そのように話しながら、キーコは若い頃僕の下宿におとずれてよくやったように、ベッドの枕もとの本を手にとっては入念に調べていた。ブレイク、そしてペンギン・ブックスの『ロシア演劇の黄金時代』、おなじ版のオーウェルのエッセイ選集など。僕が飲みもののグラスをわたす時、キーコはオーウェルのページを拡げて拾い読みしていたが、左手にグラスと本とを一緒に握ったキーコはあらためてベッドに腰をおろしながら、権高《けんだか》な女教師の口調でこういったのである。

——Hさんが西ドイツの過激派を調べに来た時、あなたの息子さんの話をしたけど、もうそろそろ成人だわね？　“must”の場合、困るでしょう、対策は考えているの？

僕は血相を変えただろう。舌が痺《しび》れた具合で僕がなにもしゃべれぬうちに、キーコの大きい顔は、やはり大きい造作のいちいちにひっぱたかれでもしたような怯《おび》えと悲しみをあらわし、愚かしくひずむようであったから。厚化粧の下から雀斑《そばかす》が濃く浮びあがる皮膚の暗さも、僕はその時はじめてキーコに見たのだが。

——“must”というのか、きみは？　僕の息子が象か駱駝《らくだ》のように発情するが、撃つわけにもゆかぬだろうから、というのか？　『象を撃つ』からの引用だとはわかっているよ。しかしオーウェルの用語をこちらもひくならば、きみはもっと“decent”な人間だと思ってきたがね。

われわれはお互いに、自分のグラスを見おろして黙りこんだ。つづいてキーコは、少女めいた不器用な左手の動きでグラスを床に置き、立ちあがり唸《うな》るように痰《たん》を切ってから、不機嫌にこういって部屋を出て行った。僕は自分がすぐおちいるはずの暗然とした思いを眼の前に見ながら、あらためて舌が痺れたふうで、顔をあげることもしなかったのである。

——今夜は、これだけにしましょう、キーコらしくもない失敗をしたようだから。明日はベルリンを案内してさしあげるわ。

翌日キーコと僕は、意気あがらぬ奇態なベルリン見物をした。テレヴィ・チームの予定変更がつづき、この日午後三時にはフランクフルトへ向けて発つことになったからでもあるが、われわれはそれぞれ興味を持つ場所をひとつずつ訪ねるほか時間を持たなかった。僕はまだそこに居るはずの黄色い電気鰻《うなぎ》の写真を、大学の頃見たことのあるブダペスト通りの水族館を希望した。しかし鰻をふくめ魚類自体は期待したほどのものでなく、むしろ魚の住むそれぞれの環境を再現するために、演劇的なほどの設定で植えこまれている植物が立派に見えた。キーコはそのどちらにも関心を示さず、階段を昇るのを嫌がって、一階の兵士のような老守衛とずっと話していたのだが。

キーコの希望は、いま復活祭《イースター》の休暇で南の海岸に先行しているドイツ人の夫が連れて行ってくれぬ、そこで好奇心だけ強まっているハード・ポルノ映画というものを一度見たいというのである。水族館から歩ける距離の、繁華街クーダム通りの、各種の商店が混在している建物の地階に、われわれはその種の映画館を見つけ出した。チケットを買うと、ロビーで酒のミニチュア瓶をくれる。キーコは階級差を誇示しての朗々たるドイツ語で係りの青年と交渉し、二人分ジンの小瓶とビールとを一本ずつ受けとって、席につくなりビールをひと口飲み、できた隙間《すきま》にジンを注ぎいれた。僕もそれにならったが、われわれは一瓶飲みほすまで長く坐っていたのではなかった。再び地上に戻り、ついでに朝鮮料理の材料の買物をするというキーコを、ベルリンでもっとも食品売場が充実している百貨店の前まで送ろうと、クーダム通りを東へ歩く途中、われわれがかわした会話はわずかな、しかし僕には辛いものだった。

——主役の娘さんは無惨なくらい性交したね、氷嚢《ひょうのう》で性器を冷やすシーンにはユーモアがあって良かったが、と僕が映画の感想をのべたのに対して、

——私たちも、まだ子供の頃、繰りかえし性交したよ、あなたにならっていえば無惨なくらいに、無惨な以上に、……とキーコは応じた。

キーコは、僕がティーチ・インで話したことについて、こう批評しもした。

——核戦争による世界の破滅について、あなたはまだ一度も地上にそれが起ったことが

ないから、人びとは近い将来にそれが起らぬと信じているのみだ、しかしその根拠はない、といったよね。残念だけど私はそう思わないわ。むしろ世界はいくたびも破滅してきたのじゃないかしら？　しかもわずかな数が辛うじて生き延びて、このろくでもない世界を再建したのじゃなかったの？　それでいて教訓を生かすことはなかったのだと、それがヨーロッパに永年暮してみての結論だわ。第二次大戦でのドイツの破壊は、廃墟のままのカイザー・ウィルヘルム記念教会が、ほらあすこに見えるけれども、やはり世界破滅の規模だったと思うわ。連中は核兵器を使って世界を破滅させて、また再建するのじゃないかしら。核シェルターにはリアリティーあるよ。私の家にもつくったよ。

——もし可能ならば、ということだね、と僕はいった。再建することが……

——いや、再建することができなくても、それはそれでいいとも連中は主張するのじゃない？「最後の審判」を信じてきたかれらなんだから。

しかしブレイクは「最後の審判」をそのようには考えなかった、と僕は言葉にしかけたが、それ以上キーコと論争する気はなかったのだ。

別れの握手のために、昔やったとおり左腕をさしのべたキーコの、この日はじめて正面から僕に向けられた顔は、曇り空の乾いたドイツの外気のなかで、直接パンソリのある名歌手を思い出させる、威厳と花やぎを失なわぬが、しかしあきらかに中年も終りかたの朝鮮人の顔だった。僕がひとりホテルに戻った際、玄関の扉外までテレヴィ器材の山を運び出していたテレヴィ・チームの若い人びとは、躰《からだ》じゅうに悲嘆《グリーフ》の気分をあらわしている、これも中年の終りかたの日本人を見たのではなかっただろうか？　僕はブレイクの預言詩《プロフェシー》と障害のある息子との共生をからめて書く一連の短篇を、かつて年長の作家があらわした悲嘆と、息子の獣じみた不発の衝動とをむすんで描くことではじめたが、むしろ悲嘆も獣じみた不発の衝動も、僕がヨーロッパの旅で自分のうちにこそやどしていたものではなかったか？　それゆえにこそ帰国してすぐイーヨーに同じものを発見して、深く自己の核心を揺さぶられる思いであったのではないか？

当日、僕が眼をさました時には、イーヨーは寄宿舎に向けて発っていた。その月曜日、かれの居ない家に僕が発見したのは、なじみにくく感じられる広い空間と、こちらはさらに思いがけぬことであったのだが、余分の時間がありあまっている、という印象なのであった。一日が三十時間ほどに引延ばされている所在なさの思いから、僕は妻にその気分のことを話したいと考えて家のなかを歩き廻ったが、空間も広くなってしまったようで、なかなか妻を探し出せない。そういう心もとなさをあじわいもした。妻はまた妻の方で、自分の時間をもてあまして、冬枯れた庭の灌木の茂みから、実をつけたサンキライの蔓《つる》を、枯花にしようと取りはずしていたのであったが……

そこで僕はブレイクを、さらにこまごまとした細部に立ちどまり、かつはそこに立ち迷うにして読み進んだ。そのようにして最後の預言詩『ジェルサレム』を、アードマンによる註釈つきテキストに加えて、ブレイク自身による彩飾版画のファクシミリを見て行くうちに、はじめに引用した詩のようなものとブレイクとを直接むすびうる発見もしたのである。

もっともそれは僕ひとりが自力で発見したというのではなかった。友達というより友人にして師匠《パトロン》だとこれまでにもたびたび書いた、音楽家Tさんの仕事に直接みちびかれて。イーヨーが寄宿舎に入った最初の週のうちに、わが国でいま最上の演奏家たちというにたる若い人びとのグループが、すべてTさんの曲のみ演奏する音楽会があった。会場は横浜だが、イーヨーが誕生してから二人きりで東京を離れたことはない僕と妻は、新しい心で電車に乗ったのである。その気持のあらわれとして、妻は電車のなかでも、日頃になくよくしゃべった。イーヨーの入舎式のあとで、都の障害児の親の会の役員である老婦人から声をかけられたが、——私にとって子供が舎に入っていた一学期間が、はじめての休暇で、最後の休暇であったように思います、とその方は話されたというのだ。

——休暇ねえ……、と僕は応じた。

——イーヨーと生活していることは、ちょうど二人分生きているということだから、と妻は自分のこととして、それも明るく解放されている休暇中の人間の声で答えた。

しかし電車が多摩川を渡る際、雪曇りの反映の異様な色合いをしたひろがりを眼にすると、われわれは黙りこんでしまったのだ。心の深い暗部を攪拌《かくはん》する力が、川面から立ちあがってくる思いが僕にはした。音楽会のはじめに、自作を解説するために舞台袖にあらわれたTさんが、『海へ』と題されたギターとアルト・フルートの三部作の、「鱈岬《ケープ・コッド》」という章を説明しながら、ナンタケット島周辺の海辺の光景の暗さということをいわれた時、隣りの妻の躰がわずかながらビクリとおののくようだった。曲が演奏されるさなかでもまたビクリとしたのを思うと、あの暗い多摩川の川面から、妻も喚起されるものがあったのだろう。

独特の科学的な鋭さに、このところ豊かな柔らかさを加えてきた女流ピアニストのAさんが、『「雨の樹《レイン・ツリー》」素描』という新曲を弾いた。Tさんがさきに書いた室内楽曲『雨の樹《レイン・ツリー》』の主題を、明確かつ強靭《きょうじん》に再提示したピアノ曲。短いものだが単なる再提示以上のものがあり、Tさんの音楽的なメタファーとしての「雨の木《レイン・ツリー》」はさらに大きく茂って、こまかな葉のついた枝を拡げつづけている。自分としては小説のメタファー「雨の木《レイン・ツリー》」をすでに消滅させたという思いのうちにあるが、と僕は羞恥心《しゅうちしん》および励まされる思いをともにいだいて考えたのである。

休憩の間もこの感慨はつづいていた。第二部のはじまりは『ムナーリ・バイ・ムナーリ』というパーカッション独奏の曲で、ムナーリというイタリアのデザイナーの紙作品に、Tさんがアフォリズムや記号やらを書きつけたものが楽譜である。いかにも思弁的なパーカッション奏者Y氏が、Tさんの音楽のイディオムで即興演奏する。演奏会場にそれまで鳴っていた、Tさんの音楽が残響しているようでもあるが、しかしそれはすでに演奏されたものの恢復というより、現にいまつくられてゆく音楽である。未来に向けて現在を生きているTさんの精神と肉体を、パーカッション奏者が演奏しているとでもいうように……

続いている音楽に触発されて、僕はひとつの発見をしたのだ。それもじつに懐かしい対象に再び会ったように、こう自分にいうようであったのである。——ああ、ブレイクの「生命の樹《レイン・ツリー》」は、僕がハワイの暗い庭に見たと書いた、「雨の木《レイン・ツリー》」そのものじゃないか！「雨の木《レイン・ツリー》」同様ブレイクの樹幹は黒ぐろと壁のように前方をとざしているし、板根のようなかたちもはっきり描かれている……

僕は「雨の木《レイン・ツリー》」小説の、最初のものの冒頭に、暗闇のなかでの「雨の木《レイン・ツリー》」との出会いを次のように書いていた。パーティのざわめきを背にして、水の匂いがする暗闇を見つめている自分。

《その暗闇の大半が、巨きい樹木ひとつで埋められていること、それは暗闇の裾に、これはわずかながら光を反映するかたちとして、幾重にもかさなった放射状の板根がこちらへ拡がっていることで了解される。その黒い板囲いのようなものが、灰青色の艶をかすかにあらわしてくるのをも、しだいに僕は見てとった。板根のよく発達した樹齢幾百年もの樹

木が、その暗闇に、空と斜面のはるか下方の海をとざして立っているのだ。》

音楽会から帰ってすぐひろげて見た、ファクシミリ版『ジェルサレム』装画七六は、これまでそれを連想しなかったのが不思議なほど、ここに書いた「雨の木《レイン・ツリー》」そのものであった。「生命の樹」に磔刑《たつけい》になったイエス。大樹の根方に両手をひろげて立ったアルビオン、すなわちすべての人類が救われて、かれひとりのうちにある巨人が、崇《あが》める視線をイエスにおくっている図柄。アルビオンはいかにも若わかしく、イエスは初老に近い年齢に見える。

この装画は『ジェルサレム』終り近くの、イエスとアルビオンの、確信にみちた美しい会話の光景を描き出しているはずのものだ。《イエスは答えられた、惧《おそ》れるな、アルビオンよ、私が死ななければお前は生きることができない。／しかし私が死ねば、私が再生する時はお前とともにある。／これが友情であり同胞愛である。それなしでは人間はない。／そのようにイエスが話された時／暗闇のなかを守護天使がちかづいて／かれらに影を投げかけた、そしてイエスはいった。このように永遠のなかでも人はふるまうのだ／ひとりは他の者がすべての罪から解きはなたれるように、許しによって。》

このようにして僕は、ブレイクを読むことをつづけてゆくうち自分のイメージの「雨の木《レイン・ツリー》」に似た「生命の樹」の装画にめぐりあった。その大きい樹木に磔刑にされているイエスと、若わかしいアルビオンとの長い対話を、『ジェルサレム』本文に読み、右の詩句に辿《たど》りつきもした。そして僕は、おおげさにひびくかもしれぬが——また僕自身かつて死の床のH君に向けていったとおりキリスト教を信仰せず、かつはよくそれを知らぬのでもある以上、奇態ないいぶりにちがいないのだが——やはり恩寵《おんちょう》のようなものを感じるのである。それをTさんの音楽によるみちびきをつうじてはじめて可能であった恩寵とみなすことで、僕はこの言葉へのためらいを乗り越えもするのだが。恩寵は、さきの詩行でイエスの思想の核心をなす「罪のゆるし《フオーギヴネス・オブ・シン》」に向けて、励ますように押し出してくれた。

僕はファクシミリ版の装画七六を眺めながら、ブレイクの詩行を繰りかえし口誦《こうしょう》してもみた。そのうち僕は「『雨の木《レイン・ツリー》』の彼方へ」が、当の詩行とあいつうじる響きを発するのにも気がついたのだ。「雨の木《レイン・ツリー》」のなかへ、「雨の木《レイン・ツリー》」をとおりぬけて、「雨の木《レイン・ツリー》」の彼方へ。すでにひとつに合体したものでありながら、個としてもっとも自由であるわれわれが、帰還する……

イーヨーは地上の世界に生まれ出て、理性の力による多くを獲得したとはいえず、なにごとか現実世界の建設に力をつくすともいえない。しかしブレイクによれば、理性の力はむしろ人間を錯誤にみちびくのであり、この世界はそれ自体錯誤の産物である。その世界に生きながら、イーヨーは魂の力を経験によってむしばまれていない。イーヨーは無垢《むく》の力を持ちこたえている。そのイーヨーと僕とが、やがて「雨の木《レイン・ツリー》」のなかへ、「雨の木《レイン・ツリー》」をとおりぬけて、「雨の木《レイン・ツリー》」の彼方へ、すでにひとつに合体したものでありながら、個としてもっとも自由である者として、帰還するのだ。それがイーヨーにとり、かつ僕にとって、意味のない生と死の過程であると、誰がいいえよう？

僕はあらためてH君が白血病と闘っていた病室での、「罪のゆるし《フォーギヴネス・オブ・シン》」についての対話を考えた。僕はなおブレイクについて知ること貧しいまま、それでもなにものかにみちびかれるようにしてブレイクの名を口にした。あの際すでによくブレイクを読んでいたとすれば、「罪のゆるし《フォーギヴネス・オブ・シン》」の思想を思うと楽になるといったH君のために、バラバラにほぐして一枚ごと胸の上にかかげて読めるようにしたファクシミリ版を届けえただろう……いまになっては無益な発想を、大きい悔いのようにして僕がいだく。それは自分の死に向けてのベッドで、ほぐした一ページだけでも二、三時間は充実した時をすごせる詩行にみちた、ファクシミリ版『ジェルサレム』を読みつづけるだろうと、そう奥深くで予感していることの、別の表現でもあるはずなのだが……

土曜の午後遅く、弟と妹がさきに戻って待ちうけるところへ、イーヨーが最初の帰省をした。早くも一週間の寄宿舎生活による成長はあきらかで、門の扉をガタンと開き靴をひきずる音のあと、また大きい音をたてて玄関に入る、という仕方とはすっかりちがう帰り方をイーヨーは示した。居間のソファに横たわり、あいかわらずブレイクを読んでいた僕が眼をあげると、洗濯物の入った大きい鞄を肩にかけたイーヨーが居間に入ってくるとこ

ろなのだ。イーヨーは、起きあがろうとして宙に浮かした僕の左足を素早く摑《つか》み、握手をするかわりに揺さぶって、

――**善い足、善い足、大丈夫だったか？　お元気でしたか？**　と挨拶した。

あおむけのまま動きのとれぬ僕はもとより、自分の部屋から駈け出してきた弟妹も、台所の妻も、声をあげて笑っていた。確かにイーヨーはとくに意を用いてというのではなく、自然なふるまいのまま、わが家の祝祭的な気分の祭司なのだ。もっともイーヨーはいまありありと全身に疲労をあらわして、寄宿舎生活についての妻の質問に応答する気配は見せなかった。再生装置の前に、尻をじかに床につける仕方で坐りこんだが、はじめにどのレコードからかけたものか雲をつかむ思いでいるのらしい。その横顔がすっきりして、二重瞼になった眼もとに静かな怜悧《れいり》さの感覚すらあるのは、つまり面やつれしているということだろう。やがてイーヨーは、自力でのレコード選びをあきらめて、ＮＨＫ・ＦＭのクラシック・リクエスト番組にスイッチをいれた。そのまま夕食の支度《したく》がととのうまで、乾いていた全身全霊に音楽の水を吸いこむ具合に、黙って放送を聴きつづけるのである。寄宿舎に持って行ったカセットを、ひとり操作する工夫も働かしえなかった模様なのだ。

それでも一度だけ立ちあがり台所へ入って行ったイーヨーに、冷蔵庫からジュースかなにか取り出して飲むようにと妻がいっていた。しかしかれはこれまでになかったことだがその申し出をことわり、次の情報をつたえたのみで、リクエスト番組しまいの「小曲コー

ナー」を一曲も聴きもらさぬよう、再生装置の前へ戻った。

――**寄宿舎では、お茶がでないと申しましたが、お茶はありました！　はとむぎ茶でございました！**

徹底してイーヨーの好物をとりそろえた夕食――スパゲッティとポテト・サラダ、それに焼いた仔牛のクリーム・ソースという夕食のテーブルに、FM番組が終るのを見はからって、僕と妻、イーヨーの弟妹は揃《そろ》ってついていた。ラジオは消したものの、坐り込んだままレコードのジャケットの列を出し入れしているイーヨーに僕が声をかけた。

――イーヨー、夕御飯だよ、さあ、こちらにいらっしゃい。

ところがイーヨーはレコード・スタンドにまっすぐ顔を向け、広くたくましい背をぐっとそびやかして力をこめると、考えつづけた上での決意表明の具合に、こういったのだ。

――**イーヨーは、そちらへまいりません！　イーヨーは、もう居ないのですから、ぜんぜん、イーヨーはみんなの所へ行くことはできません！**

僕が食卓に眼を伏せるのを、妻が見まもっている。その視線の手前なお取りつくろいかねるほどの、端的な喪失感に僕はおそわれていた。いったいどういうことが起ってしまったのか？　現に起り、さらに起りつづけてゆくものなのか？　しだいに足掻《あが》きたてるほどの思いがこうじて、涙ぐみこそしなかったが、カッと頬から耳が紅潮するのを、僕はとどめることもできなかったのだ。

――イーヨー、そんなことないよ、いまはもう帰ってきたから、イーヨーはうちにいるよ、と妹がなだめる声をかけたがイーヨーは黙っているままだ。

性格として一拍ないし二拍置くように自分の考えを検討してから、それだけ姉に遅れてイーヨーの弟が次のようにいった。

――今年の六月で二十歳になるから、もうイーヨーとは呼ばれたくないのじゃないか？ 自分の本当の名前で呼ばれたいのだと思うよ。寄宿舎では、みんなそうしているのでしょう？

いったん論理に立つかぎり、臆面ないほど悪びれぬ行動家である弟は、すぐさま立って行ってイーヨーの脇にしゃがみこむと、

――光さん、夕御飯を食べよう。いろいろママが作ったからね、と話しかけた。

――**はい、そういたしましょう！ ありがとうございました！** とイーヨーは声がわりをはじめている弟とはまったく対極の、澄みわたった童子の声でいい、妻とイーヨーの妹は、緊張をほぐされた安堵と、それをこえた脱臼《だっきゅう》したようなおかしさにあらためて笑い声をあげていた。

背にも躰の嵩《かさ》にも、大きい差のある兄弟ふたりが、なんとか肩をくんで食卓へやって来る。そしてそれぞれ勢いよく食事をはじめるのを見ながら、僕は直前の喪失感がなお尾をひいているなかで、そうか、イーヨーという呼び名はなくなってしまうのか、と考えた。

それはしかし、自然な時の勢いなのだろう。息子よ、確かにわれわれはいまきみを、イーヨーという幼児の呼び名でなく、光と呼びはじめねばならぬ。そのような年齢にきみは達したのだ。きみ、光と、そしてすぐにもきみの弟、桜麻《さくらお》とが、ふたりの若者としてわれわれの前に立つことになるだろう。胸うちにブレイクの『ミルトン』序の、つねづね口誦する詩句が湧きおこってくるようだった。《Rouse up, O, Young Men of the New Age! set your foreheads against the ignorant Hirelings! 眼ざめよ、おお、新時代《ニュー・エイジ》の若者らよ！無知なる傭兵《ようへい》どもらに対して、きみらの額をつきあわせよ！　なぜならわれわれは兵営に、法廷に、また大学に、傭兵どもをかかえているから。かれらこそは、もしできるものならば、永久に知の戦いを抑圧して、肉の戦いを永びかしめる者らなのだ。》ブレイクにみちびかれて僕の幻視する、新時代《ニュー・エイジ》の若者としての息子らの——それが凶々《まがまが》しい核の新時代《ニュー・エイジ》であればなおさらに、傭兵どもへはっきり額をつきつけねばならぬだろうかれらの——その脇に、もうひとりの若者として、再生した僕自身が立っているようにも感じたのだ。「生命の樹」からの声が人類みなへの励ましとして告げる言葉を、やがて老年をむかえ死の苦難を耐えしのばねばならぬ、自分の身の上にことよせるようにして。《惧《おそ》れるな、アルビオンよ、私が死ななければお前は生きることができない。／しかし私が死ねば、私が再生する時はお前とともにある。》

もっとも不思議なこと

著者から読者へ

大江健三郎

1

いま、自分の生涯を振り返り、幾らかなりと確かなことがいえるのを感じます。その思いをこめていうのですが、私がこれまでに経験したもっとも不思議なことが、光と出会ったことです。いま、かれは四十三歳ですが、私が老年のせいで早く目ざめてしまう朝ごと、思い浮かべるのは、ウィリアム・ブレイクの「喜びの日《グラッド・デイ》」の光り輝やく青年像です。『新しい人よ眼ざめよ』は、まだ名付けられていない光が二つの頭を持っているように見えた誕生の年に始まり、二十歳の誕生日をまぢかにひかえる一日までを語っています。あくまでも事実にそくしていながら、年をへだてて読み返すと、そのたびに神秘的な物語をひもといているように感じるのは、ひとつにはブレイクの預言詩《プロフェシー》の引用を支えに進行していることもありますが、やはり光の成育の日々が、不思議さの連続であったことに由来します。

光が生まれてからの歳月、海外の大学に職場を持っていた、おおよその総計三年間をのぞけば、国内で旅行をするにしても、私が三泊以上自宅を空けたことはありません。それもほぼ毎日、光がFMかCDで音楽を聴くか、かれ自身の楽譜を書くかしている居間で、こちらは本を読むか文章を書くかしている。その生活に、大きい変化が生じたことはない。それが私の半生でした。

しかも私は、光との共生によって自分が束縛されると感じたことはないのです。そしてそれはあきらかに、我が家での光の存在のモードの絶妙さによる、と思われます。それでも年に一、二度であれ、かれが足をすべらせて頭を打つ、というようなことでも起れば、私と家内は二、三日、かれにかかりきりでいますが、そうしたこともふくめて、光との共生は、私らにとって軽快な自由さのものであった。私の記憶はそういいます。

それこそ不思議なことでしょうが……

2

ついこの間も、私と光は、この連作において、家庭の大切な友人として出てくるTさん、作曲家武満徹の名を冠したホールに、スタニスラフ・スクロヴァチェフスキのベートーヴェン・シンフォニー連続演奏会を聴きに行きました。ピアニストのフリードリッヒ・グルダと、この指揮者が、これも不思議なような出会いだったのですが、それぞれの演奏をFMで聴いて以来変らぬ、光がもっとも好きな音楽家なのです。

演奏と長いアンコールの間、光が昂奮していたこともあり、帰りはタクシー乗り場に降りて行きました。ところが、雨が降り始めていて、行列は短かくなる気配もありません。そこでいったん新宿駅に向かうことにしたのですが、地下鉄から小田急の改札口まで、幾つものエスカレーターを乗り継いだところで、光の足どりが不安定になりました。気が付いてすぐ（その間に人通りの集中しているところから、通路のへりへとかれを移らせていました）光は、片耳に指をさし込む仕草をしたまま、私に崩れかかって来ました。てんかんの発作なのです。

たいていの場合、私はかれをそのましゃがみこませて脇に立ち、五分間ほどかかる回復を待ちます。ところがこの日、光は私にもたれたままズルズル倒れ、救急用品を詰めたバッグを頭の下にあてがってやると、そのまま長ながと手足を延ばして意識を失ったのです。

同じ音楽会の聴衆だったらしい婦人たちが口ぐちに、――大丈夫？　と声をかけられます。大丈夫な大人が、駅とデパートの複合空間の通路に横たわってるはずはありませんが、五分間、このままにしておきたいのだ、と私はひとりひとりに説明しなければなりません。倒れて一分もたたないうち、警備会社の制服を着た二人の若い男から、――移動させますか？　救急車を呼びますか？　と声をかけられ、そちらにも私は、あと四分間このままにしておいてもらいたい、と懇願しました。かれらが黙って立去るのといれかわりに、上司らしい男が現われて、あからさまに強圧的な口調をとり、――こういうところに寝てられては迷惑なんだよ！　といいました。そして、救急車を呼ぶからね、というのですが、私は、かれはあと三分で立ち上がれるのです、そして息子は発作の間とその後と、知らない人に身体をさわられるのを嫌がりますので、と繰り返しました。男が決して受けつけぬ態度を示すのへ、妙に地味ないでたちの中年の男女二人組が現われ、その女性の方が私をジロリと見ると、――救急車を呼びなさい、私はこういうことに対処する仕事をしています、と男にいうのです。

　私は光の身体に「専門家たち」が腕をふれぬよう上体で覆うようにしていましたが、やっと五分がたち目を開いた光が、私のただならぬ血相の顔を見上げて、――やあ！　といいました。私も、――やあ！　と答え、かれを助け起してその場を立ち去りました。――挨拶もなしに！　という腹立たしげな女性の声を背にして……

　こうした出来事が、かならずしもめずらしいというのではありません。しかし私らは、基本的に静かに暮してきた、という思いを持っています。

3

若い人から（いかにも明敏そうな……あるいは明敏すぎるかも知れない、と感じるタイプの人から）こう問いかけられることがありました。

——あなたは、苦しい時、どんなジャンルの本を頼りにしてきました？

そういう時、私には、小説家になりたてのころから、壮年になってさらに永い時がたち、老年にいたっても、いまが「苦しい時」なんだが、という思いがあり、たいていその数週あるいは数ヶ月、こういう本を読んでいます、と答えることにしてきました。

いま、それらの例の幾つかを思い出してみると、あるジャンルというより、つまり様ざまなジャンルのうちの一冊というより、ある詩人、小説家、思想家の作品の（全部、または、殆ど）を読んで、という言い方で答えたことに気がつきます。

それでも、とくに一冊を、と重ねていわれると、とっさに選ぶことはできなくて、たまたま思い出す詩人の名をあげることにしてきました。アメリカ西海岸や東部の大学で教えている時、大学生協の書店に行けばいくらも並んでいる紙表紙の詩集から、書名を示すかわりに自分で買っておき次の講義の日一冊を手渡す、ということもしたものです。幾人もから、この詩人は初めて読み、本当に頼りになった、と学期末のパーティーで（たいてい春学期か秋学期のどちらかで私の任期は終了でした）感謝されることがあったのは、わが国ではあまり翻訳もありませんが、ウェールズの詩人R・S・トーマスです。とくに、かれの後期の詩を薄い本にまとめたものなど……

そのような時、私が、――おれ自身には、どんな詩人が頼りだったろう？　と本気で思い返してみると、ある時期ごとに、それがランボーだったりボードレールだったり（高校のはじめから、大学の仏文科の学生の時まで）、オーデンだったり、エリオットだったりしました（大学を卒業してから、自分の語学力でひとり読み続けられるのは、フランス語より英語の詩、という気持があったのです）。そこへ、いまいったR・S・トーマスや、一挙に時代をさかのぼってダンテが数年をしめたりもしたのですが、しかし、自分にとって終生の、つねに頼りになった詩人が、ウィリアム・ブレイクだ、という思いは変りません。

そして生涯のもっとも危機的な時期、あらためて二、三年ブレイクを読み続けることによってその「苦しい時」を乗り越え、ついには、乗り越え中の現場から同時中継するようにして書いたのが、『新しい人よ眼ざめよ』なのです。

4

とくに私ら家族が共生する光の、ゆっくりとしてではあるが着実な成長と、そこに突然起る波乱、時には逆行とさえいいうるようなことどもを、ブレイクの詩の読みとりに合わせて短編に作りあげたものから、私がどのようにブレイクを読み、この独特な詩人に励まされたかを見ていただければ、と思います。

もっとも、ひとつブレイクの詩の私の読みとりには特殊なところがあるらしい、ということはいっておかねばなりません。とくにこれからブレイクを読み始める人たちに対して。もう二十年ほども前、日本文学の翻訳をしていられるイギリスの文学研究者が、ŌEは変った読書家で、ブレイクの長大な詩に夢中になってるらしい、ブレイクは短かい詩こそが美しいのに、と不審がっていられる（実は、日本人の小説家の英語力をあからさまに見くだしている）談話を読みました。

実際、私は光が生まれてくるずっと以前から、ブレイクの、預言詩《プロフエシー》といわれる長い、長い詩を熱心に読み続けてきたのです。まだ大学の初年級だったころ、駒場の図書館で偶然のようにその一節を目にして、たちまち惹きつけられた次第も、この連作に書いていますす。ブレイクはその詩集を、美しい挿画ともども本文も自分の書き文字にして、全体がすばらしい版画作品であるものに作りあげました。もちろんブレイク研究の代表的な専門家たちが、独自にそれらを読みとって印刷した刊本は、私が若いころから幾種もありました。しかし、私は預言詩《プロフエシー》を毎日少しずつ読み進んでゆくにあたって、ブレイク自身によって書かれた（描かれた）ままのテキストを見れば、たとえばこの文節の区切り、句読点の難所を解きほぐし、乗り越えることができるかも知れない、としばしば思いました。そして、トリアノン・プレスの、いまよく使われるファクシミリという言葉のもともとの意味の、精巧な製版の特製本を幾冊も手に入れました。当時、私はカリフォルニア大学バークレイ校で教えていましたが、たとえば原色版の『ジェルサレム』など、サンフランシスコの古書店で、給料の数ヶ月分ほどもしたものです……

さて、そのようにして自分の仕方で読みとった預言詩《プロフェシー》の数かずの、細部を短かく訳しては、それらを手がかりに、私は短編連作を書き進めています。フランス革命、アメリカ独立というような世界史的出来事の同時代人であるブレイクは、政治的、社会的な視点もそなえていましたし、さらになによりも壮大で複雑な神秘主義の宇宙を、ひとり構築した人なのです。

しかし、そのような大部の預言詩《プロフェシー》のみではなく、広く知られた『無垢の歌』『経験の歌』にふくまれているような、また『ピカリング草稿』にあるような、確かに美しく短かい詩に、まず皆さんが親しんでくださることを私もねがいます。それらの美しく短かい詩にわかりやすく示されたものが、晦渋というほかないところもある預言詩《プロフェシー》の神秘世界への近道であることもしばしばですから……　そして、皆さんのうちのある人たちが将来、私と同じく預言詩《プロフェシー》にこそ強く惹きつけられ、心底励まされる時を持たれることがないとはいえないはずだからです。

なんらかの橋渡しになることを考えて、ブレイクの、それこそ端的に美しい短かい詩の一部を引用しておくことにしましょう。これは、『人の悲しみに』という、九連の四行詩からなる作品で、預言詩《プロフェシー》の全体を訳されてもいる梅津済美というブレイク学者の翻訳です。

僕はひとの哀《かな》しみを見て、
やはり悲しくならずにいることができようか。
僕はひとの嘆きを見て、
やさしい慰めを求めずにいることができようか?

このように始まる詩は、次の四行で終っています。

おお！　その方は僕たちの嘆きを打ち破ろうとして、
その方の喜びを僕たちにくれるのだ
僕たちの嘆きが消え去ってしまうまで
その方は僕たちのそばに坐りうめいていてくれるのだ

この詩でその方と訳されているのは thy maker、つまりあなたの造り手という英単語です。それはブレイク独自の（やや特殊な見方によるというべきでしょうが）イエス・キリストを指しています。私は無信仰でいながら、光が発熱して苦しんでいる真夜中など、この詩をつぶやいては、光にかれの thy maker が現われてくることを祈ったりもしたものです。ところがいま、あのころのことを思い出すと、それよりもしばしば、自分自身の深い困難のなかで嘆いている私の、そばに坐ってうめいていてくれたのは、他ならぬ光であったようにも感じるのです。

私は、そのような不思議を、経験してきました。

「新しい人」に向かって

解説

リービ英雄

日本独自の文学形式であるとは多分言い切れないだろうが、連作は目立って日本の近代から現代にかけての、多くの小説家が起用したものなのだ。そして文学の他の形式と同様に、連作も、使い手次第で効果が違う。連作は短編小説の単なる連なりで終わるときもあれば、それ以上の、長編小説とはまた違ったフィクションの効果をもたらし、西洋文学の伝統的な「ノヴェル」ではなかなか見られない、複合的な語りを生み出すこともある。

大江健三郎の『新しい人よ眼ざめよ』は連作という形式から成り立っている。「現在」のストーリーそのものの展開からいえば一作々々は、すこし短めの長編小説の中の「章」のようにおおよそ一直線の時間を区切った単位なのだが、一つ一つは「章」とは違った独自の広がりを見せている。だからこの一冊を読み終えたときの読者の感情は、ただの「一つの小説」のそれとは違って、いくつかの段階を経てたどりついた、より複雑なものである。そして大江健三郎のこの一冊は、日本文学に何年かに一度は現われてくる連作の名品とは、形式こそ似ているが、一つ一つの段階は、他に見ない多次元の要素を編曲しているので、最後までたどりついた読者は、さらに複雑な感慨を覚える。通常の「連載」と違って三つの異なった文芸雑誌と一つの総合雑誌に別々に発表されたこの連作小説には、もしかしたら作者がそれまで、またはそのあとに刊行したいくつかの長編小説以上の重みと、不思議な「大きさ」がある。

　この作品はたぶん、大江氏の文学の中で、内容においても手法においても、一つの中心的な一冊なのだろう。『個人的な体験』以降、大江氏のさまざまな形式の小説の語り手の、知的な障害を担って生まれた長男をめぐる物語は、『新しい人よ眼ざめよ』によって「二つのクライマックス」ともいえる大きな転換に向かう。「永遠なる子供」の魂の持ち主が、この連作が始まるところ、「子供」ではなくなりかけようとしていることに、海外から帰ってきた語り手が直面せざるをえない。一家におけるドラマという小説の「現在」の事柄が、二十歳に近づいたそのような「イーヨー」の「父親」である語り手自身と、「イーヨー」と、家庭の内部と外部に父と子のそれぞれのストーリーに関わる人物を克明に照らす熟した文体によって、細かく出来ごと一つ一つを「段階」を踏むように経《へ》ながら、展開される。

「イーヨー」という特殊な存在をふくめた一つの家庭の内部と外部のドラマは、事柄の表層だけでいえば「父親」の視点から語られた、きわめて巧みな「私小説」、ということになるかもしれない。しかし、この作品は、通常の「私小説」や「家庭小説」とはまるきり違う。

ナラティブが多次元となり、連作という形式に新しい意味が生みだされるのは、引用、しかも異言語からの引用、というもう一つの創作の手法のためである。文学の創り方の根元的な問題に迫っている、という意味では、これはラディカルな手法といわざるをえない。

連作の中の一作ごとに、ウィリアム・ブレイクの詩がタイトルとして起用されている。そして詩の一行を核としてその一作がはびこる、というわけでもないが、その詩の引用と、作中で語られている事柄が、きわめて有機的に結び、一作々々が、独自の表現体を創り出しているのである。

語り手は、読み手でもある。「現在」のストーリーを推進しながら、語り手は現在読んでいるブレイクのテキストと、かつては〈特に「父親」自身がdark valley〈暗い谷〉から出てきたその青春時代に〉読んでいたという記憶も、同時に語り、そして語り直す。その引用のしかたは、通常の小説でよく見られる「挿絵」的な引用より、はるかに複雑な手法となる。引用されたブレイクの詩が、「現在」のストーリーそのものに介入し、そのストーリーの一部として甦らせられる。そのようにして「現在」のストーリーに結びつけられたことによって、逆に二百年前の英語が、単なる「英文学」、単なる「古典」の殻を取られて、まさに現代の、しかも異言語の中の表現としてもう一つの輝きを見せる。

　連作の中で、そのことが繰り返し行われている。連作を通して、日本語の語り手の散文と、英語の詩人の詩の、相互に活かされる過程が深まってゆく。第二作における、語り手の自伝の場所としての dark valley が、最終作になるともはや宇宙における人間の生の起始点へと、究極の解釈に迫る。「現在」のストーリーと二百年前の想像力が絡み合う、その一段々々を音楽の楽章にたとえることもできるが、そのようなたとえを考える以前に同時代の小説の読者はまず、散文と詩という言葉固有の交響の凄みに圧倒されてしまう。

『新しい人よ眼ざめよ』の刊行から十一年後には大江健三郎がノーベル文学賞を受賞した。その受賞講演、「あいまいな日本の私」は、おそらくノーベル賞受賞講演の歴史の中ではめずらしく、四国の森を体験し、そこで本を読みはじめた「子供の自分」から始まり、最後の方には音の世界に生きてそれを表現する「自分の子供」の話をする。そしてその子供を語るに際して innocent（無垢）という英語を用いて、「傷つけない」というその言葉の語源にも触れるようになった。

「情動の獣に内側から食いつくされて」いるような姿を見せた子供を第一作に描いた『新しい人よ眼ざめよ』は、innocence の危機から始まる、ともいえる。そのような書き出しから、ブレイクの innocence と experience（経験）の歌が、おり交ぜている、という以上

Rouse up o young men of the new age! 表紙 (tr. by John Nathan, New York; Grove Press, 2002).

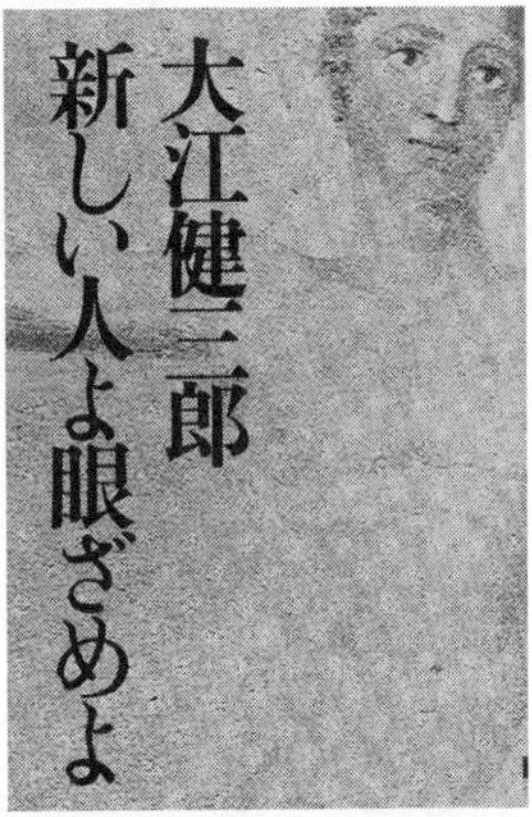

『新しい人よ眼ざめよ』カバー
(昭58・6 講談社)

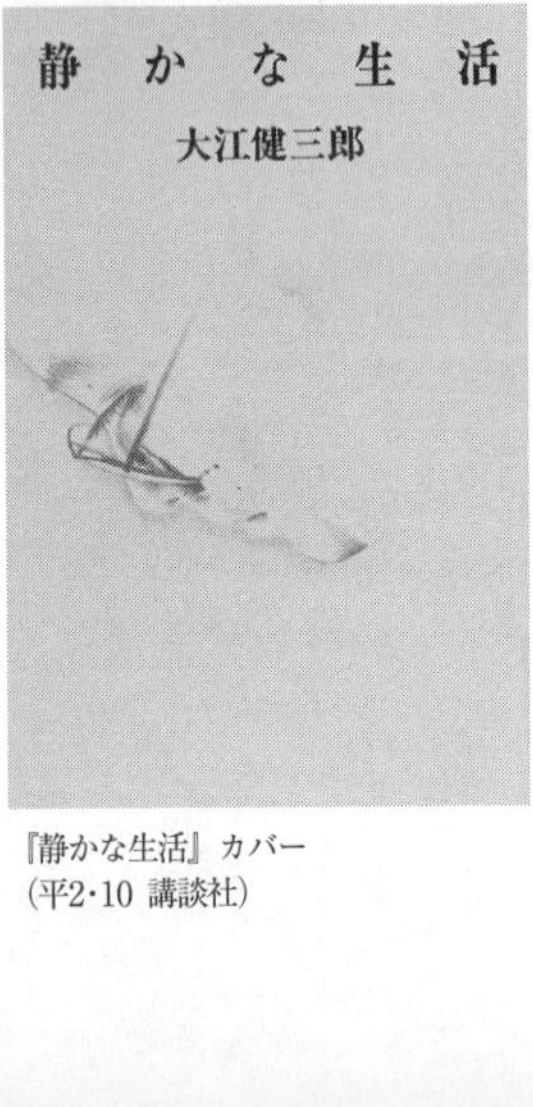

『静かな生活』カバー
(平2・10 講談社)

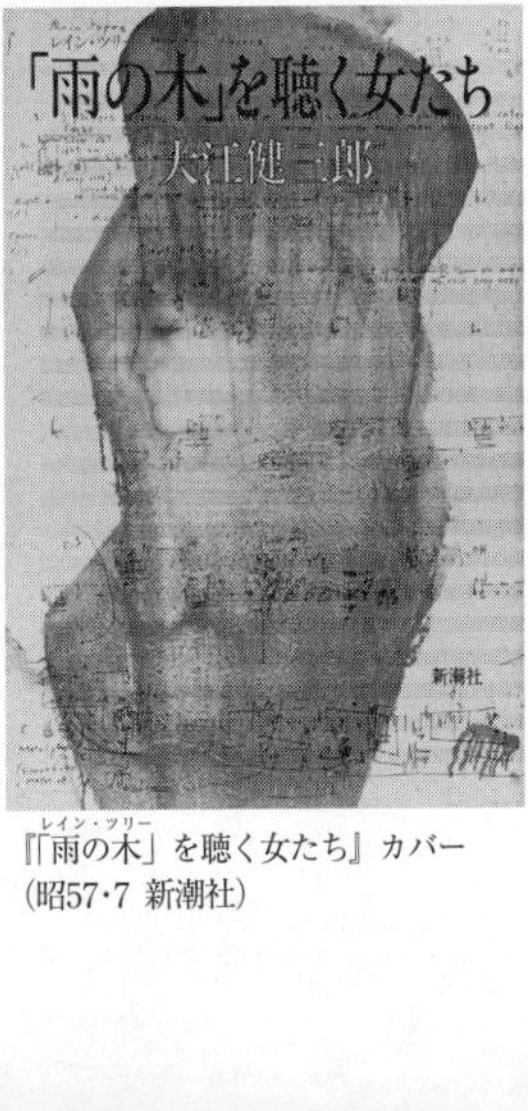

『「雨の木《レイン・ツリー》」を聴く女たち』カバー
(昭57・7 新潮社)

大江健三郎　近影

に、語りの言葉の一すじとなる、father と son の詩が、「父親」たる語り手によって読まれている、だけでなく、読まれていること自体が物語の一主題となってゆく。このような「引用」のめざましい活かし方を一言で描ける文芸用語を、ぼくは知らない。「子供」の話し声を聞いて解釈する「父親」が、半不透明な形で進展するその変化を書く。そして書きながら、読みつづける。innocence と experience から、近代の歴史にいる人間の自由の自覚、そしてやがては空間を時間に乗じた無限な広がりをもつ宇宙の中の人間の生へと、読解された想像力が次々と「現在」を照らし出す。その過程の中で、生まれたての「子供」をはじめて登場させた自分の小説におけるブレイクの名引用に触れて、その異言語に対する当時の自分の解釈についての反省を通して、experience の後の読み直しを行う。そこで語り手は告白する。

しかしこの誤読がなかったとしたら、僕は『個人的な体験』のモティーフのひとつを失っていただろう。奇妙な話だが、いまとなって僕は、自分がこの種の錯誤の思いこみを媒介にして、若い自分を一箇の作家につくりあげていったことを認めるのである。

読み方、そして翻訳のしかたは、書き手自身がたどりついた語りの「段階」とともに変わる。「イーヨー」が生まれてからの十九年の間に「父親」が変わり、読み手も変わり、そして読まれて解釈される「ブレイク」そのものが、かつては現れなかった深みを、次々と見せる。

『新しい人よ眼ざめよ』の、表題作となった最終作のその結末は、二十世紀末の日本文学の最も感動的な場面の一つである。その感動は、innocence と experience の重層する記録の結果なのだから、本物の感動である。「子供」がその子供名を脱皮し「父親」の前で自らの時代《エイジ》に生きる一人の人としてその姿を新たにする。それを見る「父親」の日本語の散文は、最後の引用に向かう。「新時代《ニュー・エイジ》の若者ら」が「新しい人」として、書き直される。最後の引用は、青年作家の誤読と違って、「原文」を自らのストーリーの中で読みつくした書き手だから可能となった、この「父親」とこの「子供」と、かれらと同時代に生きるぼくたちにとって必然的で正確な、自由訳なのである。

年譜

大江健三郎

一九三五年（昭和一〇年）
一月三一日、愛媛県喜多郡大瀬村（現・内子町）に生まれた。第二次大戦中に、国民学校の生徒として国粋主義的初等教育をうけ、戦後、新制中学・新制高校をつうじてデモクラシー教育をうけたことが、自己形成のうえで重い意味をもった。松山東高校時代、文芸部誌〈掌上〉を編集し、詩や評論を書いた。卒業後一年間、東京の予備校に通った。
一九五四年（昭和二九年）　一九歳
四月、東京大学文科二類に入学。九月、東大学生演劇脚本として「天《そら》の嘆き」を書く。
一九五五年（昭和三〇年）　二〇歳
九月、「火山」を〈学園〉九号に発表、銀杏並木賞第二席となる。また、東大学生演劇脚本として「夏の休暇」を書く。この頃、おもにパスカルとカミュに熱中する。
一九五六年（昭和三一年）　二一歳
四月、フランス文学科に進んだ。主任教授は渡辺一夫博士。九月、東大学生演劇脚本「死人に口なし」、「獣たちの声」を執筆。後者は創作戯曲コンクールに当選した。この頃から卒業までサルトルに傾倒して、全作品を原書で耽読する。
一九五七年（昭和三二年）　二二歳
五月、「奇妙な仕事」が第二回五月祭受賞作

〈荒正人選〉として〈東京大学新聞〉に掲載され、平野謙によって〈毎日新聞〉の「文芸時評」で高い評価をうけた。これは戯曲「獣たちの声」を小説に書きなおしたもの。以後、文芸雑誌からあいついで執筆を依頼されるようになり、学生作家として文壇にデビューした。八月、「死者の奢り」を〈文学界〉に、「他人の足」を〈新潮〉に、九月、「石膏マスク」を〈近代文学〉に、一〇月、「偽証の時」を〈文学界〉に、一二月、戯曲「動物倉庫」を〈文学界〉に発表。

一九五八年（昭和三三年）　二三歳

一月、「飼育」を〈文学界〉に、二月、「人間の羊」を〈新潮〉に、「運搬」を〈別冊文芸春秋〉に発表。三月、短編集『死者の奢り』を文芸春秋新社より刊行。六月、「芽むしり仔撃ち」を〈群像〉に、「見るまえに跳べ」を〈文学界〉に発表。長編『芽むしり仔撃ち』を講談社より刊行。七月、「暗い川おもい櫂」を〈新潮〉に発表。「飼育」により第三九回芥川賞を受賞。九月、「不意の啞」を〈新潮〉に、「戦いの今日」を〈中央公論〉に発表。一〇月、短編集『見るまえに跳べ』を新潮社より刊行。

一九五九年（昭和三四年）　二四歳

一月、「夜よゆるやかに歩め」を〈婦人公論〉に連載（六月完結）。三月、東京大学を卒業。卒論は「サルトルの小説におけるイメージについて」。七月、書下ろし長編『われらの時代』を中央公論社より刊行。八月、「青年の汚名」を〈文学界〉に連載（翌年三月完結）。九月、長編『夜よゆるやかに歩め』を中央公論社より刊行。一一月、「上機嫌」を〈新潮〉に発表。

一九六〇年（昭和三五年）　二五歳

一月、「勇敢な兵士の弟」を〈文芸春秋〉に、二月、「報復する青年」を〈別冊文芸春秋〉に発表。故伊丹万作の長女ゆかりと結婚。三月、「後退青年研究所」を〈群像〉に発表。この頃、《安保批判の会》および《若い日本の会》に参加。五月、短編集『孤独な青年の休暇』を新潮社より刊行。中国訪問第三次日本文学代表団の一員として訪中。六月、長編『青年の汚名』を文芸春秋新社より、新鋭文学叢書12『大江健三郎集』を筑摩書房より刊行。八月、江藤淳司会のシンポジウム「発言」に出席、これに論文「現実の停滞と文学」(〈三田文学〉一〇月号)を提出、討論は〈三田文学〉一一月号に掲載。九月、「遅れてきた青年」を〈新潮〉に連載(三七年二月完結)。一二月、「下降生活者」を〈群像〉に発表。

一九六一年(昭和三六年) 二六歳

一月、「セヴンティーン」を、二月、その第二部「政治少年死す」をいずれも〈文学界〉に発表。この小説は、前年の浅沼社会党委員長刺殺事件を踏まえたもので、右翼団体から脅迫をうけた。深沢七郎の「風流夢譚」事件と並んで、戦後の言論の自由にかかわる重要なできごと。七月、「強権に確執をかもす志」を〈世界〉に、九月、「私小説について」を〈群像〉に発表。夏の終りから冬にかけて東欧、西欧、ソヴィエトに旅行。

一九六二年(昭和三七年) 二七歳

一月、長編『遅れてきた青年』を新潮社より刊行。三月、「わが旅・文学的側面」を〈新潮〉に、「サルトルの肖像」を〈世界〉に、「私がソヴィエトの青年なら」を〈文芸春秋〉に、五月、「不満足」を〈文学界〉に、「性犯罪者への関心」を〈新潮〉に、八月、「ヴィリリテ」を〈小説中央公論〉に発表。紀行および対談集『世界の若者たち』を新潮社より刊行。一〇月、「善き人間」を〈新潮〉に、一一月、「叫び声」を〈群像〉に発表。紀行集『ヨーロッパの声・僕自身の声』を毎日新聞社より刊行。

一九六三年（昭和三八年）　二八歳
一月、長編『叫び声』を講談社より刊行。二月、「スパルタ教育」を〈新潮〉に、「戦後文学をどう受けとめたか」を〈群像〉に発表。「日常生活の冒険」を〈文学界〉に連載（翌年二月完結）。五月、「大人向き」を〈群像〉に、「性的人間」を〈新潮〉に、六月、「敬老週間」を〈文芸春秋〉に発表。中編集『性的人間』を新潮社より刊行。一一月、「困難の感覚について――わが創作体験」を〈文学〉に発表。
一九六四年（昭和三九年）　二九歳
一月、「空の怪物アグイー」を〈新潮〉に、「アトミック・エイジの守護神」を〈群像〉に、二月、「ブラジル風のポルトガル語」を〈世界〉に発表。四月、長編『日常生活の冒険』を文芸春秋新社より刊行。八月、「犬の世界」を〈文学界〉に、「飢えて死ぬ子供の前で文学は有効か？　――サルトルをめぐる文学論争」を〈朝日ジャーナル〉に発表。書下ろし長編『個人的な体験』を新潮社より刊行。一〇月、「ヒロシマ・ノート」を〈世界〉に連載（翌年三月完結）。一一月、『個人的な体験』により第一一回新潮社文学賞を受賞。
一九六五年（昭和四〇年）　三〇歳
三月、「不幸なら手を拍こう――〈期待される人間像〉批判」を〈文芸春秋〉に発表。三〇歳の誕生日までの全エッセイ集第一『厳粛な綱渡り』を文芸春秋新社より刊行。この春、沖縄本島および石垣島を旅行。六月、「沖縄の戦後世代」を〈世界〉に発表。岩波新書『ヒロシマ・ノート』を刊行。夏から初冬までアメリカを旅行。
一九六六年（昭和四一年）　三一歳
一月、「自己検閲の誘惑」を〈文芸〉に、三月、「狂気と自己救済」を〈群像〉に発表。四月、『大江健三郎全作品』全六巻を新潮社より刊行（翌年二月完結）、各巻末に書下ろし評論をつけた。九月、「アメリカ旅行者の夢」を〈世界〉に連載（一二月完結）。一〇月、八・一五集会の講演「記憶と想像力」を〈展望〉に発表。

一九六七年（昭和四二年）　三二歳

一月、「万延元年のフットボール」を〈群像〉に連載（七月完結）。九月、長編『万延元年のフットボール』を講談社より刊行。これによって第三回谷崎潤一郎賞を受賞。一一月、「走れ、走りつづけよ」を〈新潮〉に、「同時性のフットボール」を〈中央公論〉に発表。同月、佐藤・ジョンソン会談を沖縄の目でとらえるルポルタージュを書くために沖縄旅行。一二月、「すべての日本人にとっての沖縄」および「沖縄の嘆きと憤りを共有するために」を〈週刊朝日〉に発表。

一九六八年（昭和四三年）　三三歳

一月、「生け贄男は必要か」を〈文学界〉に、「核基地に生きる日本人」を〈世界〉に発表。二月、「狩猟で暮したわれらの先祖」を〈文芸〉に連載（八月完結）。三月、オーストラリアに旅行。四月、「政治的想像力と殺人者の想像力――われわれにとって金嬉老とはなにか？」を〈群像〉に、「参院選は民意を反映したか――投票が権利放棄を意味するとき」を〈朝日ジャーナル〉に発表。五月、英訳『個人的な体験』の刊行を機に、出版元と訳者の招きでアメリカを旅行。八月、「原爆後の日本人の自己確認」を〈世界〉に、「核時代の森の隠遁者」を〈中央公論〉に、一〇月、「父よ、あなたはどこへゆくのか？」を〈文学界〉に発表。全エッセイ集第二『持続する志』を文芸春秋より刊行。一一月、「広津和郎氏追悼――知識人の死」を〈文芸〉に発表。

一九六九年（昭和四四年）　三四歳

一月、「核基地の直接民主主義」を〈世界〉に、二月、「われらの狂気を生き延びる道を教えよ」を〈新潮〉に、三月、「死者の怒りを共有することによって悼む」を〈世界〉に発表。四月、中・短編集『われらの狂気を生き延びる道を教えよ』を新潮社より刊行。七月、「活字のむこうの暗闇」を〈群像〉に連載（一二月完結）。八月、「沖縄ノート」を〈世界〉に連載（翌年六月完結）。一一月、「作家にとって社会とはなにか」を〈思想〉に発表。

一九七〇年（昭和四五年）　三五歳

一月、「地獄めぐり、再び」を〈文芸〉に発表。二月、評論『壊れものとしての人間――活字のむこうの暗闇』を講談社より刊行。七月、講演集『核時代の想像力』を新潮社より刊行。九月、「文学者の沖縄責任」を〈群像〉に発表。岩波新書『沖縄ノート』を刊行。一二月、「作家が小説を書こうとする……」を〈新潮〉に発表。

一九七一年（昭和四六年）　三六歳

一月、「再び持続する志」を〈世界〉に、三月、「言葉と文体、眼と観察」を〈新潮〉に発表。六月、「復帰拒否者を想像せよ」を〈世界〉に、「想像力の枷」を〈人間として〉に発表。七月、広島原爆病院院長重藤文夫博士との対話『原爆後の人間』を新潮社より刊行。大田昌秀琉球大学教授との共同編集による季刊誌〈沖縄経験〉を創刊、「沖縄日記」を連載し始める。八月、「表現の物質化と表現された人間の自立」を〈新潮〉に、一〇月、「みずから我が涙をぬぐいたまう日」を〈群像〉に、「敗戦経験と状況71」を〈世界〉に、一一月、「死滅する鯨の代理人」を〈新潮〉に発表。

一九七二年（昭和四七年）　三七歳

一月、「再び日本が沖縄に属する」を〈世界〉に発表。作家論「同時代としての戦後」を〈群像〉に連載（野間宏、大岡昇平、埴谷雄高、武田泰淳、堀田善衞、木下順二、椎名麟

三、長谷川四郎、島尾敏雄、森有正など。翌年一月完結)。二月、全エッセイ集第三『鯨の死滅する日』を文芸春秋より刊行。三月、「作家が異議申し立てを受ける」を〈新潮〉に、六月、「自殺について」を〈新潮〉に発表。埴谷雄高との対談「革命と死と文学」が〈世界〉に掲載される。七月、「核時代の『悪霊』」を〈世界〉に発表。一〇月、書下ろし作品「月の男」を含む中編二部作『みずから我が涙をぬぐいたまう日』を講談社より刊行。一一月、「受身はよくない――いわゆる『戦後の終り』にむけて」を〈世界〉に発表。

一九七三年(昭和四八年) 三八歳

一月、「書かれる言葉の創世記」を〈新潮〉に、「死者たち・最終のヴィジョンとわれら生き延びつづける者」を〈群像〉に発表。二月、「状況へ」を〈世界〉に連載(翌年一月完結)。三月、作家論集『同時代としての戦後』を講談社より刊行。七月、「言葉によって」を〈図書〉に発表。八月、「消すことによって書く」を〈新潮〉に発表し、これで一九七〇年一二月以来、同誌に断続的に書いてきた「文学ノート」が完結する。九月、「書いたあとの想像力」を〈読売新聞〉に連載(三日より一〇月一日まで四回)。書下ろし長編『洪水はわが魂に及び』上下巻を新潮社より刊行。一一月、〈沖縄経験〉が第五号で終刊となる。一二月、『洪水はわが魂に及び』によって第二六回野間文芸賞を受賞。

一九七四年(昭和四九年) 三九歳

四月、「ソルジェニーツィンを考える――追放について」を〈新潮〉に、六月、「『洪水はわが魂に及び』ノートより」を〈波〉に、九月、「この一年、そして明日」を〈世界〉に発表。評論集『状況へ』を岩波書店より刊行。一一月、『文学ノート 付=15篇』を新潮社より刊行。

一九七五年（昭和五〇年）四〇歳

一月、「未来の文学者」を〈新潮〉に、三月、「『収容所群島』の文学的構造」を〈すばる〉に発表。五月、金芝河の釈放を訴えて、小田実、井出孫六らと数寄屋橋公園で四八時間坐り込みを行う。九月、「表現された子供」を〈図書〉に、一一月、「にせの言葉を拒否する」を〈世界〉に、一二月、「全体を見る眼」を〈図書〉に、「なぜ人間は文学をつくり出すか」を『岩波講座・文学1〈表現行為とはどのような行為か〉』にそれぞれ発表。

一九七六年（昭和五一年）四一歳

一月、「諷刺、哄笑の想像力」を〈新潮〉に、「創造の原理としての想像力」を『岩波講座・文学2〈創造と想像力〉』に、三月、「道化と再生への想像力」を〈新潮〉に発表。同月、メキシコの国立大学コレヒオ・デ・メヒコの客員教授として招かれ、初旬に出国、日本の戦後思想史を講義。五月、評論集『言葉によって　状況・文学＊』を新潮社より刊行。七月、帰国。八月、「ピンチランナー調書」を〈新潮〉に連載（一〇月完結）。一〇月、長編『ピンチランナー調書』を新潮社より刊行。一一月、「眼量《こころ》を放《ひろ》げられよ――毛沢東の死によせて」を〈世界〉に発表。

一九七七年（昭和五二年）四二歳

二月、「現代文学研究者になにを望むか」を〈海〉に、六月、「文学・その方法の総体」を〈新潮〉に、七月、「知的な協同作業と文学」を〈世界〉に、八月、「イメージ分節化の方法――『ヴェニスに死す』による」を〈海〉に発表。九月、『大江健三郎全作品』第Ⅱ期・全六巻を新潮社より刊行（翌年二月完結）し、各巻末に書下ろし評論をつける。

一九七八年（昭和五三年）四三歳

一月、「小林秀雄『本居宣長』を読む」を〈新潮〉に発表。五月、評論『小説の方法』（現代選書）を岩波書店より、一〇月、評論集『表現する者　状況・文学＊＊』を新潮社より刊行。一二月、「文学は戦後的批判を越えているか」を〈世界〉に発表。またこの年初から翌年末まで〈朝日新聞〉の「文芸時評」を担当。

一九七九年（昭和五四年）　四四歳

一月、「想像する柳田国男」を〈新潮〉に、二月、「独裁者という鏡」を〈海〉に、六月、「青年へ――中年ロビンソンの手紙」を〈世界〉に、八月、「海外文学への同時性」を〈海〉に、「青年と世界モデル――熊をからかうフライデー」を〈世界〉に発表。一一月、純文学書下ろし特別作品『同時代ゲーム』を新潮社より刊行。一二月、「人生の師匠《パトロン》たち」を〈別冊文芸春秋〉に発表。

一九八〇年（昭和五五年）　四五歳

一月、「頭のいい『雨の木《レイン・ツリー》』」を〈文学界〉に、「子規はわれらの同時代人」を〈世界〉に発表。二月、「身がわり山羊の反撃」を〈群像〉に連載（三月完結）し、また「『芽むしり仔撃ち』裁判」を〈新潮〉に連載（四月完結）。三月、「同時代論の試み」を〈世界〉に発表。四月、『方法を読む＝大江健三郎文芸時評』を講談社より刊行。六月、中・短編集『現代伝奇集』を岩波書店より、一一月、『大江健三郎同時代論集』全一〇巻を同じく岩波書店より刊行（翌年八月完結）。

一九八一年（昭和五六年）　四六歳

一月、「核時代の日本人とアイデンティティー」を〈世界〉に発表。これは前年に催されたアジア平和研究国際会議での英語による講演を翻訳したもの。原文の英語版は"Alternatives—A Journal of World Policy"（Vol.Ⅶ No.4）に掲載された。また一〇月一八日、北海道小樽市で開かれた第九回全道肢体不自由児者福祉大会に出席して、「『優しさ』を不可能にするものと闘うために」と題した記念講演を行う。一一月、「『雨の木《レイン・ツリー》』を聴く女たち」を〈文学界〉に、「核状況のカナリア理論」を〈世界〉に発表。後者はアジア平和研究国際会議の記録集を纏めるのに際して、先の講演を補足する目的で執筆された。一二月五日、京都大学法学政治学ゼミナール大会で、「核の大火と『人間』の声」と題して講演。同月一二日、北海道大学図書刊行会および大学生協の主催で、「核時代を生き延びる道を教えよ」と題して講演。

一九八二年（昭和五七年）　四七歳

一月、「『雨の木《レイン・ツリー》』の首吊り男」を〈新潮〉に、三月、「さかさまに立つ『雨の木《レイン・ツリー》』」を〈文学界〉に発表。四月、「小説のたくらみ、知の楽しみ」を〈波〉に連載（翌年一二月号まで）。五月、「泳ぐ男——水のなかの『雨の木《レイン・ツリー》』」を〈新潮〉に発表。同月、講演集『核の大火と「人間」の声』を岩波書店より刊行。七月、「無垢の歌、経験の歌」を〈群像〉に発表。同月、連作小説集『「雨の木《レイン・ツリー》」を聴く女たち』を新潮社より刊行。九月、「怒りの大気に冷たい嬰児が立ちあがって」を〈新潮〉に発表。

一九八三年（昭和五八年）　四八歳

一月、「落ちる、落ちる、叫びながら……」を〈文芸春秋〉に、「蚤の幽霊」を〈新潮〉に発表。二月、『「雨の木《レイン・ツリー》」を聴く女たち』により第三四回読売文学賞小説賞を受ける。三月、「魂が星のように降って、跗骨《あし》のところへ」を〈群像〉に、四月、「鎖につながれたる魂をして」を〈文学界〉に発表。この月より翌五月にかけて、岩波市民セミナーにおいて六回の講演「日本現代のユマニスト渡辺一夫を読む」を行う。六月、「新しい人よ眼ざめよ」を〈新潮〉に発表。同月、「無垢の歌、経験の歌」以来の七編を纏めて、障害児との共生を希求した連作短編集『新しい人よ眼ざめよ』を講談社より刊行。一〇月、この作品により第一〇回大佛次郎賞を受ける。一一月、「河馬に嚙まれる」を〈文学界〉に発表。

一九八四年（昭和五九年）　四九歳

一月、「揚げソーセージの食べ方」を〈世界〉に、「グルート島のレントゲン画法」を〈新潮〉に発表。同月一日、スペイン在住の堀田善衞に宛てた書簡「核時代のユートピア」を〈朝日新聞〉に発表。この手紙の続編は二月二日、三月二三日、五月一日の同紙に掲載された。三月、「見せるだけの拷問」を〈群像〉に発表。評論「生き方の定義——再び状況へ」を〈世界〉に連載（翌年二月号まで）。四月、『日本現代のユマニスト渡辺一夫を読む』を岩波セミナーブックスとして刊行。五月、「メヒコの大抜け穴」を〈文学界〉に、「もうひとり和泉式部が生まれた日」を〈海〉に発表。六月、短編「河馬に嚙まれる」により第一一回川端康成文学賞を受ける。八月、「その山羊を野に」を〈新潮〉に、「河馬に嚙まれるPart 2」（後「『河馬の勇士』と愛らしいラベオ」と改題）を〈文学界〉に、九月、「『罪のゆるし』のあお草」を〈群像〉に、一一月、「いかに木を殺すか」を〈新潮〉に、一二月、「『浅間山荘』のトリックスター」を〈へるめす〉創刊号に発表。短編集『いかに木を殺すか』を文芸春秋より刊行。

一九八五年（昭和六〇年）　五〇歳

四月、評論集『小説のたくらみ、知の楽しみ』を新潮社より刊行。九月、「死に先だつ苦痛について」を〈文学界〉に発表。一〇月、「生の連鎖反応に働く河馬」を〈新潮〉に発表。一二月、八つの短編から成る連作長編小説『河馬に嚙まれる』を文芸春秋より刊行。

一九八六年（昭和六一年）　五一歳

一月、「カーヴ湖居留地の『甘い草』」を〈新潮〉に、三月、「戦後文学から今日の窮境まで」を〈世界〉に、九月、「戦後文学から新しい文化の理論を通過して」を同誌に発表。一〇月、長編『M／Tと森のフシギの物語』を岩波書店より刊行。一二月、「革命女性」（戯曲・シナリオ草稿）を〈へるめす〉第九号より連載（翌年六月第一一号まで）。

一九八七年（昭和六二年）　五二歳

一月、評論「ポスト戦後世代と正義」を〈世界〉に発表。九月、評論「『明暗』の構造」および「渡辺一夫の今日性」の二編を〈へるめす〉第一二号に発表。一〇月、純文学書下ろし長編『懐かしい年への手紙』を講談社より刊行。

一九八八年（昭和六三年）　五三歳

一月、評論「『最後の小説』」を〈新潮〉に発表。書下ろし評論『新しい文学のために』を新装の赤版岩波新書の第一回配本として刊行。五月、「ベラックヮの十年」を〈新潮〉に発表。評論集『「最後の小説」』を講談社より刊行。九月、長編『キルプの軍団』を岩波書店より刊行。一〇月、「夢の師匠」を〈群像〉に発表。なお、この年、新潮カセット・講演『時代と小説、信仰を持たない者の祈り』を刊行している。

一九八九年（昭和六四年・平成元年）　五四歳

一月、「人生の親戚」を〈新潮〉に、三月、「マッチョの日系人」を〈文学界〉に発表。四月、初めて女性を主人公に据えた長編『人生の親戚』を新潮社より刊行。七月、小説「再会、あるいはラスト・ピース」を〈へるめす〉第二〇号より連載（翌年三月第二四号まで）。一二月、「アフリカへ、こちらの周縁から」を〈群像〉に発表。

一九九〇年（平成二年）　五五歳

一月、「治療塔」を〈新潮〉に発表。この作品は〈へるめす〉に連載中の小説「再会、あるいはラスト・ピース」の戯曲化で、同作品をオペラ化するための台本である。三月、

「案内人」を“Switch”（Vol.Ⅷ No.1）に発表。四月、「静かな生活」を〈文芸春秋〉に、五月、「この惑星の棄て子」を〈群像〉に発表。同月、先に〈へるめす〉に連載した「再会、あるいはラスト・ピース」を改題し、長編『治療塔』として岩波書店より刊行。六月、「人生の親戚」で第一回伊藤整文学賞を受賞。同月、「自動人形の悪夢」を〈新潮〉に、七月、「小説の悲しみ」を〈文学界〉に、八月、「家としての日記」を〈群像〉に発表。同月三日、NHK総合テレビ「世界はヒロシマを覚えているか」に出演し、この番組のために世界各地で行なって来たインタヴューを放映する。九月、新井敏記による三部構成の長編インタヴューの第一回「最初の小説、新しい小説家のために」が〈文学界〉に掲載される。第二回「最初の困難、新しい小説家のために」は同誌一〇月号、第三回「最初のモデル、新しい小説家のために」は同誌一一月号に掲載。一〇月、「案内人」以後の六編を纏めて、連作小説集『静かな生活』を講談社より刊行。一一月、武満徹との対談『オペラをつくる』を岩波書店より刊行。

一九九一年（平成三年）　五六歳

一月、「古典の経験」を〈新潮〉に、「宇宙大の『雨の木《レイン・ツリー》』」を“Literary Switch”に発表。また同月、ギュンター・グラスとの対談「ドイツと日本の同時代——多様性・経験・文学」が〈群像〉に掲載される。五月、カリフォルニア大学で開催の文学セミナーに招聘される。七月、「火をめぐらす鳥」を“Switch”に発表。八月、「井筒宇宙の周縁で——『超越のことば』を読む」を〈新潮〉に発表。一〇月、講談社翻訳賞にちなんで、パリでミシェル・トゥールニエと公開対談を行なう。一一月、「『涙を流す人』の楡」を“Literary Switch”に発表。また『治療塔』の続編を〈へるめす〉に連載中だったが、第二九号より第三三号までの分をまとめた長編『治療塔惑星』を岩波書店より刊行。一二月、前年八月に放映のNHK総合テレビ「世界はヒロシマを覚えているか」の取材記録および対話メモをまとめた『ヒロシマの「生命の木」』を日本放送出版協会より刊行。

一九九二年（平成四年）　五七歳

一月、「僕が本当に若かった頃」を〈新潮〉に発表。「新年の挨拶」を〈図書〉に連載（翌年八月まで）。また岩波文庫に渡辺一夫著『フランス・ルネサンスの人々』が収められるに当たり、同書に「解説」を書く。二月、「マルゴ公妃のかくしつきスカート」を〈文学界〉に発表。四月、「茱萸《ぐみ》の木の教え・序」を〈群像〉に発表。また〈朝日新聞〉に連載の「文芸時評」を担当する（九四年三月で完結）。五月、短編集『僕が本当に若かった頃』を講談社より刊行。八月、「菊池寛と人間的興味《ヒューマン・インタレスト》の小説」を〈文学界〉に発表。九月、一九八七年一〇月から一九九一年三月までに行なった講演一二編をまとめた文学・思想論集『人生の習慣《ハビット》』を岩波書店より刊行。一〇月、NHKの教育テレビ「人間大学」に於いて、一二回にわたっての連続講義「文学再入門」を開始。この放送に備えて書下ろしたテキスト『文学再入門』も日本放送出版協会より刊行。

一九九三年（平成五年）　五八歳

一月、古井由吉との対談「小説・死と再生」が〈群像〉に、原広司との対談「文学、建築そして森」が〈東京新聞〉に五回掲載される。同月、「『大江光の音楽』そして無垢なるもの」を“Switch”に、「ゴーディマとのこのような出会い」を〈新潮〉に発表。四月、辻井喬との対談「真暗な宇宙を飛ぶ一冊の書物」が〈新潮〉に掲載される。九月、「『救い主』が殴られるまで――燃えあがる緑の木

第一部」を〈新潮〉に発表、一一月に単行本として同社より刊行。一二月、エッセイ集『新年の挨拶』を岩波書店より刊行。
一九九四年（平成六年）　五九歳
一月、池澤夏樹との対談「『救い』としての文学」が〈新潮〉に、五月、筒井康隆との対談「断筆　差別表現」が〈朝日新聞〉に掲載される。六月、「揺れ動く《ヴァシレーション》——燃えあがる緑の木　第二部」を〈新潮〉に発表、八月、単行本として同社より刊行。同月、中沢けいとの対談「好きな言葉・自分の引用」が〈波〉に、大岡信との対談「詩の言葉、詩の思想」が〈国文学・解釈と教材の研究〉に掲載される。九月、柄谷行人との対談「中野重治のエチカ」が〈群像〉に掲載される。同月、大江光の作曲したピアノ・フルート・ヴァイオリン作品集のCD『大江光　ふたたび』が日本コロムビアより発売、栞に「音楽によって光が考える」を執筆。一〇月、ノーベル文学賞を受けることが決まる。文化勲章を辞退して話題となる。一一月、「文学再入門」と「文芸時評」をまとめた『小説の経験』を朝日新聞社より刊行。一二月、ゆかり、光らを伴ってストックホルムに向かい、一〇日、授賞式に出席。同月、新潮カセット・講演『私の最後の小説、「燃えあがる緑の木」』を同社より刊行。
一九九五年（平成七年）　六〇歳
一月一日、加藤周一との対談「50年目に問う戦後」が〈朝日新聞〉に、また同月、講演「世界文学は日本文学たりうるか？」が〈群像〉に、谷川俊太郎との対談「詩と散文の生れるところ」が〈新潮〉に、安江良介との対談「初心から逃れられずにきた」が〈世界〉に掲載される。ノーベル賞受賞記念講演ほか全九編の講演を収めた『あいまいな日本の私』が岩波新書で刊行される。同月二七日、これまでの文学活動に対して堀田善衞と共に朝日賞をうける。二月、ゆかりの挿絵を添えた長編エッセイ『恢復する家族』を講談社より刊行。同月一〇日、金芝河との対談「アジアの文学の可能性」が〈朝日新聞〉に掲載される。三月、「大いなる日に――燃えあがる緑の木　第三部」を〈新潮〉に発表、同月、単行本として新潮社より刊行。また、ノーベル賞受賞記念講演「あいまいな日本の私」ほか、四編の海外講演を収めた英文版"JAPAN, THE AMBIGUOUS, AND MYSELF"を講談社インターナショナルより刊行。四月、堀田善衛との対談「モンテーニュの人生について」が〈新潮〉に、同月、柄谷行人との対談「世界と日本と日本人」が講談社MOOK『大江健三郎』に、八月、E・W・サイードとの対談「生の終りを見つめるスタイル」が〈世界〉に掲載される。八月、フランスの核実験に抗議して、フランスで開催予定の日仏芸術祭のシンポジウム出席辞退（九月七日、シンポジウムは中止決定）。

一九九六年（平成八年）　六一歳

一月、中村雄二郎との対談「文学・哲学・宗教」が〈新潮〉に掲載される。同月、『日本の「私」からの手紙』を岩波書店より刊行。二月二九日、武満徹の告別式で新しい長編小説を捧げる旨を発言する。四月、エッセイ集『ゆるやかな絆』を講談社より刊行。同月、『日本語と日本人の心』を岩波書店より刊行。五月、『大江健三郎小説』全一〇巻が新潮社から刊行され始めた（翌年三月完結）。七月、加賀乙彦との対談「長編小説、時代の鏡と層をなす語り」が〈新潮〉に、古井由吉との対談「百年の短編小説を読む」が〈新潮〉臨時増刊号に掲載される。八月一〇日、渡米。約一年間プリンストン大学の客員講師として招聘される。九月、「宙返り」を〈新潮〉に発表。一〇月二日より「エルムの木陰より」が〈朝日新聞〉に不定期に連載される

（翌年六月一八日まで）。同月、柄谷行人との対談「戦後の文学の認識と方法」が〈群像〉に掲載される。

一九九七年（平成九年）　六二歳
一月、米国アカデミーの外国人名誉会員に選ばれる。五月、帰国。八月四日より「人生の細部」を〈読売新聞〉夕刊に連載開始（九九年一二月一日まで）。一二月五日、母小石死去、享年九五歳。同月二〇日、義兄伊丹十三自殺。

一九九八年（平成一〇年）　六三歳
一月、講演「日本人から――『象徴』を契機として」が〈新潮〉に掲載される。同月、「記憶してください。私はこんなふうにして書いてきたのです。」を〈波〉に発表。四月、エッセイ『私という小説家の作り方』を新潮社より刊行。

一九九九年（平成一一年）　六四歳
四月、「『死霊』の終わり方」を〈群像〉に発表。六月、長編小説『宙返り』上下巻を講談社より刊行。同月、「『新しい人』に向かって」を〈群像〉に発表。七月、講演記録「丸山眞男の言語作用」を〈世界〉に発表。九月、「本当の開国を『始造』する」を〈群像〉に発表。一一月、ベルリン自由大学のS・フィッシャー記念講座教授として招聘される。

二〇〇〇年（平成一二年）　六五歳
一月、「新しい日本人の普遍」を〈群像〉に、二月、「懐徳堂から東海村まで」を〈中央公論〉に発表。二月、帰国。五月、エッセイ「沖縄の『魂』から」を〈朝日新聞〉夕刊に全八回連載。六月八日、米ハーバード大学から名誉文学博士号を授与される。七月、目取真俊との対談「沖縄が憲法を敵視するとき」が〈論座〉に掲載される。同月一六日、日本スイミングクラブ協会によりベストスイマー賞受賞。一〇月、童話「『自分の木』の下で」を〈週刊朝日〉に連載開始（翌年二月まで）。一二月、書下ろし長編小説『取り替え子《チェンジリング》』を講談社より刊行。

二〇〇一年（平成一三年）　六六歳

三月一六日、「新しい歴史教科書をつくる会」主導の中学歴史教科書を検定合格させない声明を三木睦子、井上ひさしらと発表。同月、『君たちに伝えたい言葉　ノーベル賞受賞者と中学生の対話』（読売ぶっくれっと25）を読売新聞社より刊行。同月、井上ひさし、小森陽一との座談会「大江健三郎の文学」が〈すばる〉に掲載される。六月、「ここから新しい人は育たない」を〈世界〉に、「武満徹のエラボレーション」を〈すばる〉に発表。七月、『「自分の木」の下で』を朝日新聞社より刊行。同月、「人間・歴史を語る」が〈しんぶん赤旗〉に六回掲載される。同月、『大江健三郎・再発見』を集英社より刊行。九月、小沢征爾との対談集『同じ年に生まれて』を中央公論新社より刊行。一一月、評論集『鎖国してはならない』、エッセイ集『言い難き嘆きもて』を講談社より刊行。

二〇〇二年（平成一四年）　六七歳

五月二二日、仏レジオン・ドヌール勲章コマンドール受章。九月、長編小説『憂い顔の童子』を講談社より刊行。一〇月、「中野重治の美しさ」を〈すばる〉に発表。

二〇〇三年（平成一五年）　六八歳

一月三日より「『新しい人』の方へ」を〈週刊朝日〉に連載（一五回）。同月四日より「二百年の子供」を〈読売新聞〉土曜版に連載（四三回）。同月、「子供の本を大人が読む、大人の本を子供と一緒に読む」を〈すばる〉に発表。同月、加藤周一との対談「私はなぜ憲法を守りたいのか」が〈世界〉に掲載される。五月、『暴力に逆らって書く 大江健三郎往復書簡』、九月、『「新しい人」の方へ』を朝日新聞社より刊行。同月、菅野昭正との対談「大岡昇平　人と文学」が〈ちくま〉に掲載される。一一月、『二百年の子供』を中央公論新社より刊行。一二月、仏リベラシオン紙にてイラクの自衛隊派遣計画を批判。

二〇〇四年（平成一六年）六九歳

二月、鄭義との対談「自由のために書く」が〈世界〉に掲載される。四月、白川英樹との講演集『何を学ぶか』（読売ぶっくれっと34）を読売新聞社より刊行。六月、加藤周一、井上ひさしらと呼びかけた《九条の会》を立ち上げる。その後、各地の《九条の会》の集りで話すことを続ける。八月、「佐多さんが『おもい』と書く時」を〈すばる〉に、「あらためての『窮境』より」を〈世界〉に発表。一〇月、『「話して考える」と「書いて考える」』を集英社より刊行。

二〇〇五年（平成一七年）七〇歳

一月、「さようなら、私の本よ！」第一部「むしろ老人の愚行が聞きたい」を〈群像〉に発表。同月、「『後期の仕事《レイター・ワーク》』に希望がある（か？）」を〈新潮〉に発表。五月、韓国ソウルでの世界文学会議「平和のために書く」にゲイリー・スナイダー、ル・クレジオ、オーファン・パムーク、莫言、黄皙暎らと参加。六月、「さようなら、私の本よ！」第二部「死んだ人たちの伝達は火をもって」、八月、同第三部「われわれは静かに静かに動き始めなければならない」を〈群像〉に発表。九月、長編小説『さようなら、私の本よ！』を講談社より刊行。一〇月四日、作家生活五〇周年を記念して「大江健三郎賞」創設を発表。同月五日より二十三日まで、フィッシャー社刊行のドイツ語訳『取り替え子《チエンジリング》』をめぐる講演・リーディングをドイツを中心に各地で行なう（フランクフルト、ライプチッヒ、ベルリン、ハムブルグ、ケルン、ミュンヘン、チューリッヒ、インスブルック、ストゥットガルト、ザルツブルグ）。一一月、フランスの国立東洋言語文化研究所（INALCO）の名誉博士号を受けにパリへおもむき、ソルボンヌ大学と日本館で講演。同月、清水徹との対談「詩と小説の間」、町田康との対談「二つのカタストロフィと二つの『おかしな二人組』」、講演「われわれは静かに静かに動き始めなければならない」が〈群像〉（特集大江健三郎）に掲載される。

二〇〇六年（平成一八年）七一歳

四月一八日よりエッセイ「定義集」を〈朝日新聞〉に連載。七月、「『後期のスタイル』という思想」を〈すばる〉に発表。九月、中国社会科学院での莫言はじめ作家・文学研究者たちによる大江健三郎研究会議に出席、北京大学付属中学で子供たちへの講演も行なう。同月、「生きること・本を読むこと」の連載を〈すばる〉に開始。同月二三日、モーツァルト生誕二五〇年を記念した演奏会「レクイエム――死と再生」のために、初めて「詩」を書下ろす。一〇月、フランス、エク＝サン＝プロヴァンスの「本の祭り《フェート・デュ・リーヴル》」の大江健三郎特集に、高行健、フィリップ・フォレストらと参加、三日間討論する。同月、平野啓一郎との対談「今後四十年の文学を想像する」が〈群像〉に掲載される。一一月、『伝える言葉』プラス』を朝日新聞社より刊行。十二月、『取り替え子《チェンジリング》』『憂い顔の童子』『さようなら、私の本よ！』を長編三部作『おかしな二人組《スウード・カップル》』と名づけた合本にして講談社より刊行。

（本年譜は、一九九二年までは文芸文庫『同時代としての戦後』（古林尚 編）を使用し、それ以降は編集部で作成した。また、著者による加筆、訂正をおこなった。）

著書目録

大江健三郎

【単行本】

死者の奢り　昭33・3　文芸春秋新社
芽むしり仔撃ち　昭33・6　講談社
見るまえに跳べ　昭33・10　新潮社
われらの時代　昭34・7　中央公論社
夜よゆるやかに歩め　昭34・9　中央公論社
孤独な青年の休暇　昭35・5　新潮社
青年の汚名　昭35・6　文芸春秋新社
遅れてきた青年　昭37・1　新潮社
世界の若者たち＊　昭37・8　新潮社
ヨーロッパの声・僕自身の声　昭37・11　毎日新聞社
叫び声　昭38・1　講談社
性的人間　昭38・6　新潮社
日常生活の冒険　昭39・4　文芸春秋新社
個人的な体験　昭39・8　新潮社
厳粛な綱渡り　昭40・3　文芸春秋新社
ヒロシマ・ノート　昭40・6　岩波書店
万延元年のフットボール　昭42・9　講談社
持続する志　昭43・10　文芸春秋
われらの狂気を生き延びる道を教えよ　昭44・4　新潮社
壊れものとしての人間　昭45・2　講談社
核時代の想像力　昭45・7　新潮社
沖縄ノート　昭45・9　岩波書店

対話・原爆後の人間＊	昭46・7	新潮社
鯨の死滅する日	昭47・2	文芸春秋
みずから我が涙をぬぐいたまう日	昭47・10	講談社
同時代としての戦後	昭48・3	講談社
洪水はわが魂に及び　上下	昭48・9	新潮社
状況へ	昭49・9	岩波書店
文学ノート	昭49・11	新潮社
言葉によって	昭51・5	新潮社
ピンチランナー調書	昭51・10	新潮社
小説の方法	昭53・5	岩波書店
表現する者	昭53・10	新潮社
同時代ゲーム	昭54・11	新潮社
現代伝奇集	昭55・6	岩波書店
現代のドストエフスキー＊	昭56・12	新潮社
核の大火と「人間」の声	昭57・5	岩波書店
広島からオイロシマへ	昭57・6	岩波書店
「雨の木《レイン・ツリー》」を聴く女たち	昭57・7	新潮社
新しい人よ眼ざめよ	昭58・6	講談社
日本現代のユマニスト渡辺一夫を読む	昭59・4	岩波書店
いかに木を殺すか	昭59・12	文芸春秋
『世界』の40年＊	昭59・12	岩波書店
生き方の定義	昭60・2	岩波書店
小説のたくらみ、知の楽しみ	昭60・4	新潮社
河馬に嚙まれる	昭60・12	文芸春秋
M／Tと森のフシギの物語	昭61・10	岩波書店
懐かしい年への手紙	昭62・10	講談社
新しい文学のために	昭63・1	岩波書店
「最後の小説」	昭63・5	講談社
ユートピア探し　物語探し＊	昭63・5	岩波書店
キルプの軍団	昭63・9	岩波書店
人生の親戚	平1・4	新潮社

治療塔　平2・5　岩波書店
静かな生活　平2・10　講談社
オペラをつくる＊　平2・11　岩波書店
治療塔惑星　平3・11　岩波書店
ヒロシマの「生命の木」　平3・12　日本放送出版協会
僕が本当に若かった頃　平4・5　講談社
人生の習慣《ハビット》　平4・9　岩波書店
「救い主」が殴られるまで（燃えあがる緑の木　第一部）　平5・11　新潮社
新年の挨拶　平5・12　岩波書店
揺れ動く《ヴァシレーション》（燃えあがる緑の木　第二部）　平6・8　新潮社
小説の経験　平6・11　朝日新聞社
あいまいな日本の私　平7・1　岩波書店
恢復する家族　平7・2　講談社
大いなる日に（燃えあがる緑の木　第三部）　平7・3　新潮社
日本の「私」からの手紙　平8・1　岩波書店
ゆるやかな絆　平8・4　講談社
日本語と日本人の心＊　平8・4　岩波書店
私という小説家の作り方　平10・4　新潮社
宙返り　上下　平11・6　講談社
取り替え子《チェンジリング》　平12・12　講談社
君たちに伝えたい言葉＊　平13・3　読売新聞社
「自分の木」の下で　平13・7　朝日新聞社
同じ年に生まれて＊　平13・9　中央公論新社
鎖国してはならない　平13・11　講談社
言い難き嘆きもて　平13・11　講談社
憂い顔の童子　平14・9　講談社
暴力に逆らって書く　大江健三郎往復書簡　平15・5　朝日新聞社
「新しい人」の方へ　平15・9　朝日新聞社
二百年の子供　平15・11　中央公論新社

何を学ぶか＊　平16・4　読売新聞社
「話して考える」と　平16・10　集英社
「書いて考える」
さようなら、私の本　平17・9　講談社
よ！
「伝える言葉」プラス　平18・11　朝日新聞社
おかしな二人組《スウード・カップル》　平18・12　講談社

【全集】

大江健三郎全作品　昭41・4〜42・2
全6巻　新潮社
大江健三郎全作品第Ⅱ期　昭52・9〜53・2
全6巻　新潮社
大江健三郎同時代論集　昭55・11〜56・8
全10巻　岩波書店
大江健三郎小説　平8・5〜9・3
全10巻　新潮社
新鋭文学叢書12　昭35　筑摩書房
新選現代日本文学全集　昭35　筑摩書房
33
新日本文学全集11　昭37　集英社
昭和文学全集29　昭38　角川書店
現代の文学43　昭39　河出書房新社
われらの文学18　昭40　講談社
昭和戦争文学全集11　昭40　集英社
日本文学全集72　昭40　新潮社
日本文学全集Ⅱ-25　昭43　河出書房新社
日本短編文学全集16　昭43　筑摩書房
現代文学の発見9、15　昭43　学芸書林
日本の文学76　昭43　中央公論社
現代文学大系61　昭43　筑摩書房
新潮日本文学64　昭44　新潮社
現代日本文学大系76　昭44　筑摩書房
日本現代文学全集106　昭44　講談社
現代日本の文学47　昭45　学習研究社
現代の文学28　昭46　講談社
日本文学全集50　昭46　河出書房新社
戦争文学全集6　昭47　毎日新聞社

筑摩現代文学大系86　昭51　筑摩書房
土とふるさとの文学全集2　昭51　家の光協会
新潮現代文学55　昭53　新潮社
芥川賞全集5　昭57　文芸春秋
昭和文学全集16　昭62　小学館

【文庫】

死者の奢り・飼育（解＝江藤淳）　昭34　新潮文庫
われらの時代　昭38　新潮文庫
芽むしり仔撃ち（解＝平野謙）　昭40　新潮文庫
性的人間（解＝渡辺広士）　昭43　新潮文庫
遅れてきた青年　昭45　新潮文庫
日常生活の冒険（解＝渡辺広士）　昭46　新潮文庫
空の怪物アグイー（解＝渡辺広士）　昭47　新潮文庫
見るまえに跳べ（解＝渡辺広士）　昭49　新潮文庫
われらの狂気を生き延びる道を教えよ（解＝渡辺広士）　昭50　新潮文庫
個人的な体験　昭51　新潮文庫
ピンチランナー調書（解＝中野孝次）　昭57　新潮文庫
洪水はわが魂に及び全2冊（解＝川本三郎）　昭58　新潮文庫
同時代ゲーム（解＝四方田犬彦）　昭59　新潮文庫
新しい人よ眼ざめよ（解＝鶴見俊輔　年）　昭61　講談社文庫
「雨の木《レイン・ツリー》」を聴く女たち（解＝津島佑子）　昭61　新潮文庫
いかに木を殺すか（解＝川西政明）　昭62　文春文庫
万延元年のフットボール（解＝加藤典洋　案＝古林尚）　昭63　文芸文庫

著）
河馬に嚙まれる　平1　文春文庫
小説のたくらみ、知の楽しみ（解＝川本三郎）　平1　新潮文庫
叫び声（解＝新井敏記　案＝井口時男　著）　平2　文芸文庫
みずから我が涙をぬぐいたまう日（解＝渡辺広士　案＝高田知波　著）　平3　文芸文庫
厳粛な綱渡り（人＝栗坪良樹　年＝古林尚　著）　平3　文芸文庫
持続する志（人＝栗坪良樹　年＝古林尚　著）　平3　文芸文庫
鯨の死滅する日（人＝栗坪良樹　年＝古林尚　著）　平3　文芸文庫
懐かしい年への手紙（解＝小森陽一　案＝黒古一夫　著）　平4　文芸文庫
壊れものとしての人間（人＝黒古一夫　年＝古林尚　著）　平5　文芸文庫
同時代としての戦後（人＝林淑美　年＝古林尚　著）　平5　文芸文庫
「最後の小説」（人＝山登義明　年＝古林尚　著）　平6　文芸文庫
人生の親戚（解＝河合隼雄）　平6　新潮文庫
静かな生活（解＝伊丹十三　案＝栗坪良樹　著）　平7　文芸文庫
僕が本当に若かった頃（解＝井口時男　案＝中島国彦　著）　平8　文芸文庫
燃えあがる緑の木　三部作（解＝川本三郎）　平10　新潮文庫
恢復する家族　平10　講談社文庫
ヒロシマの「生命の木」（解＝山登義明）　平11　NHKライブラリー
ゆるやかな絆　平11　講談社文庫
新年の挨拶　平12　岩波現代文庫

私という小説家の作り方　平13　新潮文庫
（解＝沼野充義）
日本語と日本人の心＊　平14　岩波現代文庫
宙返り　上下　平14　講談社文庫
（解＝いとうせいこう）
取り替え子《チェンジリング》　平16　講談社文庫
（解＝沼野充義）
鎖国してはならない　平16　講談社文庫
言い難き嘆きもて　平16　講談社文庫
憂い顔の童子　平17　講談社文庫
（解＝リービ英雄）
「自分の木」の下で　平17　朝日文庫
河馬に嚙まれる　平18　講談社文庫
（解＝小嵐九八郎）
暴力に逆らって書く　平18　朝日文庫
二百年の子供　平18　中公文庫
M／Tと森のフシギの物語（解＝小野正嗣）　平19　講談社文庫

「著書目録」は編集部で作成した。／原則として編著・再刊本等は入れなかった。／＊は対談・共著・翻訳等を示す。／【文庫】は近年刊行書を中心に主要なものに限った。（　）内の略号は、解＝解説　人＝人と作品　年＝年譜　案＝作家案内　著＝著書目録を示す。

（作成・編集部）

本書は、昭和六一年六月講談社刊講談社文庫『新しい人よ眼ざめよ』を底本として使用し、多少振りがなを省いた。また、著者による加筆訂正をおこなった。

新《あたら》しい人《ひと》よ眼《め》ざめよ
大江《おおえ》健三郎《けんざぶろう》

二〇〇七年二月一〇日第一刷発行
二〇二五年八月一二日第一一刷発行

発行者――篠木和久
発行所――株式会社　講談社
東京都文京区音羽2・12・21　〒112-8001
電話　編集（03）5395・3513
　　　販売（03）5395・5817
　　　業務（03）5395・3615

デザイン――菊地信義
印刷――株式会社KPSプロダクツ
製本――株式会社国宝社
本文データ制作――講談社デジタル製作
©Yukari Oe 2007, Printed in Japan
定価はカバーに表示してあります。

落丁本・乱丁本は購入書店名を明記のうえ、小社業務宛にお送りください。送料は小社負担にてお取替えいたします。なお、この本の内容についてのお問い合せは文芸文庫（編集）宛にお願いいたします。
本書のコピー、スキャン、デジタル化等の無断複製は著作権法上での例外を除き禁じられています。本書を代行業者等の第三者に依頼してスキャンやデジタル化することはたとえ個人や家庭内の利用でも著作権法違反です。

講談社
文芸文庫

ISBN978-4-06-198467-7

大江健三郎	万延元年のフットボール	加藤典洋——解／古林 尚——案
大江健三郎	叫び声	新井敏記——解／井口時男——案
大江健三郎	みずから我が涙をぬぐいたまう日	渡辺広士——解／高田知波——案
大江健三郎	懐かしい年への手紙	小森陽一——解／黒古一夫——案
大江健三郎	静かな生活	伊丹十三——解／栗坪良樹——案
大江健三郎	僕が本当に若かった頃	井口時男——解／中島国彦——案
大江健三郎	新しい人よ眼ざめよ	リービ英雄-解／編集部——年
大岡昇平	中原中也	粟津則雄——解／佐々木幹郎-案
大岡昇平	花影	小谷野 敦——解／吉田凞生——年
大岡 信	私の万葉集一	東 直子——解
大岡 信	私の万葉集二	丸谷才一——解
大岡 信	私の万葉集三	嵐山光三郎-解
大岡 信	私の万葉集四	正岡子規——附
大岡 信	私の万葉集五	高橋順子——解
大岡 信	現代詩試論|詩人の設計図	三浦雅士——解
大澤真幸	〈自由〉の条件	
大澤真幸	〈世界史〉の哲学 1　古代篇	山本貴光——解
大澤真幸	〈世界史〉の哲学 2　中世篇	熊野純彦——解
大澤真幸	〈世界史〉の哲学 3　東洋篇	橋爪大三郎-解
大澤真幸	〈世界史〉の哲学 4　イスラーム篇	吉川浩満——解
大西巨人	春秋の花	城戸朱理——解／齋藤秀昭——年
大原富枝	婉という女|正妻	高橋英夫——解／福江泰太——年
岡田 睦	明日なき身	富岡幸一郎-解／編集部——年
岡本かの子	食魔 岡本かの子食文学傑作選 大久保喬樹編	大久保喬樹-解／小松邦宏——年
岡本太郎	原色の呪文 現代の芸術精神	安藤礼二——解／岡本太郎記念館-年
小川国夫	アポロンの島	森川達也——解／山本恵一郎-年
小川国夫	試みの岸	長谷川郁夫-解／山本恵一郎-年
奥泉 光	石の来歴|浪漫的な行軍の記録	前田 塁——解／著者——年
奥泉 光 群像編集部 編	戦後文学を読む	
大佛次郎	旅の誘い 大佛次郎随筆集	福島行一——解／福島行一——年
織田作之助	夫婦善哉	種村季弘——解／矢島道弘——年
織田作之助	世相|競馬	稲垣眞美——解／矢島道弘——年
小田 実	オモニ太平記	金 石範——解／編集部——年

▶解=解説 案=作家案内 人=人と作品 年=年譜を示す。 2025年7月現在

柄谷行人編	近代日本の批評 II 昭和篇下	
柄谷行人編	近代日本の批評 III 明治・大正篇	
柄谷行人	坂口安吾と中上健次	井口時男──解／関井光男──年
柄谷行人	日本近代文学の起源 原本	関井光男──年
柄谷行人 中上健次	柄谷行人中上健次全対話	高澤秀次──解
柄谷行人	反文学論	池田雄一──解／関井光男──年
柄谷行人 蓮實重彥	柄谷行人蓮實重彥全対話	
柄谷行人	柄谷行人インタヴューズ1977-2001	
柄谷行人	柄谷行人インタヴューズ2002-2013	丸川哲史──解／関井光男──年
柄谷行人	[ワイド版]意味という病	絓 秀実──解／曾根博義──案
柄谷行人	内省と遡行	
柄谷行人 浅田彰	柄谷行人浅田彰全対話	
柄谷行人	柄谷行人対話篇 I 1970-83	
柄谷行人	柄谷行人対話篇 II 1984-88	
柄谷行人	柄谷行人対話篇 III 1989-2008	
柄谷行人	柄谷行人の初期思想	國分功一郎-解／関井光男・編集部-年
河井寛次郎	火の誓い	河井須也子-人／鷺 珠江──年
河井寛次郎	蝶が飛ぶ 葉っぱが飛ぶ	河井須也子-解／鷺 珠江──年
川喜田半泥子	随筆 泥仏堂日録	森 孝一──解／森 孝一──年
川崎長太郎	抹香町|路傍	秋山 駿──解／保昌正夫──年
川崎長太郎	鳳仙花	川村二郎──解／保昌正夫──年
川崎長太郎	老残|死に近く 川崎長太郎老境小説集	いしいしんじ-解／齋藤秀昭──年
川崎長太郎	泡|裸木 川崎長太郎花街小説集	齋藤秀昭──解／齋藤秀昭──年
川崎長太郎	ひかげの宿|山桜 川崎長太郎「抹香町」小説集	齋藤秀昭──解／齋藤秀昭──年
川崎長太郎	女のいる暦	戌井昭人──解／齋藤秀昭──年
川端康成	一草一花	勝又 浩──人／川端香男里-年
川端康成	水晶幻想|禽獣	高橋英夫──解／羽鳥徹哉──案
川端康成	反橋|しぐれ|たまゆら	竹西寛子──解／原 善──案
川端康成	たんぽぽ	秋山 駿──解／近藤裕子──案
川端康成	浅草紅団|浅草祭	増田みず子-解／栗坪良樹──案
川端康成	文芸時評	羽鳥徹哉──解／川端香男里-年